차가운 밤

세계문학의 숲 004

寒　　　夜

차가운 밤

바진 지음
김하림 옮김

시공사

일러두기

1. 이 책은 1947년 신광출판공사(晨光出版公社)에서 출간된 바진(巴金)의 《차가운 밤(寒夜)》을 우리말로 옮긴 것이다.
2. 번역은 홍콩 남국출판사에서 출간한 판본(南國出版社 발행, 1982년)을 대본으로 삼았다.
3. 본문의 주는 모두 옮긴이 주이다.

차례

1

긴급 경계경보가 울린 지 반 시간이 지났다. 하늘에서는 비행기 소리가 은은히 울려왔고, 쥐 죽은 듯 조용한 거리에는 한 줄기 빛도 없었다. 그는 은행 철문 앞에 있는 돌계단에서 일어나 길가 보도 쪽으로 걸어 나오며 고개를 들어 하늘을 바라보았다. 회색빛 하늘은 마치 빛바랜 검정색 천 같아서, 맞은편에 높이 솟은 건물의 짙은 그림자 외에는 아무것도 보이지 않았다. 그는 멍청히 한참 동안 고개를 들고 있었다. 어느 것도 주의 깊게 듣거나 보지 않고 그저 시간을 보내기 위해서였다.

시간은 일부러 그를 약 올리듯이 아주 천천히 흘러가서, 심지어 그에게는 이미 시간이 멈추어버린 것처럼 느껴졌다. 밤의 한기가 점차 그의 얇디얇은 겹옷을 뚫고 들어와 몸 전체로 퍼졌다. 그제야 그는 고개를 떨어뜨렸다. 고통스럽게 한숨을 내쉬며 나지막이 자신에게 중얼거렸다.

"다시는 이처럼 해서는 안 돼!"

"그렇다면 대체 어떻게 하길 바라는 거야? 너한테 용기라는 게 있어? 이 줏대 없는 인간아!"

즉시 그의 귓가에 반문이 울려왔다. 그는 놀라서 고개를 들고 좌우를 살펴보았다. 그러나 곧 이것이 자신이 한 말이라는 것을 깨닫고 화가 치민 그는 다시 중얼거렸다.

"왜 용기가 없단 말이야? 설마 내가 영원히 줏대 없는 인간으로 살 것 같아?"

그는 이유도 없이 사방을 둘러보았으나, 그의 곁에는 아무도 없었다. 멀리서 손전등 불빛이 가늘게 반짝였다. 마치 친숙한 친구의 눈빛 같아서 그는 갑자기 온기를 느꼈다. 그러나 빛은 곧바로 사라져버렸다. 그의 주위는 여전히 그리 진하지 않은 어둠뿐이었다. 한기가 그의 등을 계속 찔러서 몸이 떨려왔다. 그는 손을 비비면서 한두 걸음을 걷다가, 다시 몇 걸음 내딛었다. 검은 그림자 하나가 그의 곁을 미끄러져 갔다. 경계하듯이 뒤돌아보았으나, 여전히 어둠뿐이었다. 그도 자신의 눈빛이 무엇을 찾고 있는지 알 수 없었다. 손전등이 다시 켜졌다. 이번에는 그와 비교적 가까운 거리였는데, 몇 차례 명멸을 반복했다. 손전등은 점점 다가왔고, 마침내 그의 곁을 스쳐지나가 보이지 않게 되었다. 회색 외투를 입고 보통 키에 평범한 인상이라 길거리 어디에서나 볼 수 있는 사람이었다. 그는 그 사람의 얼굴을 주의 깊게 볼 수도 없었고 잘 보이지도 않았다. 그러나 그의 눈빛은 계속해서 그 사람이 사라진 방향을 바라보고 있었다. 무엇을 보고 있는지 자신도 알지 못했다. 그는 갑자기 멈춰 섰다.

비행기 소리가 언제 사라졌는지 알 수 없었다. 그는 그때가 되어서야 이전에도 이런 종류의 소리를 들은 적이 있다는 것을 떠올렸다. 그는 주의 깊게 듣고 또 들었다. 그러나 한편으로는 아마 오늘밤에도 애초부터 비행기 소리는 나지 않았는지도 모른다고 생각했다. "내가 꿈을 꾸고 있나 보군." 그는 생각나는 대로 중얼거렸다. '그렇다면 지금은 돌아갈 수 있겠구나.' 그는 계속해서 생각했다. 이런 생각에 빠져 있을 때, 그의 발은 이미 집으로 향하고 있었다. 알지도 못하는 사이에 이 길로 들어선 것이었다. 그는 계속해서 걸었지만, 생각은 명료하지 않아 마치 그물망에 갇혀 있는 듯했다.

"운편고* 다섯 봉지와 빵 두 개를 팔았을 뿐이야. 이걸 장사라고 할 수 있나!"

쉰 목소리가 담 구석에서 들려왔다. 고개를 기울여 보니 한 무리의 검은 그림자가 잔뜩 웅크린 채 그곳에 있었다.

"나는 오늘 저녁 개시도 못 했네. 요즘은 정말 예전 같지 않아. 어떤 방공호에서도 우리를 들이지 않아. 전에 내가 안 가본 방공호가 있나?"

좀 젊은 목소리가 뒤를 이었다.

"오늘 저녁에는 어디를 폭격했는지 모르겠군. 또 청두(成都)가 아닐까. 이렇게 오래되었는데 아직도 경계경보를 해제하지 않다니."

앞에 사람은 아마도 동료의 말을 잘 알아듣지 못한 듯, 이것저것 생각하며 천천히 중얼거렸다.

"어제는 삼경이 되어서야 해제했는데, 오늘 저녁은 아마도 좀 더 늦으려나 보군."

*찹쌀가루로 만든 명함 크기의 얇은 흰색 과자.

두 명의 노점상이 서로 주고받는 이야기였다. 그러나 그는 놀랐다.

'어제저녁, 삼경…… 도대체 무슨 일이 일어났었나?' 어제 경계경보가 해제되었을 때, 그는 사람들과 함께 방공호를 나와 집으로 돌아갔다.

어제, 그는 혼자가 아니었다. 서른네 살인 부인과 열세 살 된 아이, 쉰세 살의 어머니와 함께 있었다. 그들은 이야기를 나누고 웃으면서 집으로 돌아갔다. 적어도 겉으로는 그들에게 웃음과 이야기가 있었다.

'그러나 그 후에는?' 그는 스스로에게 물었다.

집으로 돌아가자마자 아이는 즉시 잠이 들었고, 그와 아내는 이야기를 나누었다. 그날 저녁을 먹을 때, 누군가가 아내에게 편지 한 통을 전해주었다. 그는 아무렇지 않게 편지의 내용을 물었으나, 아내가 화를 내리라고는 생각하지 못했다. 아내와 그는 다투었다. 조급해진 그의 입은 제멋대로 움직였고, 말은 할수록 아둔해졌다. 그는 마음속으로 양보하고자 했으나, 어머니가 바로 옆방에서 자고 있다는 데에 생각이 미치자 자신의 체면을 생각하지 않을 수 없었다. 그들 부부는 큰방에서 다투고 있었고, 그의 어머니는 아이를 데리고 작은방에서 자고 있었다. 그들이 다투고 있을 때, 어머니의 방문은 굳게 닫혀 있었고 그 안에서는 아무런 소리도 흘러나오지 않았다. 사실 그들이 다툰 시간은 매우 짧아서 길어야 10분 남짓이었을 것이다. 아내는 방을 뛰쳐나갔다. 그는 그녀가 곧 돌아올 거라고 생각했다. 처음에는 화가 나서 거들떠보지 않았으나 후에는 그녀를 찾으러 밖으로 나갔다. 대문 밖뿐만 아니라 두세 거리를 돌아봤으나, 여인의 그림자라고는 단 하나도 보지 못했으니 아내에 대해서는 더 말할 필요도 없었다. 비록 전시(戰時) 수도의 중심지라고 하지만 그 시각 거리에는 몇몇 무료한 행인들뿐이었고, 길 양옆의 상점도 모두 문을 닫아걸었으며 서너 명의 손님이 자리를 차지하고 있는 두세 개의 작은 음식점에서만 등불이 빛나고 있을 따름이었다. '어디 가서 그녀를 찾아야 하지?' 밤 사이에 이처럼 커다란 도시를 모두 뒤질 수는 없었다. 모든 거리에 그녀가 있을 수 있고, 마찬가지로 없을 수도 있다. '그렇다면 도대체 어디에서 그녀를 찾을 수 있을까?'

'글쎄, 도대체 어디에서 그녀를 찾을 수 있을까?' 그는 어제 저녁에도 스스로에게 이렇게 물었는데, 오늘 저녁도 여전히 자신에게 묻고 있었다. '왜 아직도 의문이 생길까? 그녀가 오늘 사람을 시켜 편지를 보내오지 않았는가.' 편지에는 짧디짧은 몇 마디가 극히 냉담한 어투로 적혀 있었고, 지금 친구네 집에 머물고 있으니 자신의 옷가지를, 편지를 가지고 간 사람을 통해 보내달라는 내용뿐이었다. 그는 아내의 요구대로 했다. 그도 그녀에게 극히 짧고 냉담한 답신을 보냈다. 자신이 어제 그녀를 뒤쫓아 나갔다는 말은 하지도 않았고 그녀에게 집으로 돌아오라고 부탁하지도 않았다. 그의 어머니는 옆에서 그가 편지 쓰는 것을 보고 있었으나, 시종 아무 말도 하지 않았다. 며느리가 '뛰쳐나간' 일에 대해서 아침 먹을 때 냉정한 어조로 아들에게 몇 마디 물어보고는 다시는 입을 떼지 않았다. 어머니는 그저 양 미간을 찌푸리며 가벼이 고개를 저을 뿐이었다. 늘 걱정이 많은 이 쉰세 살 여인의 머리카락은 이미 하얗게 세었고 건

강도 좋지 않았다. 그녀는 아들과 손자는 사랑했지만 며느리
는 매우 싫어했다. 그래서 며느리가 뛰쳐나갔다는 이야기를 전
해 들었을 때, 겉으로는 걱정된다고 말했지만 속으로는 기뻐했
다. 아들은 예나 지금이나 어머니의 이런 심리를 전혀 눈치 채
지 못했다. 오히려 어머니가 그에게 주의를 기울이자, 곧 아내
에게 사과하는 편지를 보내 집으로 돌아오라고 사정해보겠다
고 어머니께 말했다. 하지만 그는 자신의 바람대로 편지를 쓰
지는 못했다. 그는 아내가 집으로 돌아오기를 매우 바라고 있
었지만, 편지에는 그녀가 돌아오든지 말든지 자신은 관심이 없
다고 썼다. 편지와 옷가지들은 심부름꾼에게 전해졌고, 이 일
로 그와 아내의 사이는 더 멀어졌다. 만약 그가 태도를 바꾸어
그의 아내가 근무하는 곳으로 편지를 보내지 않는다면(그는 직
접 그곳으로 아내를 찾으러 가고 싶지는 않았다), 그들 두 사람
은 더욱 화해하기 어려울 것이다. 그래서 그는 아직도 고민하
고 있었지만, 여전히 만족할 만한 답변을 찾지 못했다.

'어쩌면 샤오쉬안이 나를 도와줄 수 있을지도 몰라.' 갑자기
이런 생각이 떠오르자 그는 약간 마음이 놓였다. 그러나 그것
도 순간이었다. 그는 다시 자신에게 말했다.

"소용없어. 그녀는 샤오쉬안에게 관심이 없고, 샤오쉬안도
엄마에게 관심이 없으니까. 두 모자는 서로에게 감정도 없는
것 같아."

샤오쉬안은 이른 아침에 학교에 갔다. 아이는 등교할 때도
엄마에 대해서 물어보지 않았는데, 마치 어제저녁에 일어난 일
을 알고 있는 듯했다. 미리 알고 있었다 하더라도 아들은 어머
니가 어디 갔는지 물어보았어야 했다. 그러나 샤오쉬안은 아무

것도 묻지 않았다.

그는 실망하여 참지 못하고 화를 터뜨렸다.

'도대체 이것이 무슨 가족이란 말인가! 나에게 진정으로 관심을 두는 사람은 아무도 없고! 각자 자기만을 돌볼 뿐이야. 아무도 양보하려 하지 않고!'

마음속에서 지르는 함성이라 듣는 사람은 아무도 없었다. 그러나 그는 이를 깨닫지 못하고 자신이 무엇인가 외쳤다고 생각했다. 그래서 고개를 숙이고 사방을 살펴보았다. 주위는 캄캄했고 조용했으며, 두 명의 노점상도 이미 그의 뒤쪽에 있었다.

"내가 여기 서서 무엇을 하고 있지?"

이번에는 큰 소리로 내뱉었다. 그의 생각은 완전히 '자기'라는 두 글자에 집중되어 있었다. 이 질문이 자신을 일깨웠는지 그는 계속해서 상상 속에서 대답했다.

'경계경보가 울려서 내가 몸을 피했잖아? 그래, 피신해 있었지…… 춤군, 산보를 하고 있고, ……수성과 다투었던 일을 생각하고 있는 중이야. ……나는 그녀를 찾아가서 데려오고 싶은데…….' 그는 마음속으로 계속 물었다. '그녀가 돌아올까? 우리는 얼굴조차 서로 보지 못했는데, 내가 어떻게 그녀를 돌아오도록 할 수 있을까?'

아무도 대답하지 않았다. 그는 또 상상했다. '어머니는 그녀가 돌아올 거라고 말씀하셨지. 틀림없이 돌아온다고. 하지만 말로만 걱정스럽다고 하고 실제로는 조금도 그녀에게 관심 없다는 듯 매우 차분한 모습이었는데, 어머니는 그녀가 반드시 돌아온다고 어떻게 확신하시는 걸까? 왜 그녀를 찾아가보라고 하지 않으시는 걸까? 그녀는 지금 어디에 있으려나? 내가 잠시 집을 비운 사이에 돌아오지 않았을까? 혹시 지금 어머니와 함께 경계경보를 피해 있는 건 아닐까? 그렇다면 문제는 해결되는 건데. 경계경보가 해제되면 천천히 집으로 돌아가야지. 어머니와 아내가 집에서 웃으며 나를 맞이할지도 모르잖아. 맨 먼저 그녀에게 무슨 말을 해야 하나?' 그는 주저했다. '무슨 말이든 우선은 그녀가 기뻐할 말을 하자, 이후에는 말이 많아지겠지.'

생각이 여기에 미치자 얼굴에 미소가 떠올랐다. 마음을 무겁게 짓눌렀던 압박감이 한순간에 완전히 사라지는 것을 느꼈다. 그는 매우 경쾌해졌고 발걸음도 빨라졌다. 길 입구에 이르러서 다시 뒤돌아섰다.

"이보게, 빨간 신호가 두 개뿐이야. 곧 해제될 모양인데?"

곁에 있는 두 명의 노점상 중 한 사람의 목소리였다. 그들의 대화는 끊임없이 계속되었으나, 그는 그들 옆을 지나치면서도 그들에게 주의를 기울이지 않았다. 황급히 고개를 들고 은행 건물 옥상의 경보대를 바라보았다. 두 개의 빨간 등이 붉은 빛을 발하며 막대 위에 걸려 있었다. 주위의 조용한 공기가 사람 소리에 흔들렸다.

"이러고 있을 때가 아니지. 내가 두 사람보다 일찍 돌아가서 대문 앞에서 그들을 맞이해야지!"

그는 흥분해서 자신에게 말했다. 그러고는 또 한 번 빨간 신호가 달린 막대를 바라보았다.

"지금 돌아가자. 경계경보가 곧 해제될 모양이니."

주저하지 않고 그는 집으로 향하는 길로 발걸음을 옮겼다. 길거리가 깨어나기 시작했고, 그는 거리가 꿈틀거리는 것을 바라보았다. 비록 어두침침한 밤의 그물이 거리를 덮고 있었지만 수많은 손전등이 이 거대한 그물을 찢어내고 있었다. 길모퉁이에서 누군가가 카바이드에 불을 붙였다. 그곳은 간단한 닭고기 요리를 파는 노점이었다. 한 점원은 탁자를 정리하느라 바빴고 다른 점원은 불을 사르고 있었다. 탁자 앞에는 약간의 사람들이 모여 있었는데 모두 불빛에 유인되어온 듯했다. 그도 그곳을 주시했지만 자신도 왜 그곳을 보고 있는지 알지 못했다. 그는 다시 앞으로 나아갔다.

그가 대략 거리의 반쯤 지났을 때, 눈앞이 갑자기 밝아지더니 거리 양옆에서 전등이 다시 켜졌다. 몇몇 아이들이 손뼉을 치면서 소리를 질렀다. 그는 마음이 상쾌해졌다. '꿈이야! 악몽이었지! 이제는 지나가버렸어!' 그는 마음을 놓고 발걸음을 더욱 재촉했다.

오래지 않아 집에 도착했다. 대문은 열려 있었다. 문 앞의 둥근 전등이 암홍색의 빛을 쏘아내고 있었다. 2층에 사는 상점 주인인 팡 경리가 배가 불룩한 그의 아내와 함께 대문 앞에 서서 이야기를 하고 있었다.

"오늘 저녁엔 틀림없이 청두를 폭격했을 겁니다."

팡 경리가 그에게 인사를 건넸다. 그도 억지로 응대하고는 총총히 안으로 들어가 좁고 긴 복도를 지나서 단숨에 3층까지 올라갔다. 복도를 어슴푸레 비추는 전등불 밑에서 그는 자기 집의 방문이 여전히 잠겨 있는 것을 보았다. '아직 이르군!' 3층 복도에는 그 혼자였다. '모두들 아직 안 돌아왔어.' 그는 잠시 방문 앞에 서 있었다. 누군가가 올라왔다. 옆집에 사는 공무원 장 씨였다. 그의 품 안에는 두 살 된 아들이 잠들어 있었다. 장이 온화하게 웃으며 물어보았다.

"어머님께서는 아직 돌아오지 않으셨군요?"

"제가 먼저 돌아왔습니다."

장은 다시 묻지 않고 자기의 문 앞으로 갔다. 장의 부인이 올라왔다. 그녀가 입고 있는 낡은 검은색 외투는 구식이었고 깃이 다 닳아 있었다. 언제나 온순해 보이는 야윈 얼굴, 창백한 피부, 몇 개의 주름살, 마르고 희끄무레한 입술의 여인이었지만, 이목구비는 매우 단정했다. 지금 보니 스물예닐곱인 이 여인의 용모는 그다지 밉지 않았다. 그녀는 계속 기침을 하다가 그가 서 있는 것을 보고는 인사를 하고 곧 남편 옆으로 갔다. 그녀는 고개를 숙이고 열쇠를 꺼내며 남편에게 작은 소리로 이야기를 했다. 문이 열리자 두 사람은 친숙하게 안으로 들어갔다. 그는 부러운 눈빛으로 그들을 바라보았다.

눈빛을 거두고 그는 자신의 집 방문과 계단을 바라보았다. 아무것도 보이지 않았다. '왜 아직도 돌아오지 않을까?' 그는 초조해지기 시작했다. 사실 경계경보가 울릴 때마다 어머니는 밖으로 피신했다. 몸이 좋지 않아서 걸음이 느리기 때문에 다른 사람보다 늦게 돌아온다는 것을 그는 잊어버렸다. 어머니는 피신할 때는 매우 빨랐지만 돌아올 때는 느릿느릿했다. 어떤 때는 아내가 어머니와 함께였고, 때로는 그가 어머니와 함께였다. 그러나 지금은…….

그는 밖으로 나가 어머니를 맞이하기로 마음먹었다. 조금이라도 빨리 어머니를 보고 싶었다. 그러나 사실은 아내와 어머니가 함께 돌아오기를 바라고 있었다.

그는 몸을 돌려 건물을 내려갔다. 곧장 문 앞까지 뛰어가서 거리의 양 끝을 바라보았으나, 어머니가 어떤 무리의 행인들 속에 있는지 알아볼 수가 없었다. 멀리서 여인 두 명이 걸어왔다. 그곳은 바로 술집 앞이어서 사실은 멀다고 볼 수도 없었다. 키가 큰 사람은 아내 같았는데 검정색 솜 외투를 입고 있었다. 틀림없이 그들이었다. 그는 웃음을 띠고 그녀들 앞으로 걸어갔다. 그의 심장은 마구 뛰었다.

그러나 다가가 보니 그들은 한 쌍의 남녀였다. 어머니로 오인한 사람은 늙은 남자였다. 그는 그 남자를 나이가 제법 된 여자로 잘못 본 셈이었다. 순전히 그의 눈이 일으킨 착오였다.

'내가 이처럼 잘못 볼 리가 없는데.' 그는 발을 멈추고 실망하여 스스로를 자책했다. '게다가 생각했던 장소도 아니고.'

'내가 너무 흥분한 모양이군. 이건 좋지 않아. 기다렸다가 어머니와 아내가 뭐라고 말하는지 봐야지. 아니야, 나는 아무 말도 꺼내지 못할 거야. 그렇다고 그녀에게 미안할 건 없지. 아니야, 아내와 어머니를 만나면 무척이나 반가울 거야. 왜 당황하지? 정말 웃기는 일이군!'

그는 이처럼 마음속으로 수많은 말을 중얼거렸다. 자신과의 문답에서 그는 아직도 결론을 얻지 못했다. 그는 다시 대문 앞으로 돌아왔다. 누군가 그의 이름을 부르는 소리가 들렸다.

"원쉬안!"

그는 고개를 들었다. 어머니가 그의 앞에 서 있었다.

"어머니!"

그는 참지 못하고 기쁨과 놀람의 소리를 질렀다. 그러나 그의 기쁨은 곧 사라져버렸다.

"어째 혼자서……."

"아범은 아직도 그 아이가 돌아오리라고 생각하는 거냐?"

어머니는 고개를 내저으며 낮은 소리로 말하고는 연민의 눈빛으로 그를 바라보았다.

"그러면 안 돌아왔습니까?"

"걔가 돌아와? 내가 보기에는 안 돌아오는 게 나을 듯한데."

어머니는 눈살을 찌푸리며 아들을 경멸하는 눈빛으로 바라보았다. '그렇게 기다릴 거면 왜 먼저 스스로 찾아 나서지 않는 게냐!' 이렇게 질책을 하려던 그녀는 아들의 얼굴에서 고통스러운 표정을 보고 마음이 약해져서 어조를 바꾸었다.

"돌아올 게다. 초조해하지 마라. 부부싸움은 칼로 물 베기라고 하지 않니. 집으로 돌아가자."

그는 어머니와 함께 안으로 들어갔다. 두 사람 모두 고개를 숙이고 말이 없었다. 그는 제법 무거운 보자기를 어머니에게 건네주고서, 계단 입구까지 간 후에야 보자기를 건네받았다.

그들은 문을 열고 집으로 들어갔다. 집 안은 다른 날에 비해서 더욱 황량하고 지저분했다. 전등불도 예전보다 더욱 침침했다. 얼굴 쪽으로 한기가 불어왔는데, 그 속에는 석탄 냄새와 질식할 것 같은 악취가 섞여 있었다. 그는 참지 못하고 두세 번 기침을 했다. 보자기를 조그마한 사각 탁자에 내려놓자, 어머니는 자신의 방으로 들어갔다. 그는 홀로 탁자 앞에 서서 새하얀 벽을 망연자실하게 바라보았다. 아무것도 보이지 않고 그저 생각만 버들개지처럼 곳곳으로 흩날리고 있었다. 어머니가 방 안에서 그를 불렀다. 무어라 말을 했으나, 하나도 듣지 못했다. 어머니는 밖으로 나와 아들을 보았다.

"왜 아직도 쉬지 않는 게냐? 오늘도 피곤했을 텐데."

어머니는 이상히 여기고 아들 곁으로 다가왔다.

"아……, 피곤하지 않아요."

그는 꿈에서 깨어난 듯 망연한 눈빛으로 어머니를 바라보았다.

"자지 않을 게냐? 내일도 아침 일찍 일하러 가야지."

"예, 일하러 가야지요."

그는 멍청히 작은 소리로 대답했다.

"그러면 푹 자야지."

"어머니 먼저 주무세요. 저도 곧 잘 겁니다."

그는 눈살을 찌푸렸다. 그의 어머니는 그 자리에 서서 묵묵히 그를 바라보다가, 무엇인가 말을 하려고 입술을 움찔거렸으나 아무 말도 하지 않았다. 어머니는 여전히 가만히 서 있다가 낮은 소리로 두어 번 기침을 하고는 자기 방으로 돌아갔다.

그는 계속 탁자 앞에 서 있었다. 어머니가 벌써 갔다는 것도 모르는 듯했다. 그는 생각하고 또 생각했다. 상념은 빨리 흘러갔고 혼란스러웠다. 그러다가 생각들이 한군데로 모여 서로 뒤엉켜서 풀어지지 않았다. 풀려고 할수록 더욱 뒤엉켰다. 그는 자신의 머릿속에 누군가가 돌멩이를 집어넣은 것 같아서 견딜 수가 없었다. 비틀비틀 침대로 걸어가서 힘을 다해 쓰러졌다. 전등도 끄지 않고 이불도 덮지 않은 채 깊은 잠에 빠져들었다.

그것은 단잠이 아니었다. 혼수상태였다.

2

그는 계속 꿈을 꾸었다. 자신이 꿈속에 있는 줄도 모른 채.

그는 아내와 평온하고 조그마한 도시에서 살고 있었다. 생활이 그다지 즐겁지는 않았고 늘 작은 일로 다투곤 했다. 부부 사이의 금슬은 나쁘지 않았으나 서로를 이해하지는 못했다. 그녀는 자주 성질을 부렸고 그도 늘 안타까워했다. 그날 그들은 작은 일로 다투었다. 기억에는 어머니와 관련된 일이었다. 그날 아내의 분노는 정말 대단했다. 밥을 먹고 있는데 아내가 갑자기 밥상을 밀어서 밥상이 엎어지고 접시들이 다 깨졌다. 어머니는 집에 없었고 아이는 방 한쪽에 숨어서 울고 있었다. 그는 말을 할 수 없을 만큼 화가 났으나 그저 어물어물 자신을 저주하고는 자신의 머리를 때렸다.

바로 이때, 그는 벼락같은 큰 소리를 들었다. 어디서부터 들려온 소리인지 알 수 없었으나 방이 흔들렸고 진동도 상당했다.

"무슨 일이야?"

그가 놀라서 말했다. 머리도 비교적 맑아졌다. 아내는 묵묵히 문가에 서 있었다. 아이의 울음소리도 멈추었다.

"내가 나가서 살펴보지."

그는 밖으로 나가서 아래로 내려가려고 했다.

"가선 안 돼요. 가려면 함께 가요. 무슨 일이라도 함께 있으면 좀 나을 거예요."

아내는 화를 내지 않고 태도를 바꾸어 그가 나가는 것을 저지하는 데 관심을 쏟았다. 그는 그녀의 말을 듣고 문 앞에 멈추어 섰다. 그러나 아무 말도 하지 않았다. 그는 방바닥의 깨진 접시와 엎질러진 반찬들을 쳐다보고 약간 후회했으나 아내의 말을 기다렸다.

아내는 아무 말도 하지 않았고 그는 여전히 기다리고 있었다. 갑자기 그는 대포 소리(그의 생각에 이것은 틀림없이 대포 소리였다)가 한 발, 두 발 울리는 것을 들었다. 다시 조용해졌다. 아이가 또 울기 시작했고 아내가 비명을 질렀다.

"적군이 왔다!"

그는 당황해서 스스로에게 말하고는 뒤이어, "어머니!" 하고 소리치며 복도를 달려가서 계단 입구로 뛰어갔다.

"쉬안, 당신 어디 가는 거예요?"

"어머니 찾으러!"

그는 뒤도 돌아보지 않고 대답하고는 단숨에 계단을 뛰어내려갔다.

"혼자 가면 안 돼요. 우리 모자를 버리고 가면 안 돼요. 당신이 죽으면 우리도 당신을 따라 갈 거예요."

아내가 아이를 끌고서 계단을 내려오며 울부짖었다.

"어머니를 찾으러 가는 거야. 버려둘 수는 없잖아. 만일 일이 생기면 혼자서 어쩌시겠어!"

그는 말하면서 대문을 열었다.

문 밖은 사람들 소리로 시끄러웠다. 길은 사람들로 가득 찼고 보이는 것은 수많은 사람들의 머리뿐이었다. 모두들 미친 듯이 시내를 뒤로 하고 달려가고 있었다. 어떤 이는 아이를 안고, 어떤 이는 부대를 메고, 어떤 이는 노인을 부축하고 있었다. 아이들은 울음을 터뜨렸고 여인들은 남편을 부르고 남자들은 가족을 재촉했다.

남쪽 하늘에는 짙은 연기가 가득했다. 연기는 계속해서 하늘로 치솟고 있었다. 폭발 소리가 계속해서 울렸는데, 갈수록 커졌고 무섭게 들렸다.

그는 위험이 바로 코앞에 다가왔음을 알았다. 제일 먼저 뇌리에 떠오른 것은 '어머니'여서 그는 돌계단을 뛰어내려 대문 앞의 풀밭을 뛰어넘고 길에 올라섰다. 그는 시내로 돌아가 어머니를 찾으려고 했다.

"어디로 가려고 해요! 우리를 버릴 순 없어요!"

아내가 뒤에서 그의 팔을 잡아끌며 울부짖었다.

"도망가는 게 아니야! 어머니를 찾아서 돌아올게. 아직도 시내에 계실 거야!"

"시내에 가서 어머니를 찾으려고요? 다리가 없나 눈이 없나, 어머니 혼자서도 충분히 걸을 수 있어요."

"빨리 들어가서 물건을 꾸리고 있어. 어머니를 모시고 올 테니까 기다려. 함께 가자고. 도망가려면 물건을 가지고 가야지."

그는 조급히 아내의 팔을 뿌리쳤다.

"어머님은 저곳에 계시잖아요!"

아내가 길가 하수도 옆의 등나무를 가리키며 말했다. 그는 아내의 손끝을 따라 바라보았다. 어머니는 등나무 아래 서 있었다(등나무는 한 그루의 노목을 휘감고 올라가 있었다). 봉두난발에 얼굴은 창백하고 이마에는 핏자국을 묻힌 채 눈을 부릅뜨고 사방을 둘러보고 있었다. 갑자기 어머니가 그를 찾았다. 그는 고개를 들고 큰 소리로 어머니를 불렀다. 그는 손을 내저었으나 소용이 없었다. 그는 달려가고 싶었지만, 그가 뚫고 가야 할 앞길은 물샐틈없이 사람들로 메워져 있었다. 그는 길옆으로 뛰어갔다. 사람들은 그에게 조그만 틈도 내주지 않았다. 힘을 써보았으나 사람들은 그를 밀어냈다. 어머니의 고함을 들은 듯했고 그도 소리를 질렀다. 그러나 손 하나가 그의 왼팔을 붙잡았다. 그의 아내였다. 그녀의 손에는 작은 가죽상자가 들려 있었고 아이는 그 뒤에 있었다.

"갑시다. 어머님은 상관하지 말고!"

아내는 초조해서 말했다.

"안 돼, 내가 가서 어머니를 모셔오겠어."

그는 화가 났다.

"이 지경에 아직도 어머니를 모시러 간다고? 미쳤군요. 죽고 싶어요? 당신을 기다릴 수 없어요!"

아내는 얼굴을 굳히면서 냉혹하게 말했다.

"가게 해줘. 어머니를 모시러 가야겠어. 바로 앞에 있잖아. 나는 어머니를 버리고 갈 수 없어. 내 목숨만 돌볼 수는 없어."

그는 왼팔을 빼냈다.

"그럼 좋아요. 당신은 당신의 보배인 어머니를 모시러 가세요. 나는 샤오쉬안을 데리고 우리 갈 길을 갈 테니까. 후에 나를 원망하지 말아요!"

아내가 화가 나서 말했다. 그는 아내가 그를 쏘아보고 있음을 느꼈다. 그렇게 매서울 수가 없었다. 그는 생전 이러한 눈을 본 적이 없었기에 소름이 끼쳤다.

아내는 아이를 끌고 몸을 돌려 가버렸다. 조금의 비통한 표정도 없이. 오히려 경멸의 눈빛으로 그를 보고 있었다.

그러나 그는 아내가 돌아올 것이라고 생각했다. 그의 곁으로 돌아올 것이라고. 아니면 조금 후에 그가 그녀를 쫓아갈 수 있으리라고 생각했다. 그러나 뒤돌아봤을 때는 그녀의 그림자도 없었다. 사람들은 사방팔방에서 그를 향해 달려왔다. 무수한 손들이 그를 떠미는 듯하여, 마치 폭풍우 몰아치는 배 위에 서 있는 것 같았다. 머리에서 열이 나고 어지러웠다. 힘을 다해 밀쳤다. 있는 힘껏.

그는 깨어났다. 깨어날 때 그의 손도 움직이고 있었다.

그저 꿈에 지나지 않았다. 이날 밤 그는 이러한 황당한 꿈을 여러 번 꾸었다.

3

그는 눈을 떴다. 날은 이미 밝았다. 방 안에는 아무 소리도 없었다. 어머니 방의 방문은 열려 있었다. 그는 편안히 침대에 누워 있었으나, 심장은 마구 고동을 쳤다. 눈앞에 어렴풋이 그 무서운 정경들이 떠올랐다. 피곤하고 혼미한 감각이 그를 억눌렀다. 그는 움직이지도 않고 생각하지도 않았다. 천천히 눈을 움직여 눈을 크게 뜨려고 노력했다. 그러나 아무것도 명확히 보이지 않았다. 그는 어느 것이 꿈이고 어느 것이 현실인지 분간이 안 되었다. 그리고 자신이 지금 어떤 상황에 처해 있는지 알지 못했다. 그는 무슨 일이 잘못되었다는 것만 느꼈다. 머리가 아팠다. 그리 심하지는 않았으나 두통이었다. 그는 싸우고자 했으나, 무엇과 싸워야 할지 잘 알지 못했다. 이처럼 멍하니 한참을 보냈다.

갑자기 어떤 물건이 그의 머리를 찔러서 그는 펄쩍 뛰어 침대에서 내려왔다. 방 가운데 서서 두려워하며 사방을 살펴보았다. 머리를 세게 쥐어뜯으며 절망적으로 중얼거렸다.

"나는 어떻게 해야 하나?"

그는 어제의 일을 기억해냈고, 그저께의 일도 기억해냈다.

"내 잘못이지. 어제 직접 가서 그녀를 설득하고 사과해야 했는데. 일이 골치 아프게 되었으니, 그녀가 화를 낼 만도 하지."

'왜 어제 그런 편지를 썼던고? 왜 그녀에게 사실대로 말하지 않았을까? 왜 나는 그녀를 찾으러 가지 않았을까. 왜?' 여기까지 생각하고 그도 마음을 정했다. '지금 가자.'

어머니가 장바구니를 들고 돌아왔다. 그가 아직도 집 안에 있는 것을 보고는 의아해서 물었다.

"9시 반인데, 어찌 아직도 출근하지 않니?"

9시 반! 출근 시간이 훌쩍 지나버렸다. 이미 30분이나 늦은 셈이다.

"아직 세수도 안 했구나? 안색이 안 좋은데, 어디 아프냐? 가지 마라. 하루 쉬어도 괜찮겠지. 쪽지를 써주럼. 회사에는 내가 대신 전해주마."

그는 놀라서 황급히 대답했다.

"괜찮습니다. 지금 갑니다."

그는 어머니의 말을 다시 듣고 싶지 않았다. 세숫대야를 들고 복도로 나가서 항아리에서 냉수를 펐다. 대야를 들고 방으로 들어와 탁자에 놓자, 어머니가 또 말했다.

"찬물로 씻으려고? 왜 그러니? 빨리 뜨거운 물로 바꾸어라. 솥에다 아범이 쓸 물을 남겨놓았다. 내가 가져다주마."

어머니는 손을 내밀어 대야를 들었다.

"어머니, 벌써 씻었습니다."

그는 황급히 말했다. 얼굴에 찬물이 닿자 정신이 들었다. 수

건을 의자에 걸고 물도 버리지 않은 채 총총히 집을 나섰다. 이
닦는 것도 잊고, 비단 모자를 쓰는 것도 잊어버렸다. 급히 걸어
나가는 모습이 어머니와 말하고 싶지 않은 투가 역력했다.

"정말 얼이 빠졌군! 제 마누라하고 다투었다고 혼이 빠져버
렸으니."

어머니가 방에서 그를 비난했으나 그는 듣지 못했다. 그는
아래로 내려가 거리에 나섰다. 거리에는 많은 사람과 먼지가
있었다. 이날은 덥지도 춥지도 않은, 간만에 좋은 날씨였다.

"먼저 어디로 가나?"

인도에서 그는 스스로에게 물었다.

"그녀를 찾으러 가자!"

이것이 첫 번째 대답이었다. 이 의견에 따라, 그는 그녀가
근무하는 회사 방향으로 걸어갔다. 그러나 몇 걸음 못 가서 멈
추고는 잠시 생각에 빠졌다. 다시 몇 걸음을 걸었다.

"아니야. 먼저 일하러 가야지. 그 해괴한 곳에 가서 2시에 조
퇴하자. 그리고 가불해 달라고 해야지."

마지막으로 이렇게 결정하고 그는 몸을 돌렸다.

오래지 않아 사무실에 도착했다. 이곳은 반관반상(半官半商)
의 도서 및 문구회사 총관리처로, 그의 책상은 2층 구석에 있었
다. 아래층에 있어야 할 출근부는 이미 치워져 있었다. 3년 반
동안 지각한 적은 처음이었다. 그는 묵묵히 위층으로 올라갔
다. 편집부 주임이자 경리 담당인 저우가 갑자기 고개를 쳐들
고 밖을 바라보다가 그를 보고는 아무 말도 없이 경멸하는 표
정을 드러냈다. 그는 여기에 신경 쓰지 않았다. 오로지 자신의
일에만 몰두했다. 바로 아내에 대한 것이었다.

일을 시작했다. 단조롭고 우울한 일이었다. 그의 탁자 위에
는 한 무더기의 교정쇄가 어제보다는 적게 쌓여 있었다. 뚜렷
하기도 하고 희미하기도 한 글자들, 묵 향기가 아직도 남아 있
는 글자들이 오늘은 다른 날보다 짜증나지 않았다. 그는 기계적
으로 눈을 굴렸고 고개를 파묻고 손을 움직여 교정쇄에 글자를
써갔다. 사무실에는 구식 괘종시계가 있었다. 그는 10시……
11시…… 12시를 알리는 소리를 들었다. 그는 교정쇄에 쓴 글
자는 한 자도 기억하지 못했지만 종소리만은 확실히 기억했다.
특히 단호한 열두 번의 종소리를. 이제 일이 끝났음을 의미하
는 것이다.

그는 일어났다. 부지불식간에 일어선 것이다. 그러나 다른
사람들은 그보다 더 빨라서 벌써 책상을 떠나고 있었다. 아직
보지 않은 교정쇄와 원고를 쌓아서 한쪽으로 밀쳐놓고, 책상
앞에 서서 느긋한 눈길로 길가 쪽의 유리창을 바라보았다. 창
문은 모두 닫혀 있었고 유리창에는 제법 먼지가 쌓여 있었다.
그도 무엇을 보려고 한 것은 아니었다. 그는 생각에 잠겼다. 생
각한다기보다는 생각이 한 지점에 정지되어버렸는데, 그것은
'아내'라는 글자였다.

식사시간을 알리는 종소리가 울렸으나 그는 듣지 못했다.
게다가 지금은 아래로 가서 밥을 먹어야 한다는 것도 생각하지
못했다. 다른 사람들도 그의 존재를 잊어버린 듯 그를 부르는
사람은 아무도 없었다. 그들은 그가 안에 있다는 것도 생각하
지 못했다.

그의 머리가 움직이기 시작하여 그는 상념에서 깨어났다.
사무실을 나와서 아래층으로 내려갔다. 사람들은 밥그릇과 접

시들이 낭자한 탁자 가운데에서 밥을 먹고 있었다.

"아니! 아직도 위에 있었나!"

한 동료가 놀라며 그를 연민의 눈빛으로 바라보았다. 그는 모호하게 대답하고는 생각을 해보다가 식탁에 앉지 않고 밖으로 나왔다.

동료들의 경멸에 찬 웃음소리가 들리는 듯했다. '그들은 틀림없이 내 일을 알고 있을 거야.' 이렇게 생각하자 귀뿌리까지 붉어졌다. 그는 배가 고프지 않았고, '배고프다' '배부르다'라는 것도 생각나지 않았다. 그저 '그녀를 찾으러 가자'는 한 가지에만 매달렸다.

그러나 열 걸음도 못 가서 그는 동료들이 위에서 보지 않을까 하는 생각이 들었다. 이 생각이 그의 발걸음을 머뭇거리고 주저하게 만들었다. 그러나 그는 걸음을 멈추지도 않았고 몸을 돌리지도 않았다. 그는 그녀를 만나는 장면을 상상해보았다. 그녀가 어떤 얼굴을 할까, 어떤 말을 할까 등등을. '아마 나를 용서할 거야.' 두어 차례 자신에게 속삭였다. 온화한 미소가 떠올랐다. 그는 자신이 그녀에게 미소를 보내고 있다고 여겼고, 더욱 용기가 솟았다. 그는 그녀가 일하고 있는 곳으로 향했다.

4

그녀는 은행원이었다. 다촨(大川)은행은 큰길가 중간에 있었
다. 그가 막 길모퉁이에 이르렀을 때 그녀가 은행에서 나오는
것이 보였다. 혼자가 아니라 서른 살 전후의 젊은 남자와 함께
였다. 그들은 그의 앞으로 걸어왔다. 틀림없는 아내로, 여전히
얇은 짙은 청색 외투를 입고 있었다. 다른 것은 파마를 해서
앞머리를 높게 말아 올린 것뿐이었다. 은행 동료로 보이는 남
자는 못생긴 얼굴은 아니었고 모자를 쓰는 대신 머리를 번쩍
번쩍하게 빗어 넘기고 있었다. 키는 아내보다 머리 반쯤 컸고,
한눈에 보기에도 캘커타*에서 가져온 듯한 최신 유행의 가을
코트를 입고 있었다.

　남자는 웃으면서 열심히 떠들고, 아내는 주의 깊게 그의 말
을 듣고 있었다. 그들은 그를 보지 못했다. 그는 마음이 얼어붙
었고 감히 그들 앞으로 나설 수가 없었다. 그가 막 숨으려고 할

*콜카타의 옛 지명.

때 그들이 도로 건너 맞은편으로 가버렸다. 그는 생각을 바꾸어 그들을 따라 맞은편으로 갔다. 그들은 발걸음을 늦추고 더욱 바싹 붙어 있었다. 보아하니 남자는 일부러 어깨를 그녀의 몸에 가까이 댔고, 그녀는 의식적, 무의식적으로 이를 피하고 있었다. 처음에는 혹시라도 그녀가 자신이 뒤쫓고 있다는 것을 알까 두려워 가까이 접근할 수는 없었으나, 점점 용기가 생겨서 바짝 뒤에 따라붙었다. 남자가 한 마디 하자 그녀가 맑은 소리로 웃기 시작했다. 익숙한 웃음소리가 그의 심장을 후볐다. 그는 안색이 변했고 다리도 움직이지 않았다. 멍청히 그녀의 뒷모습을 바라보았다. 그녀의 풍만한 육체가 어떤 때보다도 더 그를 유혹했고 이것이 그의 마음을 더욱 아프게 했다. 바라보니 다른 사람의 몸이 시선을 가로막고 있었다. 그는 앞으로 나아갔다. 얼굴은 금방 붉어졌고, 가슴이 무척 뛰었다. 그는 손을 내밀어 그녀를 붙잡거나 아니면 큰 소리로 그녀를 부르고 싶었으나, 아무 행동도 하지 않았다. 아내는 그 남자와 함께 새로 개업한 멋들어진 커피숍으로 들어갔다.

그는 문 앞에 섰으나 어찌 해야 할지 몰랐다. '들어가서 이야기를 한다? 좋지 않아. 일을 망칠 수도 있으니까. 그렇다면 일단 사무실로 돌아가고 다른 기회를 잡아서 그녀와 이야기를 할까? 역시 좋지 않아. 마음을 놓을 수가 없어. 조금이라도 일찍 화해를 해야 하는데. 그렇다면 문 앞에서 그녀가 나올 때까지 기다려야 하나. 안 좋아. 그녀의 체면을 깎을 수 있고, 게다가 그녀가 이해하지 못한다면?' 만일 다툰다면 그는 그녀를 구속할 권리가 없었다. 그들은 그저 동거를 하고 있는 관계일 뿐, 정식으로 결혼한 사이는 아니었다. 당초에 그는 형식적인 결혼식을 반대했으나, 이제는 자신이 사용할 수 있는 유일한 무기를 그리 쉽게 내팽개쳤다는 사실에 후회하고 있었다. 그녀는 처음부터 끝까지 완전한 자유를 지니고 있는 셈이었다. 이러저러한 생각 끝에, 그는 고개를 푹 숙이고 사무실 쪽으로 돌아가기 시작했다.

아내와 젊은 남자가 친밀하게 이야기하는 모습이 비쳤고, 우연히 그녀의 웃음소리가 들려왔다. 그녀의 웃음소리에 정신이 팔린 그는 인력거와 부딪치고 말았다.

그가 사무실에 들어왔을 때, 그의 동료는 아래층 책상에 앉아서 신문을 보고 있었다.

"왜 그래, 왕 형? 오늘 안색이 안 좋은데. 밥도 먹지 않고, 무슨 일이 있어요?"

성이 판인 젊은 동료가 비웃는 어투로 물었다. 자신의 일을 틀림없이 알고 있다고 그는 생각했다.

"아무 일 없네. 배가 조금 아플 뿐이야."

그는 황급히 웃음을 지어보이고 거짓말을 했다.

"배가 아프면 약을 먹게나. 오후에는 일하지 말게. 반나절만 쉬겠다고 얘기하고."

쭝씨 성의 동료가 말했다. 이 사람은 쉰 살 전후로 몸이 건장했다. 완전한 대머리에 구레나룻이 무성했고, 네모꼴 얼굴에 딸기코가 유난히 컸다. 유머가 있고 얼굴에는 언제나 웃음을 띠었으며 동료들과도 잘 어울렸다. 술을 좋아하고 이야기하기를 좋아했다. 그는 이곳에 집도 친척도 없었다. 이곳의 동료들은 그를 '쭝라오'라고 부르면서, 생활을 잘 꾸려나가고 즐겁게 지내면서 대인 관계가 좋다고 그를 칭찬했다.

"괜찮습니다. 정신은 말짱해요."

왕원쉬안은 아무렇게나 대답하고 위층으로 올라갔다. 판이 그를 잡았다.

"왕 형, 여기 좀 앉아요. 아직 일할 시간도 안 되었는데, 왜 벌써 올라갑니까?"

"자네 요새 말랐어. 많이 쉬어야지. 월급 좀 받겠다고 건강 까지 망칠 텐가? 쓸데없는 일이야."

쫑라오도 그에게 신경을 써주며 이렇게 말했다. 그는 빈 의 자에 걸터앉으며 참지 못하고 나지막이 한숨을 내쉬었다.

"무슨 일이야? 무슨 일?"

쫑라오가 놀라서 물었다. 그리고 그의 어깨를 두드렸다.

"자네, 젊은 사람들은 좀 넓게 보아야 하네. 지나치게 진지 할 필요가 없어! 올해 같은 때 정말 즐거운 사람이 어디 있겠 나! 제 몸 보양하는 게 제일 중요하지."

"이 월급 가지곤 마누라도 먹여 살리기 어려운데 어떻게 몸 을 보양하겠어요!"

"알겠네. 자네 부인하고 다퉜구먼."

"아닙니다. 아니에요."

그는 황급히 고개를 내저으며 변명했으나, 얼굴을 보면 누 구라도 거짓말인 줄 알 수 있었다.

"이봐, 왕, 부정할 필요 없네. 부부간의 싸움이란 늘 있는 일 이잖아. 정말로 다투었다면 자네가 좀 양보하게. 부인을 존중 하면 자네도 잘 돌보아 줄 걸세. 이런 일은 걱정할 필요가 없 어!"

쫑라오가 미소를 지으며 말했으나, 그는 아무 말도 하지 않고 마음속으로 고개를 끄덕였다.

"쫑 형님의 말씀에 찬성할 수 없습니다. 한 걸음 양보가 곧 공처가의 출발이지 않습니까? 남자라고 해서 양보만 해서는 안 됩니다. 여자들이란 툭하면 울고, 욕하고, 심지어는 때리기까지 한다니까요!"

판이 웃으며 말했다.

"그런 말은 할 필요도 없네. 자네가 공처가라는 것은 누구나 알고 있으니까. 여기 또 누가 있나."

쫑라오가 손을 내저었다. 판은 얼굴이 새빨개져서 고개를 늘어뜨리고 아무 말이 없었다. 왕원쉬안은 고개를 들어 판을 흘낏 바라보고 입을 움찔거렸다. 무슨 말인가를 할 듯싶었으나 입을 다물어버렸다.

"왕, 말을 들어주는 것이 배나 이득이 된다는 속담이 있네. 올해는 모두 다 고생을 하고 있으니 무슨 다툴 일이 있나! 여자는 남자만큼 고생하지는 않지만 때로는 화도 내고 소란도 피우는 거라네. 다 인지상정 아니겠나. 자네가 몇 마디만 건네면 설사 그녀가 이해하지 못한다 해도 모든 일이 깨끗이 될 텐데. 아내를 대하는 가장 좋은 무기는 침묵이라네."

"쫑 형님의 이 말은 경험에서 우러나온 교훈이군!"

판이 큰 소리로 웃었다. 왕원쉬안은 놀랐다. 그는 이 말이 이해된 듯도 하고 안 된 듯도 했다. 그가 갑자기 일어서더니 나지막이 중얼거리며 밖으로 나갔다.

"다시 그녀를 찾아가야지."

"왕 형, 어디 가는 거요?"

판이 뒤에서 물었다.

"곧 돌아오겠네."

그는 총총히 대답하고는 고개도 돌리지 않고 나가버렸다.

"뭘 하러 가는 거지?"

판은 호기심이 일었다. 쫑라오는 묵묵히 고개를 흔들다가 잠시 후에 가벼이 탄식을 했다.

5

그는 다촨은행에 도착했다. 아직 근무시간 전이라 정문은 닫혀 있었다. 그는 옆문으로 들어갈 용기는 없었다. '만약 그녀가 아직 돌아오지 않았다면? 나를 만나기 거절하거나 보더라도 미소 한 번 짓지 않는다면, 그리고 온화한 대답을 한 마디도 하지 않는다면 어떻게 하나? 어눌한 말솜씨로 자신의 생각을 전부 전달할 수 있을까? 그녀에게 나의 고충을 이해시키고 가슴속에 담긴 진심을 밝힐 수 있을까? 그녀를 설득하고, 감동시키고, 만족시켜서 함께 돌아가도록 할 수 있을까?' 그는 생각했다. 결심이 흔들렸고 용기가 사라졌다. 그는 앞으로 가야 할지 뒤로 가야 할지 알 수가 없었다. 문 앞에 몇 분쯤 서 있다가 끝내 고개를 숙이고 돌아갔다.

십여 걸음쯤 갔을 때 여자 구두 소리에 고개를 들어보니 그녀가 앞에 있었다. 그녀는 여전했다. 그녀는 그를 알아보고 발걸음을 멈추었다. 놀라서 쳐다보고는 말하려는 듯이 입술을 움찔거리다가 갑자기 얼굴을 떨어뜨리고는 묵묵히 걸어갔다.

"수성."

그는 용기를 내서 불렀다. 심장이 마구 뛰었다. 그는 대답을 기다렸다. 그녀는 의아한 눈빛으로 그를 바라볼 뿐, 아무 말도 없었다. 그는 떨리는 목소리로 다시 불렀다. 그녀가 다가왔다.

"무슨 일이에요?"

냉랭한 어투였고 눈빛도 아주 차가웠다.

"15분만 시간을 낼 수 없소? 할 말이 있는데."

그는 고개를 숙이고 떨리는 목소리로 말했다.

"일하러 가야 해요."

"긴한 일로 상의 좀 해야겠소."

그는 얼굴을 붉히고 혼이 난 아이처럼 말을 했다. 그녀의 표정이 부드러워지더니, 잠시 있다가 나지막이 말했다.

"그러면 오후 5시에 은행으로 찾아오세요."

"좋소."

그는 눈물을 흘릴 듯이 감격했다. 그녀는 잠자코 그를 바라보았다. 그는 은행 옆문으로 사라지는 그녀의 뒷모습을 바라보았다.

'그녀와 떨어진 지 하루가 지났을 뿐인데 왜 이렇게 낯설게 느껴질까?' 갑자기 이런 의문이 그의 머릿속에 떠올랐다. 그는 누군가 이 질문에 대답해주기를 기다렸다. 머리가 너무 무거워져서 무슨 무거운 물건이라도 들어 있는 것 같았다. 지나가는 사람의 어깨에 얼굴이 부딪쳐 몸이 한두 차례 흔들렸다. 그는 인도로 쓰러질 뻔했다. 깊은 꿈에서 깨어난 듯, "어" 하고 가벼이 소리치고, 급히 몸을 바로잡았다. 사람들이 눈앞에서 바삐 오가고 버스와 인력거도 먼지를 일으키며 미친 듯이 달리고 있었다. '일하러 가야겠군.' 그는 발걸음을 성큼성큼 내디뎠다.

길에서 그는 계속 그 문제를 생각했다. 회사 앞에 이르러서 그는 "모두 내 잘못이지. 오후에 그녀에게 반드시 사과해야겠어" 하고 중얼거렸다.

책상 앞에 돌아왔으나, 저우 주임은 없었다. 다른 두 명의 상관인 리 비서와 교정과 우 과장이 담배를 피우며 한담을 나누고 있었다. 그들이 낮은 소리로 웃으면서 그를 흘겨보았다. 틀림없이 자신과 아내의 일을 이야기했을 거라고 그는 암암리에 단정했다. 얼굴이 달아오르는 것을 느끼고 고개를 교정쇄에 묻고 그들의 시선을 피했다.

그가 보고 있는 교정쇄는 어떤 저명인사의 번역 원고였다. 원작은 전기문인데, 번역은 마치 불경 같아서 어려운 글자가 수두룩했다. 명백한 구절을 하나도 찾을 수 없었지만 그저 기계적으로 한 자씩 한 자씩 대조해나갔다. 동료들의 웃음소리가 높아갈수록 그의 고개는 낮아만 갔고 묵 향기만이 코를 강렬히 자극했다. 평소에는 익숙했던 냄새가 오늘만은 맡기 역겨웠으나 그는 그저 꾹 참았다. 저우 주임이 왔다. 무슨 일인지 모르지만 매우 불쾌한지 앉자마자 급사를 욕하기 시작했다. 한 직원이 '지금 월급으로는 생활을 유지하기도 힘들고, 하급직원은 더욱 심하다'며 월급 인상을 제기했다고 한다.

"국가의 일인데 여기서 말해본들 무슨 방법이 있나? 국가 관리들이 여기서 일하는 것도 아닌데, 우리는 밥이나 먹으면 됐지!"

주임은 화가 나서 큰 소리로 대답했다.

'그러면 당신 월급을 줄이면 되지 않겠소?' 왕원쉬안은 남몰래 욕을 했다. '당신은 1년에 그렇게 조금 일하면서 30만 위안이나 받아가니 어찌 우리들 고통을 알겠소! 당신이 이처럼 각박하게 굴지 않았다면 수성과 다툴 일도 없었을 거요.' 그는 감히 소리도 내지 못하고 숨소리조차 죽였다. 저우 주임이 마음속의 불평을 알아챌까 두려웠기 때문이었다.

다행히 5시까지는 버틸 수 있었다. 조퇴하기가 두려워 퇴근종이 울리고 나서야 교정쇄를 서랍에 집어넣고 황급히 아래로 내려왔다. 쫑라오가 뒤에서 그를 붙잡고 말을 건넸으나 그는 듣지 못했다.

다촨은행 앞에 이르니 정문은 잠겨 있었으나 옆문은 아직 열려 있었다. 그가 막 들어가려고 하는데 그녀가 사무실에서 나왔다. 그를 보고는 미소를 지으며 고개를 약간 끄덕였다. 그는 용기가 솟았고 주위도 돌연 밝아져서 마치 금방이라도 봄이 올 것 같았다. 그는 얼굴 가득 미소를 띠우고 그녀에게 다가갔다.

"우리 국제로 가요."

"좋아."

그는 감격했다. 그는 '국제'가 몇 시간 전에 수성이 젊은 남자와 함께 간 바로 그 커피숍이라는 것을 몰랐다. 일순 마음이 가벼워져서 이틀 동안 그의 마음을 짓누르던 돌덩이가 사라져버린 기분이었다. 그녀는 그의 오른편에서 걷고 있었는데 그와 가깝지는 않았다. 그녀는 길에서 입을 다물고 오직 세 차례 기침을 했을 뿐이었다.

"어디 아프오?"

그는 놀란 마음에 그녀에게 물었다. 그러나 그녀의 얼굴에는 병색이 없었다.

"괜찮아요."

그녀는 가벼이 고개를 흔들고 다시 굳게 입을 다물었다. 다른 말을 할 용기가 곧 사라져버렸다. 그도 계속 침묵했다. 오래지 않아 그들은 국제 건물로 들어섰다.

그가 이 커피숍에 온 것은 처음이었다. 정교한 인테리어와 하늘색 커튼이 실내 가득 온화한 느낌을 주었다. 가구는 모두 새것이고, 좁고 긴 방에는 손님들로 가득했으나 시끄럽지는 않았다. 길가 쪽의 탁자 하나만 비어 있었다.

"이곳은 처음 오는데."

"당신의 그 쥐꼬리만 한 월급으로 어떻게 자주 커피숍에 오겠어요!"

그는 가슴이 뜨끔하여 곧 고개를 숙이고 중얼거렸다.

"예전에는 나도 자주 갔었소."

"그거야 팔구 년 전 일이죠. 예전엔 우리 모두 이런 식으로 살지는 않았어요. 최근 2년 사이에 모든 것이 변해버렸죠."

그녀가 중얼거렸다. 그녀는 작은 소리로 한숨을 쉬었다. 할 말이 더 있는 것 같았으나 보이가 와서 말이 끊어졌다. 그녀가 커피 두 잔을 주문했다.

"이후에는 얼마나 더 고생을 할지 모르겠어요. 전에 상하이에 있을 때는 오늘날 이런 생활을 하리라고는 꿈에도 생각지 못했는데. 그때 우리 머릿속에는 이상이 가득 찼었죠. 우리가 꿈꾸던 교육활동이나 농촌과 가정의 교육사업 등등."

그는 꿈을 꾸듯 미소를 지었다. 그러나 즉시 눈썹을 찌푸렸다.

"이상도 하지. 생활뿐만이 아니라 우리들 마음도 변했으니, 나도 어떻게 변해버렸는지 말할 수 없지만."

그는 약간 분노 어린 어투로 말했다. 보이가 커피를 가져왔다. 유리로 된 설탕 그릇을 열고 수저로 설탕을 떠서 그녀의 잔에 넣었다. 그녀가 온화한 눈빛으로 바라보았다.

"예전의 일이 정말 꿈만 같아요. 우리는 이상이 있었고 이상을 실현할 용기도 있었는데, 지금은…… 왜 우리는 예전처럼 살 수 없는 건가요?"

그녀가 말했다. 여운이 긴 이 몇 마디는 그녀의 진심에서 우러나온 것이 분명했다. 그는 매우 감동해서 그녀와의 거리가 단축되는 것을 느꼈다. 다시 용기가 솟아서 그는 떨리는 목소리로 말했다.

"그러면 오늘 함께 집으로 돌아갑시다."

그녀는 대답하지 않고 그를 바라보았다. 눈에는 놀라는 표정과 더불어 희열이 떠올랐다. 그는 그녀의 눈빛이 잠시 빛나는 것을 보았다. 그녀는 창밖을 바라보다 고개를 돌려서 탄식했다.

"당신은 아직도 우리가 예전으로 돌아갈 수 있다고 생각하나요?"

그녀의 눈가가 붉어졌다.

"과거의 일은 모두 내가 잘못했소. 내 성질이 왜 이처럼 변했는지 나도 모르겠소."

"당신 잘못이 아니에요. 요즘 같은 때에 누가 아직도 좋은 마음을 지니고 있겠어요? 당신만의 잘못이 아니에요. 내 고집도 문제예요."

"내 생각엔 이후에는 좋은 생활을 보낼 수 있을 것 같은데."

그는 용기가 났다.

"이후는 더욱 아득해요. 사는 것에 아무런 의미가 없어요. 사실대로 말하면 나는 은행에서 일하고 싶지 않아요. 그러나 안 하면 어떻게 살아가겠어요? 최고 교육을 받은 내가 은행에서 말단직을 하고 있으면서 사람들이나 속이고 있다니, 가련하지요!"

여기까지 말하고 그녀는 눈이 새빨개져서 고개를 숙였다.

"그러면 나는 어떻고? 하루 종일 말도 안 되는 문장이나 고치고 있는데. 수성, 그런 말 하지 마오. 한 번만 용서하구려. 오늘 함께 돌아갑시다. 이후로는 절대로 화내지 않겠소."

그는 자신을 억제하지 못하고 애걸했다.

"진정하세요. 사람들이 보고 있어요."

그녀는 고개를 들고 작은 소리로 경고하면서 잔을 입가로 가져가 천천히 커피를 마셨다. 마치 찬물이 머리 위에서 쏟아져 심장까지 얼어붙는 것 같은 기분이었다. 그는 다시 커피를 마셨다. 오늘 커피는 특별히 썼다. '좋군. 쓸수록 좋아.' 암암리에 속삭이고는 잔에 남은 커피를 다 마셔버렸다.

"어려워하지 마세요. 당신과 함께 돌아갈 수 없는 것은 아니에요. 그러나 생각해보세요. 돌아가고 난 후의 상황을. 당신 어머니는 너무나 완고해서 나 같은 며느리는 마음에 안 들어 하시고, 또 다른 사람이 자기 아들을 사랑하는 꼴을 못 보니. 나는, 나는 어머니의 성격을 견딜 수 없어요. 앞으로도 예전처럼 다투면서 살지 않으면 안 되니, 당신은 더욱 고통스러울 거예요. 게다가 생활은 어려우니 내가 있는 것이 더욱 당신에게 부담이 될 거예요. 이 점을 정확히 보세요. 이처럼 헤어져 있으면 우리는 여전히 좋은 친구로……."

그녀는 담담히 말했으나 목소리에 고통을 참고 있는 기색이
엿보였다.

"그러나 샤오쉬안은······."

"샤오쉬안은 제 할머니와 잘 맞아요. 할머니가 예뻐해 주고,
아버지가 사랑하니 별 걱정 없어요. 오히려 내가 그 아이와 함
께 하는 시간이 많지 않으니까 지금은 나이도 적지 않아서 나
같은 어머니는 필요 없을 거예요."

"그렇지만 나는 당신이 필요하오."

그는 여전히 애처롭게 매달렸다.

"당신을 더욱 필요로 하는 건 당신 어머니세요. 나는 어머니
를 넘어설 수 없어요. 어머니가 있는데 내가 어떻게 돌아갈 수
있겠어요."

그녀는 결연했다.

"그러면 나는 어떡하라고? 나는 사는 것 같지 않은데!"

그는 두 손을 모으고 비통하게 말했다.

"그만 가세요. 당신도 돌아가서 식사를 하셔야죠."

그녀는 짤막하게 한숨을 내쉬고 온화하게 말하다가 큰 소리
로 보이를 불러서 계산을 했다. 탁자 위에 돈을 놓고 먼저 일어
나서 의자를 뒤로 밀었다. 그도 묵묵히 일어나 그녀의 뒤를 따랐
다. 밖에 나오니 밤은 벌써 깊었고 한기가 스며 몸이 떨렸다.

"그럼 안녕히 가세요."

그녀는 온화하게 말하고 몸을 돌렸다.

"안 돼."

그는 참지 못하고 이 말을 토했다. 그녀가 몸을 돌려서 가는
것을 보고도 잡지 못했다. 마침내 온종일 뇌리를 맴돌던 의문

이 튀어나왔다.

"솔직하게 고백해봐. 다른 사람이 있는 거지? 어머니께는 말하지 않겠어."

그녀의 표정과 태도는 변함이 없었다. 그의 질문이 그녀를 화나게 하지 않고 오히려 연민을 불러일으켰다. 그녀는 그의 말을 명백히 알아듣고 우울한 웃음을 지었다.

"누가 있을 수도 있고, 없을 수도 있어요. 그렇지만 걱정 마세요. 올해 저는 서른넷이에요. 스스로를 관리할 줄은 알아요."

그녀는 고개를 숙여 인사하고는 의연하게 다른 방향으로 가버렸다.

그는 멍청하게 그곳에 서서 그녀의 뒷모습을 바라보았다. 아무것도 보이지 않고 그저 그녀가 멋진 코트를 입은 젊은 남자와 앞에서 걸어가는 모습만, 영원히 앞으로 나아가는 모습만 눈에 들어왔다.

'실패했군. 수많은 말을 나누었지만 결과는 하나도 없으니. 정말 그녀가 무슨 생각을 하는지 모르겠어. 어쩌면 좋을까?' 이처럼 생각하자 눈앞이 캄캄해졌다.

'돌아가자.' 자신의 말소리가 귓가에 들려왔다. 비틀거리며 돌아섰다. '집, 내가 있는 곳은 어떤 집인가!' 길에서 그는 계속이 말만 되뇌었다.

6

그는 집으로 돌아왔다. 대문은 어두컴컴한 동굴 같았다. 오늘
은 이 일대가 정전이었지만, 문 앞에 등잔불을 내건 마음 좋은
사람은 단 한 명도 없었다. 그는 칠흑 같은 복도를 더듬어 계단
에 이르렀다. 한 층씩 한 층씩 올라 겨우 3층에 도달했다. 문 틈
새로 실낱같은 불빛이 흘러나오고 있었다. 문을 밀고 들어가자
어머니가 탁자에 앉아서 밥을 먹다가, 문소리를 듣고 고개를
들며 매우 기뻐했다.

"아범 돌아왔구나! 빨리 와서 밥 먹어라. 지금까지 아범을
기다렸단다. 아범이 밥 먹으러 오지 않는 줄 알았다."

"일이 있어서 좀 늦었어요."

그는 신경질적으로 힘없이 말했다. 그가 식탁으로 가자 어
머니는 맞은편 의자에 앉았다가 다시 일어나서 아들에게 밥그
릇을 가져다주었다.

"빨리 먹어라. 아직 따뜻하구나. 오후에 2층 팡 사장 가게에
가서 고기 한 근을 사왔다. 오랜만에 홍사러우(紅燒肉)를 삶아놨

지. 아범이 좋아하는 것이야. 솥 안에 넣어두었다가 방금 꺼냈다. 아직도 뜨끈뜨끈하구나. 한번 먹어봐라. 아범이 좋아하는 요리야."

어머니는 미소를 짓고 자기 그릇의 밥을 급히 먹어치웠다.

그는 조용히 어머니의 자상한 말을 들으며 홍사러우가 담긴 접시를 잠시 바라보았다. 그러나 밥그릇 주위에 붙어 있는 밥알을 보자 마음이 심란해져서 그저 침대에 누워 울고 싶었다.

그는 여전히 고개를 숙이고 우물우물 어머니의 말에 대답했다. 입맛은 없었지만 젓가락으로 홍소육을 집어 들었다. 어머니 앞에서 그는 아직도 온순한 아이에 지나지 않았다.

"오늘 몸이 안 좋구나, 그렇지?"

그의 침묵에 어머니는 신경이 쓰이고 불안해져서 아들에게 물었다.

"아니에요. 전 괜찮아요."

그는 고개를 저었고, 고개를 다시 숙이고는 더 이상 말하지 않았다. 어머니는 아들을 바라보며 아들이 몇 마디라도 더 해주기를 바랐다. 그러나 아들은 어머니를 바라보지도 않았다. 어머니가 참지 못하고 또 물었다.

"음식이 차지 않니?"

"아니요."

그는 고개도 들지 않고 기계적으로 대답했다. 어머니는 하루 종일 아들을 기다렸는데 아들이 자신에게 냉담하게 대하자 매우 실망했다. 아들의 마음속에서 며느리가 장난을 치고 있다는 것을 어머니는 명확하게 깨달았다. 자신을 유심히 바라보는 어머니의 시선을 눈치 채자 그는 젓가락을 내려놓고 묵묵히 일어났다.

"많이 먹었니?"

어머니는 막 치솟는 화를 억누르고 온화하게 물었다.

"예."

그가 식탁을 치웠다.

"한 그릇밖에 안 먹었는데."

"조금 전에 수성과 함께 커피를 마셨어요."

그는 마음을 먹고 사실대로 말했다. 어머니는 화가 머리끝까지 치밀었다. 또 그년이군! 자신은 집에서 식사 준비를 하고 아들과 함께 먹기를 기다리고 있었는데 아들은 그년과 함께 커피나 마시고 온 것이었다. 그들은 즐거웠을 것이다. 그 싸가지 없는 계집. 아들은 그년에게 달려가서 염치도 없는 년에게 고개를 숙였음에 틀림없었다. 어머니는 참을 수 없는 분노가·치밀어 소리를 질렀다.

"어째서 그년을 찾아간 게야? 그년이 아직도 아범을 만날 염치가 있다더냐?"

"저는 함께 돌아오려고 했어요."

"홍, 그년이 뭐가 좋아서 돌아오겠니?"

"오늘은 비록 돌아오기를 거절했지만, 제 생각에는 며칠 지나면 마음을 돌릴 것 같아요."

"그년이 돌아와? 아범은 정말 꿈을 꾸고 있구나! 내가 아범이라면 지금 당장 이혼 수속을 밟을 거다. 흘러간 물은 다시 돌아오지 않아. 내가 이 집안에 들어온 지 벌써 30여 년이다. 며느리란 참으로 어려운 자리인지라 지금까지도 나는 마음 편한 적이 없었는데, 나는 살면서 그런 년은 본 적이 없다!"

어머니는 얼굴이 새빨개졌다. 자신이 무슨 말을 하든 아들의 마음이 변하지 않을 거라는 건 알았지만 어찌할 방법이 없었다. 여전히 자신은 며느리를 이기지 못하고, 아들의 입에서는 며느리의 이름이 가장 친숙하게 나온다.

"보아하니, 그녀에게도 고충이 있어요. 말하려 하지는 않았지만……."

아들은 어머니의 말을 듣지 않은 듯 자신의 일만을 생각하고 자기 말만 했으나, 그의 말은 어머니에 의해 중단되었다.

"아직도 그년을 변호하는 게냐? 정말 쓸데없는 놈 같으니라고! 그년은 아범을 버리고 딴 남자를 사귀고 있는 게야. 연애편지나 쓰고 있는 주제에, 무슨 말라비틀어질 고충이란 말이냐!"

어머니도 일어나서 삿대질을 해가며 소리쳤다.

"연애편지가 아니에요."

"아니라면 왜 아범에게 보여주기를 두려워하겠느냐? 왜 눈이 맞아 도망쳤겠어."

'눈이 맞아 도망치다'는 말이 나오자 어머니의 두 눈이 아들의 얼굴에 고정되었다.

"어머니."

그가 애원하듯이 말했다. 눈에는 벌써 눈물이 가득했다.

"말해봐라."

아들의 눈물이 어머니의 동정을 자아냈고 이 때문에 원한도 차츰 누그러졌다. 아들은 아직 어린애 같았고 밖에서 당한 굴욕을 집에 와서 어머니께 호소하는 것 같아서 어머니는 아들을 불쌍하게 바라보았다.

"어머니, 어머니는 수성을 오해하고 계세요. 그녀는 도망친

게 아니에요. 친구 집에 며칠 머물고 있다가 돌아올 겁니다."

"홍, 내가 오해하고 있다고? 사실대로 말하면, 내가 아범보다 더 그년을 잘 알고 있을 게다. 그년은 아범하고는 영원히 고생을 할 수 없는 년이야. 그런 년인 줄 나는 벌써부터 알고 있었다. 이제 와서 아범에게 말해주는 게야. 아범이 가난하든 부자든, 그저 어미만이 함께 사는 거야. 아범은 내가 그년을 오해한다고 했는데, 그년도 아범에게 이처럼 말하더냐?"

그는 어머니가 다시 화를 내는 것을 보고 마지막 질문에는 대답하지 않고 고개를 내저었다.

"아니요. 아무 말도 하지 않았어요."

어머니는 잠시 동안 아들을 노려보더니 길게 한숨을 내쉬었다.

"가서 편히 쉬어라. 내가 치우마. 오늘도 피곤할 테니."

"괜찮아요. 피곤하지 않아요."

그는 아무렇게나 대답했다. 사실 그는 매우 피곤했지만 어머니를 도와서 끝까지 설거지를 마쳤다.

어머니는 촛대를 방 가운데 있는 탁자 위에 놓았다.

"나는 여기서 바느질할 게 좀 있으니 아범은 일이 없으면 먼저 가서 자거라."

어머니는 옆방에서 남자아이의 외투를 꺼내 오더니 탁자 앞에 앉아서 심지를 돋우고, 안경을 끼고 고개를 깊이 숙인 채 옷을 꿰매기 시작했다. 촛불은 한참 몹시 흔들리더니 다시 침침해졌고, 어머니의 고개는 더욱 낮게 숙여진 것 같았다. 그는 침대에 누워 잠시 눈을 붙이려고 생각했으나 침대 가에 잠시 걸터앉았다가 일어나서 탁자 앞으로 돌아가 묵묵히 서 있었다.

그의 눈은 소금이 한 줌 흩뿌려진 것 같은 어머니의 머리카락에 머물렀다. 그는 어머니가 이제 노쇠해져서 백발이 성성해졌다는 것을 새삼 깨달았다. 어머니는 갑자기 안경을 벗어 몇 차례 닦더니 다시 끼고서 일을 계속했다.

"샤오쉬안도 불쌍하지. 이 옷으로 벌써 세 번씩이나 겨울을 나고 있구나. 내년에는 입지 못할 거야. 제대로라면 올해에는 새것을 사주어야 하는데, 아버지가 이처럼 고생하니 학교에 보내는 것도 쉽지 않게 되었고…… 흥, 이놈의 양초도 갈수록 나빠진다니까, 한 자루에 30전씩이나 하면서 이 모양이니. 조금도 밝지 않아 눈만 버리지. 나는 늙었으니 이제 쓸모없는 사람이 되었고, 그저 이 바늘 몇 개로 이렇게 시간을 보낼 뿐이다. 아이 엄마도 아이를 돌보지 않지. 아이의 목숨이나 고생을 모조리 우리한테 떠넘기고서는."

그녀는 아들이 옆에 서 있는 것을 보지 못한 채 중얼거렸다.

"어머니, 밤에는 일하지 마세요. 눈이 요새 더욱 나빠진 것 같아요. 몸을 아끼셔야지요."

"곧 끝난다. 얼마 안 남았어."

그녀는 고개를 들어 아들을 바라보았다.

"낮에는 반찬 만들고 밥 해야지, 밤에 하지 않으면 언제 하겠니. 내 눈은 별다른 용도가 없으니, 아껴서 무엇하겠니."

그녀의 오른손은 실 꿴 바늘을 들고 외투 위에서 부지런히 움직이고 있었다.

"그년하고는 비할 수 없지. 이것도 못하고, 저것도 못하고, 그저 제 몸 하나 예쁘게 꾸미는 것밖에 모르지. 제가 낳은 아이도 돌보지 않으면서, 뭐, 대학을 졸업했다고? 고등교육을 받았다고? 은행에서 체면이 있다고? 흥, 나는 이때껏 그년이 집에 돈 한 푼 가져오는 꼴을 못 봤다."

"어머니, 집에 도움을 주지 않았다고 할 수는 없어요. 샤오 쉬안의 학비, 식비는 그녀가 내고 있잖아요. 이번 학기에도 벌써 3만 위안 정도는 그녀가 부담했어요."

"그건 그년이 초래한 일이다. 샤오쉬안을 그런 귀족학교에 보내야만 한다고 한 건 그년이니까. 급우들은 모두 부잣집 자식들인데, 샤오쉬안만 가난한 집 아이이니 모든 점에서 다른 아이들과 비할 수도 없다. 게다가 그년은 아이에게 돈을 많이 주는 것도 아니야. 샤오쉬안이 늘 힘들다고 툴툴댄다."

그는 어머니의 말을 듣고 있지 않았다. 피곤할 뿐만 아니라 귀찮기 짝이 없었다. 편안히 잘 수도, 편안히 일을 할 수도, 심지어는 어머니가 일하는 것을 편안히 볼 수도 없었다. 방 안은 춥고 어두웠다. 그의 마음은 어느 한 곳 머물 곳 없이 표류하고 있었다. 고통스러워서 한바탕 울부짖고 두들겨 맞고 싶었다. 그러나 그는 그저 불안하게 어머니 곁에 서 있을 뿐이었다.

그는 성큼성큼 문으로 향했다. 문을 열고 나가자 어머니가 그를 불렀다. 그는 대답조차 하지 않고 총총히 아래층으로 내려갔다. 어둠 속에서 오른쪽 눈가가 무엇인가에 부딪쳤으나 아프지도 않았다. 그저 '나는 모든 사람에게 죄스러울 따름이야. 벌을 받아야 해!' 하고 생각할 뿐이었다.

7

그는 대문에 이르렀다. 맞은편 길가에 있는 과일 노점상과 빵
가게에서 흘러나오는 카바이드 등불이 어두운 길거리에 별처
럼 반짝였다. 추위가 밀려와서 어깨를 한번 추켜올렸다. "어디
로 갈까?" 그는 자문을 했으나 답변은 떠오르지 않았다. 그는
성큼성큼 거리로 나섰다. 아무런 목적도 없이 세 블록을 걸었
고, 날듯이 달리는 인력거에 한 번 부딪칠 뻔했다. 인력거꾼이
그에게 욕을 했으나 그는 주변의 모든 것들과 격리된 듯 아무
소리도 듣지 못했다. 공허하기 짝이 없었다.

　다시 한 블록을 지났으나 어디로 가야 할지 알지 못했다. 맞
은편 거리에는 수많은 가로등이 휘황찬란하게 빛났다. 두 거리
가 전혀 다른 세계를 이루고 있었다. 그는 불빛을 향해 걸었다.
길모퉁이에 이르자 갑자기 "원쉬안!" 하고 그의 이름을 부르는
소리가 들렸다. 깜짝 놀라 바라보다가 그는 자신이 술집 앞에
서 있는 것을 깨달았다. 문가에 앉아 있던 양복을 입은 중년 사
내가 그를 부르고 있었다.

"마침 잘 왔네. 앉아서 술이나 드세."

그 사내가 큰 소리로 말했다. 그는 그 사내가 중학교 동창임을 알아보았다. 그들은 반년 정도 만나지 못했는데 그사이에 친구는 많이 늙어 있었다. 평소 같으면 그저 몇 마디 나누고 말았을 것이지만 그는 묵묵히 탁자 곁으로 걸어가서 맞은편 의자를 끄집어내고 앉았다.

"술 좀 가져오게."

친구가 계산대를 향해 큰 소리로 외쳤다. 곧 향기를 풍기며 다취주(大麴酒) 한 병이 왔다.

"나도 한 잔 주게."

친구는 술잔에 남은 술을 다 마시고 붉은 얼굴로 탁자를 두드렸다.

"바이칭, 내 기억에 자네는 술 마실 줄 몰랐던 것 같은데, 언제 배웠나?"

"배운 적 없네. 배운 적은 없어. 먹고자 생각하니, 안 먹고는 안 되겠던데. 자네 먼저 한잔 들게."

친구는 고개를 흔들며 큰 소리로 말했다. 원쉬안은 대답은 하지 않고 그를 바라보았다. 묵묵히 마시고 술잔을 내려놓으며 길게 탄식했다. 뜨거운 기운이 목에서 위까지 곧장 내려가서 그는 참지 못하고 기침을 토했다.

"다 마셔야지. 다 마셔야 해! 다 마시지 않으면 안 돼!"

친구가 손을 내저으며 재촉했다.

"마시겠네. 마신다고."

원쉬안은 남아 있는 술을 단숨에 다 마셨다. 가슴이 무척 뛰었고 얼굴도 달아올랐다.

"한 잔 더 주게."

친구가 탁자를 두드리며 소리치고는 탁자 가운데 있는 접시에서 두부 한 조각과 땅콩을 집어서 그의 앞에 놓았다.

"먹게나."

"더 이상은 못 먹겠네."

"이보게, 무엇이 겁나나! 취하는 게 어떻다고! 취하는 게 깨어 있는 것보다 훨씬 나아."

술은 벌써 그 앞에 놓여 있었다.

"그러나 사람이 평생토록 취해 있을 수는 없지 않나. 늘 깨어 있지."

그는 쓸쓸하게 쓴웃음을 지었다. 친구의 얼굴은 반년 만에 서른 살보다 열 살이나 더 늙어버린 것 같았다. 이마에는 주름이 늘었고, 양 볼은 움푹 패었으며, 눈에는 광채가 완전히 사라지고 흐리멍덩한 눈동자만이 그를 바라보고 있었다. 그는 심란해져서 한마디 덧붙였다.

"깨어나면 더욱 고통스럽지 않은가?"

바이칭은 아무 말도 없이 술을 마시고는, 고개를 들어 그를 바라보더니 다시 한 모금을 마셨다.

"정말 마음이 괴롭네."

친구가 고개를 흔들며 중얼거렸다.

"지내기 힘들다면 왜 여기 와서 술을 마시나? 조금이라도 일찍 집으로 돌아가는 게 낫지 않아? 내 바래다줌세."

"술을 마시지 않으면 또 무얼 하나? 많이 마시면 병이 나겠지. 죽음, 난 두렵지 않아. 죽음도 좋지. 나는 끝났네. 모든 것이 끝났어."

"자넨 모르네. 자네의 처지가 어떻든 나보다는 나을 거야. 하지만 나는 전부 다 견딜 수 있네. 자넨 견디지 못하겠나?"

친구의 야윈 얼굴을 바라보는 동안 자신의 상처가 되살아나는 것만 같아 그는 가슴이 아려왔고 눈물이 날 뻔했다.

"부인은 잘 있나? 아직도 시골에 있고?"

그는 어린애처럼 앳된 친구 부인의 얼굴을 생각했다. 그들은 일 년 전, 한 식당에서 결혼식을 올렸고, 그는 아내 수성과 함께 그의 조촐한 결혼식에 참석했었다. 후에 그는 그들의 시골집에 놀러 갔었는데, 어린 신부는 매우 행복한 미소를 짓고 있었고 수성도 그런 그녀를 좋아했다.

"아내는 죽었네."

친구는 고개를 떨어뜨린 채 그를 보지 않고 나지막이 말했다.

"죽었다고? 무슨 병으로?"

그는 놀라서 바늘방석에 앉은 듯 뛰쳐 일어났다.

"병은 없었네."

바이칭은 고개를 흔들며 침착하게 말했으나 얼굴색은 무척 안 좋았다. 그는 무슨 영문인지 상상을 할 수가 없었다.

"그러면 그녀……."

'그녀'라는 단어에서 그는 입을 다물었다. 그 자신도 다음 말이 두려웠다. '자살'? '참변'? 쇠망치가 가슴을 때리는 것 같았다.

바이칭도 그도 아무 말이 없었다. 견디기 어려운 침묵이 흘렀다. 다른 탁자의 주객들도 모두 불쾌한 듯, 어떤 이는 중얼중얼 고통을 호소하고 있었고 어떤 이는 동료와 논쟁을 벌이고 있었다. 오른쪽 구석에서 고개를 처박고 쓸쓸하게 술을 마시던 중년 사내가 갑자기 일어나 술값을 치르고 나갔다. 그 사내가 나가자 주인이 새하얀 얼굴의 손님을 향해, 방금 나간 손님은 매일 아침저녁으로 오는 단골로, 말하기도 싫어하고 과음도 하지 않으며 안주는 언제나 두부 두 모로, 매일 제시간에 왔다가 제시간에 가는데, 어떤 사람인지 직업이 무엇인지는 아무도 모른다고 했다.

왕원쉬안은 듣기가 지겨워서 고개를 들고 크게 기침을 한 후 고통스럽게 말했다.

"고뇌 없는 곳이 어디에 있겠소!"

바이칭이 놀라 그를 바라보았다. 눈에서는 눈물이 한 방울 한 방울 흘러내렸다.

"오늘이 아내가 죽은 지 7일째 되는 날일세."

잠시 쉬었다가 동창은 말을 이었다.

"열흘 전만 해도 아내는 괜찮았지. 병이라고는 하나도 없었으니까. 산달이 가까워져서 그녀를 데리고 병원에 가서 검사를 했더니, 의사는 아직 한 달 정도, 적어도 보름 후에나 낳을 거라고 말하면서 입원을 못 하게 하더군. 그러나 나는 시골에서 보름씩이나 머물 수가 없었네. 왜냐하면 나와 사이가 좋지 않은 회사의 과장이 일부러 문제를 일으켜 나의 휴가를 허락하지 않았기 때문이지. 어쩔 수 없이 나는 이곳으로 돌아왔네. 사흘째 되던 날, 아내는 진통이 시작되었는데 아무도 돌보아주지 않았네. 후에야 한 집에 사는 부인이 발견하고는 병원으로 데리고 갔다네. 이전에 검사할 때는 순산이라 아무 문제가 없다고 했는데 병원에 도착하니 아이가 나오지 않는 거야. 의사가 이런저런 처치를 한 후에야 아이를 받았는데 이미 죽어 있었다네. 산모도 안 좋았고. 아내는 밤새도록 내 이름만 불렀다는

군. 내 이름만 수백 번 부르다가 죽었다네. 정말 애처로웠다고 하더군. 아래층에 있는 사람들도 들을 수 있었다고 하니까. 아내는 죽기 전에 나를 만날 생각만 한 것 같아. 자신의 한을 풀어달라고 청하고 싶었겠지. 그렇지만 이곳에 있었던 내가 어떻게 알 수 있었겠나! 전화를 받고 황급히 달려갔지만 아내는 이미 차갑게 굳어 있었네. 배가 산처럼 부풀어 올라서 관 뚜껑을 닫지 못할 정도였네. 이제 나는 여전히 결혼 전과 마찬가지로 혼자라네, 나 혼자. 아내를 묻고 나서 이곳으로 돌아와 맨 먼저 장기휴가를 신청했어. 하루 종일 아무 일도 할 수가 없네. 그저 아내가 날 부르는 소리만 들릴 뿐이네. 집에 있든, 거리에 나서든, 어디서나 그 소리뿐이네. 바이칭! 바이칭! 하고 부르는 소리가 자네는 들리지 않나?'

바이칭은 두 손가락으로 눈가를 눌렀다.

"그래, 틀림없이 아내의 목소리야. 얼마나 애처로운지! 그래서 술 생각만 나네. 그저 머리끝까지 취해서 세상사를 잊을 때에야 아내의 목소리가 들리지 않는다네. 살아가는 것이, 산다는 것이, 정말 힘드네! 이제 술마저 없으면 어떤 것이 내 반려가 되겠나?'

오른손으로 얼굴을 가리고 울먹이던 동창의 목소리가 조금씩 잦아지더니 조용히 잠이 드는 것 같았다.

왕원쉬안은 이야기를 다 듣고 나자 커다란 손이 자신의 가슴을 꽉 움켜쥐는 것 같았다. 그는 이런 참기 어려운 고통을 맛본 적이 없었다. 등줄기로 냉기가 한차례 흘러내렸다. 자신을 지탱하고 있던 힘이 사라져버리는 것 같았다.

"자네, 이래서는 안 되네."

그는 점차 무거워지는 압박을 견뎌내기 위해 말을 꺼냈으나 마음은 더욱 아파왔다.

"자네는 문학 석사가 아닌가. 자네 아직도 그 저작들에 대한 계획을 기억하고 있나? 왜 붓을 들지 않는 건가?"

"내 책은 모두 팔아버렸다네. 먹고 살아야지. 책 쓰는 일은 내 일이 아니야!"

바이칭은 갑자기 얼굴을 가렸던 손을 내렸다. 얼굴에는 눈물 자국이 있었으나 눈빛은 사람을 찔렀다.

"내가 어떻게 해야만 하겠나? 다시 결혼하고 아이를 기르고 다시 사람을 죽여야 하겠나? 그런 일을 할 수는 없네. 나는 망가지고 싶네. 이 세상은 나 같은 사람들의 것이 아니네. 우리는 법을 지키고 규칙을 준수하지만, 다른 사람들은 출세하고 돈을 벌고⋯⋯."

"그래서 우리는 죽자고 술을 마시지!"

왕원쉬안이 큰 소리로 말을 이었다. 그도 자신을 억제하지 못하고 완전히 흐트러져버렸다. 제방에 구멍이 나면 물이 한 곳으로 쏠리는 것처럼. 그도 극히 비분하여 모든 것을 잊어버렸다. 오직 취하는 것만이 유일한 출구였다.

"술, 술 가져와!"

주인이 술을 가져왔고, 그는 향기 나는 액체를 바라보며 생각했다. '이것이 정말 어찌된 세상인가!' 그는 술잔을 들고 한숨에 마셔버렸다. 뜨거운 기운이 치밀어 올라 참지 못하고 토해냈다.

"나는 술도 못 마시는군."

그는 자신이 술도 마실 줄 모르는 쓸모없는 인간이라 영원히 사람들의 멸시를 받을 거라는 생각이 들자 반항적으로 남은 술을 몇 모금에 나누어 다 마셔버렸다.

"얼굴이 관운장처럼 새빨개졌군. 취하지 않나?"

"아니야, 아닐세!"

그는 있는 힘을 다해 대답했다. 마치 머릿속에 무겁고 딱딱한 물체가 엉겨 붙은 것 같아서 말을 할 때는 머리가 아파왔다. 얼굴은 새빨개졌고 몸도 가벼워졌다. 일어나려고 했지만 곧바로 설 수가 없어서 다시 앉아버렸다.

"왜 그러나? 조심하게!"

"하나도 안 취했어."

그는 말하면서 웃으려고 했으나 웃어지지가 않았다. 모든 슬픈 일들이 마음속에서 용솟음쳐 올라 그는 울고 싶었다. 정신도 오락가락해지고 마음이 너무 아파서 견딜 수가 없었다. 동창의 눈이 여러 개로 변하더니 그의 앞에서 빙빙 돌아갔다. 애써서 보니 우울한 야윈 얼굴이 보였다. 그러나 순식간에 다시 수많은 눈동자가 전등 빛처럼 선회하고 있었다. 그는 애를 쓰며 탁자를 붙잡고 일어섰다.

"취했네."

그는 패배를 인정하듯이 말하고는 친구에게 고개를 끄덕이며 비틀비틀 술집을 나왔다.

그는 갈지자 걸음으로 한참 동안 걷다가 집을 떠올렸다. 마치 한줄기 밝은 빛이 몸을 비추는 것 같아 정신이 약간 들었다. '어쩌다 이런 꼴이 됐지.' 고통스럽게 생각하면서 그는 집 쪽으로 걸어갔다. 두어 걸음 뗐을 때 거대한 검은 그림자와 얼굴이 부딪혔다. 눈앞에 불꽃이 일더니 얼굴 전체가 아파왔고 달아올랐다. 그는 쓰러질 뻔했다. 그 사람은 흉악하게 두세 마디 욕을 했으나, 그는 듣지 못하고 여전히 비틀거리며 걸었다. 빨리 걷고자 했으나 배 속에서 무엇인가가 치솟아 올라와서 속이 매우 거북했다. 그는 참으려고 했지만 끝내는 집에서 먹은 저녁밥까지 분수처럼 토해냈다. 다 토한 듯하여 입을 닦지도 않고 앞으로 걸어갔다. 술 냄새가 몹시 역겨웠다. 집에 가서 눕고 싶은 마음뿐이었다. 집에 빨리 이르지 못하는 것이 원망스럽지는 않았으나, 마음이 급해질수록 걸음은 느려졌다. 거리의 반쯤을 지나서 또 토했다. 그는 걸으면서 계속 토했다. 길 가던 사람들이 이상하게 바라보았다. 그 눈빛들에 그는 반감을 가지지도 못했다. 주위의 모든 것들을 그는 상관하지 않았다. 누가 옆에 죽어 있다 해도 고개를 돌려 쳐다볼 수 없는 지경이었다.

이때 두 명의 여인이 한 멋진 식당에서 이야기를 나누며 걸어 나왔다. 그의 눈빛이 무의식적으로 그녀들의 얼굴에 머물렀다. 그는 깜짝 놀라서 고개를 돌렸으나 동작이 민첩하지 못해서 두 여인 중 나이가 비교적 많은 사람이 그를 알아보았다. 그녀는 놀라서 "쉬안" 하고 불렀다. 대답을 하지 않고 그는 성큼성큼 어둠 속으로 걸어갔다. 그러나 멀리 가지도 않아 어쩔 수 없이 인도에 웅크리고 앉아 토하기 시작했다. 소리는 컸으나 나온 것은 많지 않았고 마음만 황급해졌다. 입안 가득히 쓴맛이었다. 천천히 몸을 펴고 길가의 전봇대에 기대 기침을 했다.

"원쉬안."

온화한 목소리에 자신도 모르게 고개를 돌렸으나 눈물로 인해 잘 보이지 않았고, 그녀는 빛을 등지고 있어서 눈을 찌푸려도 윤곽만 어렴풋이 보였다. 그러나 그는 수성이 다가왔음을 알고 있었다.

"당신 왜 그러세요?"

그녀가 놀라서 물어보았다. 그는 기침을 하고는 그녀를 바라보았다. 가슴 가득히 할 말이 있었으나 어찌된 영문인지 한마디도 나오지 않았다.

"어디 아프세요?"

그는 고개를 내저었다. 약간 편해졌으나 눈물이 흘러나왔다. 이전의 눈물은 토할 때 나온 것이지만, 지금은 감격과 비참한 마음이 어우러진 눈물이었다.

"왜 집에 가지 않으세요? 견디기 어려운 것 같은데!"

"취했소."

"어쩐 일로 술을 마셨어요? 술을 못 마시잖아요. 빨리 돌아가서 주무세요. 정말 병이 나려고 이래요?"

"어머니도 날 이해하지 못해. 마음이 괴로워서 이리저리 걷다가 동창을 만나서 술을 마셨어. 그리고 취했지. 고맙군. 다시 봅시다."

그는 좀 괜찮아져서 전봇대를 떠나 길 한가운데로 나섰다. 몸은 여전히 비틀거렸다.

"조심하세요. 쓰러지겠어요!"

그녀가 뒤에서 소리를 치더니 곧 달려와 곁에서 말했다.

"바래다 드릴게요."

그녀는 그의 왼팔을 붙잡고 앞으로 걸었다.

"정말 날 바래다줄 거요?"

"바래다주지 않으면 또 달려가서 술 마실까 두렵군요."

그녀가 웃으면서 말했다. 그는 따스한 온기를 느끼고 마음이 매우 편안해졌다.

"다시는 술을 마시지 않겠소."

그는 어린애처럼 말하고는 그녀에 의지해 집으로 돌아갔다.

8

그들은 대문에 이르렀다. 그는 그 커다랗고 새까만 구멍을 보자 곧 눈썹을 찌푸리며 들어가기를 주저했다.

"잘 안 보일 거예요. 조심하세요. 천천히 걸어요!"

그녀는 그를 더욱 바짝 붙잡고 힘껏 그의 어깨를 부축했다.

"당신은? 당신은 들어가지 않을 거야?"

"위층까지 바래다 드릴게요."

그녀가 작은 소리로 대답했다.

"정말 잘해주는군."

그는 감격해서 그녀를 껴안고 한바탕 기쁘게 울고 싶었다. 그러나 그녀는 묵묵히 고개를 숙이고 대문을 들어서서 매우 익숙한 계단에 그의 발을 올려놓았다.

"조심하세요."

그녀는 옆에서 계속 말을 하면서 힘을 다해 그를 부축했다. 그러나 그녀의 부축은 남편의 발걸음을 더욱 더디게 만들 뿐이었다.

"올라가세요."

그녀가 다시 부탁을 하자 그는 남몰래 기쁘게 대답했다. 그들이 3층에 다 올라 마지막 계단을 디딜 때, 옆집 공무원의 아내가 촛불을 들고 밖으로 나왔다.

"왕 부인, 돌아왔군요!"

그 창백한 얼굴의 여인은 미소를 머금고 말을 건넸다. 얼굴에는 약간 놀란 표정이 있었으나, 악의를 지니고 있지는 않았다. 그녀는 이 온순한 부인에게 고개를 끄덕이며 인사를 하고 대답했다.

"장 부인, 내려가세요?"

장 부인은 대답을 하면서 그를 의아하게 바라보더니 온화하게 물었다.

"왕 선생은 어디가 아프신가요?"

그는 고개를 숙이고 그녀 옆에 서서 대답을 하지 않았다. 그녀가 그를 대신해서 대답했다.

"아니에요. 술을 좀 마셨어요."

"우리 집 그이도 취했어요. 그래서 귤을 좀 사러간답니다, 왕 부인. 빨리 모시고 들어가세요. 좀 주무시게 하면 곧 나아질 거예요."

장 부인은 친절하게 미소를 지었다. 그녀의 미소는 비록 가식적인 것은 아니었지만, 미소를 지을 때 이마에는 몇 가닥의 우울한 주름이 분명하게 드러났고, 양 눈썹도 완전히 펴지지는 않았다. '이 가녀린 여인도 생활에 짓눌려 있구나!' 수성은 그녀를 볼 때마다 그런 연민이 떠올랐다. 그 여인은 천천히 내려갔다. 그들 부부는 그녀의 촛불에 의지해 방문 앞까지 이르렀다.

문은 잠겨 있지 않아서 그가 한 번 밀자 곧 열렸다. 집 안은 여전히 어두컴컴했다. 탁자 위에는 초가 불을 밝히고 있었으며, 어머니는 오랫동안 움직이지 않은 듯했다.

　"어디 갔었냐? 나에게 한마디도 하지 않고, 그년을 찾아갔더냐? 아범도…… 내가 마음 굳게 먹으라고 말하지 않던. 요새 여자들 가운데 누가 이런 고통스런 날을 오래도록 보내려고 하겠냐?"

　어머니는 말을 하면서 고개도 들지 않고 바느질을 계속했다. 그녀는 아직도 아들이 혼자 들어온 줄 알고 있었다.

　"힘들어 하지 말거라. 그년은 차라리 없는 게 나아. 장차 전쟁이 승리하면 언젠가 아범도 돈을 많이 벌 테고, 여자는 천지에 널렸어."

　아들이 아무 말도 하지 않자 그녀는 이상해서 고개를 들었다. 갑자기 불빛을 보아서인지 아무것도 눈에 들어오지 않았다. 그녀는 바늘을 놓고 안경을 벗더니 눈가를 몇 번 문질렀다.

　어머니가 '그년'이라고 말을 할 때, 그는 고통스러워서 눈썹을 찌푸리고 한편으로는 아내의 손을 꽉 잡았다. 그는 아내가 어머니와 다툴까 두려웠다. 그러나 아내는 시종 아무 말이 없었다. 그는 더 이상 참지 못하고 "어머니!" 하고 소리를 질렀다. 무엇인가를 갈구하는 비통한 음성이었다.

　"무슨 일이냐?"

　어머니가 놀라서 물어보았다. 눈에서 손을 떼더니 그제야 아들 옆에 여자가 함께 서 있는 것을 보았다.

　"함께 돌아왔어요."

　"그래, 네가 제법 수완이 있구나."

수성은 일부러 침착한 태도로 말을 했고, 어머니는 냉소를 지으면서 고개를 숙이고 바느질을 하기 시작했다. 수성은 미소를 지으면서 어머니를 바라보았다.

"그가 저를 청한 것이 아니에요. 어디서 마셨는지 길거리에 인사불성이 되어 서 있는 것을 보고 제가 데리고 왔어요. 제대로 걷지 못하더군요."

"아범아, 왜 말도 하지 않고 몰래 나가 술을 마신 게냐?"

어머니는 놀란 듯 일어나서 바느질하던 옷을 탁자 위에 놓고 아들 앞으로 걸어와 자세히 살폈다.

"술도 못 마시는 사람이 왜 갑자기 술집으로 간 게야? 아버지가 술에 취해 돌아가신 게 기억나지 않느냐? 어릴 때부터 그렇게 술을 마시지 못하게 했는데 어째서 술을 마신단 말이냐!"

"견디기 어려워서였겠지요. 주무시게 하세요."

수성이 변명했다.

"너와 이야기하는 게 아니야!"

어머니는 고개를 돌리고 화가 나서 수성에게 외쳤다. 수성은 냉소만 지을 뿐 대답하지 않았다.

"아범아, 왜 술을 마셨는지 이야기해보거라!"

어머니는 유약한 어린아이를 타이르듯이 나직이 말했으나, 아들은 피곤한 듯 고개를 숙인 채 아무 말도 없었다.

"말해라! 무슨 일이 있었는지 말하라니까! 사실대로 말해도 나무라지 않을 테니!"

"마음이 괴로워서 취하는 게 나을 듯했습니다."

아들은 어머니의 채근에 사실대로 대답했다.

"그러면 이 아이는 언제 만난 게냐?"

어머니는 계속해서 추궁했다. 다른 감정이 그의 고통을 잊게 했다.

"그만 자러 가게 하세요."

수성이 참지 못하고 또 끼어들었다. 어머니는 대꾸도 하지 않고 아들의 대답을 듣고자 했다.

"저는…… 저는……."

그는 힘껏 이 두 마디를 토해냈다. 가슴이 한 번 잠기더니 뱃속에서 무엇인가가 치밀어 올라서 힘을 다해 억눌렀으나 끝내는 참지 못하고 웩웩거리며 토하기 시작했다. 그의 몸과 어머니의 몸에 더러운 토사물이 쏟아졌다.

"빨리 앉아라."

어머니는 당황해서 다른 문제는 모두 잊어버렸다. 그는 여전히 그 자리에서 허리를 구부리고 토하고 있었고, 아내는 등을 두드려주었다. 어머니는 그에게 의자를 내주었다. 토한 양은 많지 않았으나, 콧물, 눈물이 다 쏟아져 나왔다. 그는 의자에 앉아 기침을 하고는 두 손으로 무릎을 꽉 눌렀다.

"정말 얼마나 견디기 힘들까."

아내가 그의 뒤에 서서 걱정스레 말했다.

"잠을 자도록 돌봐주려무나."

어머니가 마침내 마음을 누그러뜨리고 며느리에게 말했다.

"나는 불을 끄고 오마."

어머니가 나간 후 아내는 남편을 부축하고 침대로 갔다. 그녀는 묵묵히 신발과 외투를 벗겼다. 그는 여러 해 동안 이런 대우를 받지 못했다. 그는 아이처럼 그녀의 행동에 순종했다. 그가 침대에 오르자 그녀는 이불을 덮어주었다. 그녀가 몸을 돌

려서 나가려고 하자, 그가 갑자기 이불 속에서 손을 내밀어 그
녀의 오른손을 꽉 잡았다.

"안녕히 주무세요."

"가지 마……. 모두 당신을 위해서……."

그는 눈을 크게 뜨고 애원했다. 그녀는 말이 없이 생각에 잠
겼다. 그의 곁에 한참 서 있더니, 두 눈에서 천천히 눈물이 떨
어지기 시작했다. 오래지 않아 그는 잠이 들었다. 그러나 그의
손은 그녀를 계속 잡고 있었다.

이날 밤 그녀는 그곳에 머물렀다. 며칠 동안 그를 괴롭혔던
문제가 간단히 해결되었다는 것을 그는 아직 몰랐다. 그는 날
이 밝아서야 깨어났다. 아내는 창가 앞의 작은 책상에서 화장
을 하고 있었다.

"수성."

그는 기쁘고 놀랐다. 그녀는 그를 바라보았는데 얼굴에는
찬란한 미소가 떠올랐다.

"괜찮아요? 일어나실 거예요?"

그는 고개를 끄덕이고 기지개를 켜면서 만족스럽게 대답했다.

"좋아, 일어나야지."

그녀는 다시 고개를 돌리고 화장을 계속했다. 그녀의 말아
올린 뒷머리가 신선했다. 그녀는 가볍게 기침을 했다.

그녀가 돌아온 것이다. 이것은 꿈이 아니라 사실이었다.

9

부부는 십여 일을 평온하게 보냈다. 두 사람 모두 정시에 출근하고 퇴근했다. 아내는 떠나겠다는 말을 두 번 다시 꺼내지 않았고, 친구 집에서 짐들을 가지고 왔다. 상자를 가져오는 날 저녁, 그는 아내를 데리고 극장에 가서 영화를 보았다. 그들은 그 후에도 영화관에 갔으나, 이번에는 3분의 1쯤 보았을 때 경계경보가 울려서 다 보지는 못했다.

어머니는 늘 자신의 작은방에 숨어 지냈다. 그녀는 일부러 며느리를 피하는 것 같았고, 뿐만 아니라 두 사람이 우연히 마주치는 경우가 있더라도 수성 앞에서는 예전처럼 비꼬는 말은 하지 않았고 말을 극히 아꼈다.

일요일 아침, 샤오쉬안이 집에 왔다가 오후에 막차를 타고 학교로 돌아갔다. 어머니는 손자를 보자 매우 기뻐했다. 그녀는 자기가 몸소 기운 외투를 샤오쉬안에게 입혀보았다. 이 외투에 대해서는 며느리도 미소를 지으며 몇 마디 감사의 말을 했다.

하늘은 여전히 음침했고, 때때로 비가 조금씩 오다가 멈추었다. 그러나 길은 오히려 축축해져 있었다. 어떤 때는 길에 진흙이 가득해서 매우 미끄러웠다. 걸어갈 때는 제대로 서 있기가 힘들었다. 보름이 순식간에 지나갔다. 왕원쉬안은 어느 날 출근하다가 교차로 입구에서 넘어져서 왼쪽 무릎이 까졌다. 그는 고통을 참고 비틀비틀 회사까지 걸어갔다. 아직 업무시간이 되지 않아서 쫑라오 혼자 책상에 앉아 있었다. 길 가는 행인들을 바라보고 있다가 왕원쉬안이 들어서자 그를 보며 물었다.

"아니 무슨 일이야? 넘어졌나?"

그는 고개를 끄덕이고 출근부에 이름을 적고는 계단 입구로 갔다.

"하루 쉬지 그래, 몸을 아껴야지!"

쫑라오가 말했다. 그는 계단 입구에 멈춰 서서 어쩔 수 없다는 미소를 지으며 가벼이 대답했다.

"쫑 형도 아시지 않습니까? 월급을 더 받아야 먹고 살 수 있지요!"

"이런 때에 자네는 여전히 월급에만 신경 쓰나! 자네가 회사를 대신해서 죽어줄 텐가! 회사에서 며칠이나 먹고 살 수 있는지 알고 있나!"

쫑라오는 약간 흥분한 듯이 책망하는 투로 말했다.

"그렇다고 무슨 방법이 있나요? 이미 회사의 밥을 오래도록 먹어왔는데."

"회사의 밥을 먹는다고? 이곳은 평생 다닐 만한 직장이 아니야."

쫑라오가 냉소를 지었다. 그는 깜짝 놀라 쫑라오의 책상으로 다가가 나직이 물었다.

"무슨 소식이라도 들었습니까?"

"일본 놈들이 구이린(桂林), 류저우(柳州)를 점령했다네. 침공하는 기세가 매우 거세다네. 만약 적군이 구이저우(貴州)에 들어오면 회사를 즉시 란저우(蘭州)로 옮긴다고 사장이 말했다는 군. 벌써 란저우에 사무실을 구하라고 전보까지 쳤다는 거야. 만약 정말 란저우로 옮긴다면 다 끝난 셈이지. 우리들은 다 끝장난 거야."

이런 일이 일어났을 줄이야! 그는 멍해져서 눈앞이 캄캄해졌다. 그러고는 피곤한 듯이 고개를 내저었다.

"그럴 리가 있나요. 아닐 거예요."

"그렇지 않을 수도 있지. 그러나 그들이라면 무슨 짓이라도 할 수 있지. 회사만 보더라도, 어떤 놈들은 일이라고는 하나도 하지 않으면서 월급은 몽땅 가져가지. 자네는 죽어라고 일하고 쥐꼬리만큼 가져가잖나. 정말 쥐꼬리만큼인데."

말을 채 끝내기 전에 저우 주임이 오는 것을 보고 쭝라오는 화제를 바꾸어 나지막이 말했다.

"주임이 오늘은 왜 이렇게 일찍 왔지? 자네 그만 올라가서 일하게."

그는 정신없이 위로 올라갔다. 그가 우 과장의 책상 앞을 지나갈 때, 우 과장이 갑자기 고개를 들고 그를 한 번 쨰려보았다. 모골이 송연해졌다. 그는 떨리는 가슴으로 자기 자리로 가서 앉았다. 책상에는 영원히 끝내지 못할 것 같은 장편 번역 원고가 쌓여 있었고, 자신의 두뇌는 그 새까만 글자 속에 파묻혀 버린 것 같았다. '정말 지겹군. 말도 안 되는 문장을 만들어놓고, 지겨워 죽겠네.' 그는 속으로 불평했으나, 여전히 조심스럽게 작업을 했다. 다리가 계속 아파서 생각이 집중되지 않았고, 자신이 오전 내내 무슨 일을 했는지 알지도 못했다. 집에 가고 싶었으나, 이곳의 상황과 쫑라오의 말이 생각났다. 그는 며칠 간 신문을 보지 못했다. 자신의 고통이 마음에 가득하여 다른 일들은 그의 주의를 끌지 못했다. 후베이(湖北) 사변 발생, 창사(長沙) 함락, 헝양(衡陽) 전투* 등에 대해 그는 아무런 고뇌도 느끼지 않았다. 생활에 짓눌려서 그는 몇 년 동안 시원하게 숨 한 번 내쉬지 못했다. 주위의 모든 것은 그와 아무런 관계도 없었다. 사람들은 세계정세가 점점 호전된다고 말했지만, 그의 나날은 매일매일 더욱 나빠만 갔다.

식사시간을 알리는 종이 울려서 그는 생각에서 깨어났다. 그는 고개를 들고 한숨을 내쉬었다. 한 동료가 즉시 그 앞으로 다가와 "이봐, 여기 서명하게" 하면서 편지지를 책상에 놓았다. 놀라서 바라보니 저우 주임의 생일 축하연을 준비하는 동료들의 서명이었다. 사람들의 이름 밑에는 1000위안이라고 쓰여 있었다. 1000위안은 적지 않은 액수여서 그가 잠시 주저하자 동료는 경멸하듯이 옆에서 헛기침을 했다. 그는 황급히 붓을 들어 이름을 썼다. 동료가 웃으면서 가버렸다. 일어서자 왼쪽 다리가 여전히 아파왔고 다른 동료들은 구이린, 류저우가 함락된 일과 적군의 동향에 대해 격론을 벌이고 있었다. 그는 고개를 숙인 채 토론에 참가하지도 듣지도 않고 밥만 먹었다. 그는 온몸이 떨려와 '학질'이 일어났나 하는 의심이 들었다. 밥그릇을 식

*1940년 일본군이 중국의 후베이 성을 침략하여 발발한 전쟁을 말한다.

탁 위에 놓자 쫑라오가 그를 바라보고는 가까이 다가와 말을 건넸다.

"자네 몸이 불편한 모양인데? 안색이 안 좋아. 오후에는 일하지 말게. 집에 가서 낮잠을 자는 게 낫겠네."

"그러면 쫑 형이 나 대신 휴무 좀 신청해주세요. 어질어질해서 정신이 없네요."

그가 문을 나서자 인력거가 문 앞에 멈추었다. 쫑라오가 문 안에서 소리쳤다.

"인력거를 타고 가게나."

"걱정 마세요. 집은 아주 가까우니까. 천천히 걸어갈 수 있어요."

그는 정신을 차리고 길을 건넜다. 아주 천천히 걸었다. 몸이 휘청거렸고 머리는 매우 무거웠으며 동시에 목이 뻐근했다. 왼쪽 다리는 여전히 쑤셔서 그는 이를 악물고 세 걸음에 한 번씩 쉬면서 한 블록을 걸었다. 그 앞은 수성과 함께 왔던 커피숍이었다. 그의 귀에 갑자기 여인의 목소리가 들려왔다. 분명히 아내의 목소리였다. 놀라서 그는 고개를 들고 쳐다봤다. 틀림없는 아내였다. 그녀는 멋있는 외투를 입은 젊은 남자와 함께 유리창 앞에 서서 진열된 상품을 보고 있었다. 그녀는 곧 남자와 함께 안으로 들어갔다. 그녀는 그를 보지 못했고 그가 그녀의 서너 걸음 뒤에 있다고는 생각도 하지 못한 것 같았다. 그는 아내의 뒷모습을 바라보았다.

오늘 그녀의 몸매는 어느 때보다 더욱 매력적이었고 풍만하면서도 젊고 활력이 넘쳐보였다. 그와 그녀는 동갑이었지만 비쩍 야윈 몸매와 절뚝거리며 걷는 모습, 피곤에 절어 있는 자신과 비교하면 상당히 거리가 있었고, 같은 나이로는 절대 보이지 않았다. 이렇게 생각하자 그는 예리한 통증을 느꼈다. 그 건장한 젊은 남자가 그를 고통스럽게 했다. 그녀와 그는 정말 잘 어울리는 한 쌍이었다. 그는 불안해졌다. 이미 그 커피숍을 지나쳐야 했지만, 그는 몸을 돌려서 진열대에 어떤 물건이 놓여 있나 바라보았다. 케이크, 수입 커피, 껌, 초콜릿 등 여러 가지였다. 그는 그들이 무엇을 보고 있는지 생각했다. 'Happy Birthday.' 케이크 위의 초록색 잎과 붉은 꽃 사이에서 붉은색 알파벳이 선명했다. 그는 그녀의 생일은 아직 보름은 더 있어야 한다는 것을 기억했다. '그들이 지금 본 것이 생일 케이크인가? 그 젊은 놈이 그녀에게 주려고 미리 준비하는 것일까? 아니면 그놈 건가? 그가 그녀에게 무엇을 선물하려고 할까?' 그는 자신도 모르게 호주머니를 뒤져봤다. 지폐를 꺼내어 헤아려 보니 1100위안 정도였다. 이것이 그의 전 재산이었다. 그는 내일 저녁 저우 주임의 생일 연회에 1000위안을 내야만 했다. 케이크 옆의 흰 종이에는 '4파운드*에 1600위안'이라고 적혀 있었다. 그는 현재 1파운드도 사지 못할 형편이었다. 그는 고개를 숙이고 눈을 돌리며 생각했다. '그 자식은 틀림없이 살 수 있을 거야.' 이런 생각이 그를 괴롭혔다. 그는 커피숍 문을 지나서 유리창 진열대 앞에 멈췄다. 안에 진열되어 있는 빵과 케이크 등을 구경하고 있는 척하면서 실제로는 남몰래 커피숍 안을 살펴보았다. 수성이 막 잔을 입가로 가져가 한 모금 마셨는데 얼굴에는 미소가 떠올랐다. 그는 참기 어려운 질투심을 느꼈다.

*1파운드는 약 450그램.

그녀가 자신을 볼까 두려워 그는 서둘러 떠났다.

그는 가슴이 뛰고 머리가 어지러워서 울퉁불퉁한 진흙탕 길 바닥에 쓰러질 것 같아 안간힘을 다해 간신히 집에 이르렀다. 어머니는 앞치마를 두르고 빨래를 하고 있다가, 그를 보고 놀라 물었다.

"밥은 먹었니?"

"먹었습니다."

"오늘은 왜 이렇게 일찍 돌아왔니? 얼굴이 안 좋구나! 어디 아프냐?"

그가 간신히 어머니 곁에 서자, 어머니는 놀라서 손을 앞치마로 닦으며 물었다.

"빨리 가서 누워라. 빨리!"

어머니는 아들을 부축해 침대로 데려갔다.

"아픈 데 없어요."

그는 변명을 했으나 침대에 이르자 그만 견디지 못하고 쓰러지듯이 누워버렸다.

"신을 벗고 편하게 있으렴."

그는 애써서 일어나려고 했으나 다시 쓰러지면서 고통스러운 신음을 토해냈다.

"그냥 자거라. 내가 벗기마."

어머니는 허리를 굽히고 아들의 신을 벗겼다. 그는 침대에 누워 눈을 감았다. 구두를 벗긴 어머니는 허리를 펴고 고통스럽게 아들의 얼굴을 바라보았다.

"담요를 덮어주마."

그는 눈을 뜨고 어머니를 바라보며 힘없이 말했다.

"학질에 걸린 것 같아요."

그의 얼굴은 백지장 같았고 입술도 새하얘졌다.

"자거라. 편히 자려무나. 좀 있다 키니네를 가져올 테니."

어머니의 얼굴에는 주름살이 더욱 많아진 듯했고, 검은 머리는 하나도 없는 것 같았다. 막 쓰촨에 왔을 때는 전혀 이런 모습이 아니었다. 지금은 모든 집안일을 혼자 하느라 많이 쇠약해졌다. 그가 어머니를 힘들게 한 셈이었으나 어머니는 언제나 그에게 신경을 쓰고 그를 떠나지 않았다. '정말 좋은 어머니시지.' 그는 혼자서 중얼거렸다. 어머니가 키니네 세 알을 가지고 와서 먹여주고, 반 컵 정도 남은 뜨거운 물을 책상 위에 놓았다.

"어머니."

그는 감격해서 눈물을 흘리며 어머니를 바라보았다.

"무슨 일이냐?"

"정말 좋은…… 정말…… 잘해주세요."

"자거라. 그런 말은 아범이 다 나은 후에 해도 늦지 않아."

"저는 괜찮아요. 반나절 쉬겠다고 했어요. 내일 저우 주임의 생일 축하연회가 있어요. 저도 참가해야 해요."

"그저 반나절만 쉬겠다고? 적어도 하루 이상은 쉬어야 한다. 월급이 깎인다고 신경 쓸 필요 없다."

"내일은 꼭 가야 해요. 만약 제가 불참하면 저를 '개'라고 욕할 거예요. 돈을 아끼려고 한다고요."

"'개'든 '개'가 아니든 아범 자신의 일이다. 그들과 무슨 상관이란 말이냐? 저우 주임이 또 무슨 별 볼일 있는 사람이라더냐!"

어머니는 화를 내며 말하다가 갑자기 물었다.

"아범, 수성을 보았냐?"

"조금 전에 보았어요."

"그러면 왜 걔가 아범을 데리고 오지 않았지? 그 아이도 휴무를 신청하고 와서 아범을 돌봐야 하는 거 아니냐. 걔는 '꽃병' 노릇만 할 테니 월급 걱정은 하지 않을 텐데."

어머니는 시기와 증오에 차서 화를 터뜨렸다. 이 말이 아들을 얼마나 상심시키는지는 생각하지도 않았다.

그는 멍청히 어머니를 바라보다가 고통스러운 미소를 지으며 나직이 말했다.

"그녀는 천사예요. 저와 그녀는 어울리지 않아요."

"아범이 걔와 어울리지 않는다고? 걔가 아범에게 부족하다. 틀림없어! 은행에서 일한다고 해놓고는 하루 종일 화장이나 하고 요괴 꼴로 돌아다니지. 여자니까 은행에서 썼지, 걔가 일을 하면 하루에 얼마나 한다고."

그는 대답을 하지 않고 고통스럽게 한숨을 내쉬었다.

10

그는 오후 내내 깊은 잠을 잤다. 7시경에 정신이 들어 침대에서 일어났으나 힘이 하나도 없었고, 속옷이 땀에 흠뻑 젖어서 등 뒤에 차갑게 달라붙었다. 그는 자기가 땀을 많이 흘렸다는 것을 알고는 땀에 젖은 속옷을 벗어야겠다고 생각했다. 침대에서 내려가려고 몸을 일으키자마자 온몸에 통증이 오더니 모든 관절이 떨어져 나가는 것 같아서 자기도 모르게 신음 소리를 냈다. 어머니가 침대 쪽으로 걸어왔다.

"정신이 좀 드니? 아직 아픈 게냐?"

이날 밤은 정전이 아니라서 불그스레한 전등 불빛이 어머니의 얼굴에 비추었는데, 어머니의 얼굴은 마치 환자 같았다. 더구나 매우 쇠약하고 고독해 보였다.

"좀 괜찮아졌어요. 아직 안 왔습니까?"

그는 피곤한 눈을 크게 뜨고 방 안 곳곳을 살펴보다가 실망한 목소리로 물었다.

"걔? 수성 말이냐? 꼭두새벽에 나가서 아직까지 돌아오지 않았다."

"틀림없이 돌아올 겁니다."

"걔가 언제는 일찍 집에 온 적이 있냐? 그건 그렇고 시장하지 않니?"

"생각 없어요. 배고프지 않아요."

"죽 좀 먹지 않으련? 아범 주려고 만들었다. 집에 피단(皮蛋)*이 있단다."

"그럼 조금만 주세요."

어머니는 기쁜 얼굴로 찬장에서 그릇을 꺼내어 화로 위에 있는 항아리에서 죽을 펐다. "뭐라 해도 어머니가 최고지." 그는 중얼거렸다. 마음이 예전처럼 공허하지 않았다. 용기를 내서 몸을 일으켜 침대에서 내려가려고 할 때, 어머니는 벌써 죽과 피단을 가져왔다.

"일어날 필요 없다. 침대에 앉아서 먹어라. 내가 접시를 가져오마."

아들이 앉기를 기다려 죽 그릇과 젓가락을 건네주고 어머니는 접시를 들고서 아들이 먹는 모습을 지켜보았다.

입맛이 없었으나 어머니를 보아서 억지로 한 그릇을 다 먹었다. 먹고 나자 어머니는 수건으로 그의 얼굴을 닦아주었다.

"더 자거라. 오늘은 일어날 필요 없다."

그는 어머니의 말을 듣고 다시 누웠다. 그러나 옷은 벗지 않고 수성이 돌아오기를 기다렸다.

누군가가 문을 두드렸다. 그가 침대에 누운 지 10분도 안 되

*오리알을 석회, 소금, 점토 등과 발효시켜 만든 음식.

었을 때였다. 어머니가 문을 열자 한 남자의 그림자가 들어오더니 큰 목소리로 말했다.

"왕 선생님 집이지요? 청 아가씨께서 편지를 보내셨는데요."

그는 깜짝 놀랐다. 어머니가 묻는 소리가 들렸다.

"어디서 왔다고요?"

그러나 아무런 대답도 없이 심부름꾼은 벌써 가버렸다. 그는 어머니가 편지를 들고 방 안에 멍하니 서 있는 것을 보고는 자신이 무엇인가를 해야만 한다고 생각해서 참지 못하고 어머니를 불렀다. 어머니가 즉시 건너오더니, 아무렇지도 않다는 투로 말했다.

"걔가 편지를 보냈다. 무슨 일이 있는지 모르겠지만."

어머니는 편지를 꺼내주지 않고 툴툴거렸다.

"무슨 아가씨? 자식이 벌써 열세 살인데 무슨 놈의 아가씨야! 정말 부끄러운 줄도 모르는구나!"

"뭐라고 썼는지 좀 보여주세요."

손을 내밀어 편지를 건네받고 전전긍긍하면서 읽어보았다. 편지는 수성의 친필로 쓰여 있었다.

원쉬안, 친구가 오늘 저녁 승리 호텔의 무도회에 참가하래요. 아마 좀 늦을 거예요. 기다리지 마세요. 문도 잠그지 말고요. 어머니께는 무도회에 간다고 말하지 마세요. 내일 어머니와 진부한 토론을 나누고 싶지는 않아요.

아내가

편지를 다보고 아무 말도 없이 편지지를 구겼다. 그는 무엇인가 생각하는 듯 천장을 바라보았다.

"편지에 뭐라고 쓰여 있는 게냐?"

"친구 집에서 저녁을 먹는대요. 무슨 일이 있나 봐요. 좀 늦게 들어온대요."

"무슨 일? 연극을 보거나, 마작을 하거나 춤추는 일이겠지! 걔가 무슨 할 만한 일이 있다고 생각하느냐? 내가 며느리일 때는 어찌 감히 이런 짓을 상상이나 했겠어. 아이가 좀 있으면 어른이 다 되는데 아직도 아가씨처럼 꾸미고 다니면서 밖에서 노닥거리고는 대학을 졸업했네, 교육을 받았네 하고 떠들어."

"마작 하는 것은 아니에요."

그는 어머니의 심정을 헤아리지 못하고 아내를 변호했다. 그러나 그의 이런 변호가 아내에 대한 어머니의 악감정을 증가시킨다는 것을 그는 몰랐다.

"마작을 안 한다고? 그러면 그 외국에서 하는 카든가 뭔가를 하는 게냐? 아범은 병이 났는데 걔는 집에 돌아와 돌보지도 않는구나. 아내의 예절도 몰라!"

"그녀는 제가 아픈 걸 몰라요. 만약 안다면 틀림없이 돌아왔을 겁니다. 사실 이건 병이랄 수도 없지요."

"마음이 이렇게 약해서야. 걔가 아범에게 이렇게 잘못해도 걔를 두둔하는 게냐? 걔의 이런 성질은 모두 아범이 키운 게야. 내가 아범이었다면 오늘 저녁에 걔가 돌아오자마자 한바탕 훈계를 할 게다."

"부부간에 다툼이 많으면 좋지 않아요. 언제나 작은 일이 큰 일을 만들어요."

"무얼 두려워하는 게냐. 이것은 아범 잘못이 아니다. 걔가 예의가 없는 거지. 아내의 도리도 지키지 않고 남자친구를 사귀다니."

그는 참지 못하고 신음 소리를 냈다. 어머니는 놀라서 남아 있던 말을 삼켜버렸다. 고개를 숙여 아들을 바라보며 물었다.

"무슨 일이냐?"

"어머니, 그녀는 결코 나쁜 여자가 아니에요."

그는 고개를 내저으며 한참 있다가 말을 꺼냈다. 어머니는 전혀 뜻밖의 말을 듣고서 처음에는 이해를 하지 못했다. 잠시 후에 알아차리고는 화가 나서 말했다.

"걔가 나쁜 년이 아니라면 내가 나쁘단 말이냐?"

"어머니, 제 말뜻을 잘못 이해하셨어요. 저는 아내를 감싸는 게 아니에요."

"누가 아범이 걔를 감싼다고 하더냐? 내 보기에는 걔가 아범을 홀리고 있는 것 같다."

어머니는 비웃는 듯하더니 점차 노기를 낮추었다.

"그런 의미가 아닙니다. 어머니나 그녀나 모두 좋은 사람이에요. 사실은 제가 나쁜 놈이죠. 저는 쓸모가 없어요. 모두를 고생만 시키고, 우리가 이런 생활을 할 줄이야 생각이나 했습니까. 어머니께서 손수 밥을 하고 빨래를 하고……."

그는 코끝이 찡해지고 눈물이 흘러내렸다. 그는 오열하면서 말을 잇지 못했다.

"말하지 마라. 잠이나 자렴. 이건 아범의 잘못이 아니다. 싸우지 말자꾸나. 우리가 어째서 이렇게 곤궁하게 됐는지!"

어머니는 온화하게 말했다. 그녀도 마음이 아팠다. 그녀는 아들을 오래도록 바라보지 못했다. 안 좋은 얼굴색, 비쩍 마른 양 볼, 그들이 맨 처음 이곳에 왔을 때와는 완전히 다른 몰골이 었다. 그녀는 아들의 팽팽하던 두 볼과 혈색 좋은 얼굴을 뚜렷이 기억하고 있었다.

"듣자하니 내년이면 틀림없이 승리한다더라. 그렇게 되면 모두들……."

그저 아들을 위안하고자 아무렇게나 말을 했는데, 그는 말이 끝나기도 전에 가로챘다.

"어머니, 승리라고요? 보아하니 적군이 곧 쳐들어올 것 같은데, 우리들은 곧 피난 가야 할 텐데요."

"누가 그런 말을 하더냐? 그렇게 심각하지는 않을 거야. 일본군이 이번에 화이난과 광시를 공격했지만 더 이상 동쪽으로는 나오지 않는단다. 그놈들은 점령한 곳을 지킬 수가 없어서 스스로 후퇴한다더구나."

"그러면 다행이지요."

그는 약간 피곤한 기색으로 대답했다. 어머니의 말에 그는 안심했다. 그는 뚜렷한 관점이 없었으므로 어머니의 말이 매우 중요하다고 느꼈다.

"제가 잘 모르고 있나보군요. 회사에서 누군가가 시국이 좋지 않아서 회사를 란저우로 옮길지도 모른다고 말하더군요."

"란저우, 그렇게 먼 곳에? 군대를 보충하지 않으면 누가 그곳에 가려고 할까! 잘 지내고 있더니 또 이사를 간다고? 돈 있는 사람들의 담이 그렇게 작을 수가. 일본 놈들이 2년 동안 폭격해도 당하지 못했는데, 무슨 재간이 있어서 쳐들어오려고!"

어머니는 마치 며느리에 대한 불만을 다른 대상에 전부 발설하는 것처럼 불평을 늘어놓았다.

"저도 그렇게 생각합니다. 그러나 이런 일은 말하기가 어려워서요."

그의 시선이 적막과 방황 속에서 어떤 지주를 찾은 것처럼 어머니의 얼굴에 머물렀다.

"어머니, 좀 쉬세요. 너무 애쓰셨어요."

"피곤하지 않다."

어머니는 온화한 어투로 대답하고는 침대 곁에 앉았다.

"지금은 괜찮은 거냐?"

"많이 나아졌어요."

그는 매우 피곤했지만 잠은 조금도 오지 않았다.

"몇 해 동안 정말 힘들구나. 이후로는 다시는 이런 나날을 보낼 수 없을 것 같다. 내가 걱정하는 것은 수성……."

어머니는 스스로 중얼거리다가 수성이라는 이름이 나오자 자신도 모르게 목소리를 낮춰 자신을 제외하고는 아무도 명확히 들을 수가 없었다. 그러나 그는 '수성'이라는 말을 명확히 들었다. 그는 입을 꽉 다물고 있다가 갑자기 한숨을 내쉬고 다시 입을 다물었다. 어머니는 침대 곁에 앉아 있다가 일어나서 아들을 쳐다보다가 아들이 눈을 꼭 감고 아무 소리도 없는 것을 보고는 잠이 든 거라고 생각하고 조용히 나갔다. 잠시 후에 다시 들어와서 문을 잠그지는 않고 닫기만 했다. 문 앞에 의자를 기대놓고 전등을 끄고 자기 방으로 들어갔다.

그는 잠이 든 게 아니었다. 눈을 감은 것은 어머니가 안심하고 자기 방으로 돌아가 쉬도록 하기 위해서였다. 그는 잠을 잘 수가 없었다. 생각은 이리저리 맴돌았고 이러저러한 일들이 떠올랐는데, 그중에 한 여인의 얼굴이 오락가락했다. 웃다가 울고, 화를 냈다가 슬픔에 잠기곤 했다. 그는 너무도 피곤했고 머리가 아팠으며 온몸에 진땀이 흘렀다. 귀는 끊임없이 한 사람의 발소리를 기다리고 있었다. 방 안은 어두컴컴했고, 어머니 방에서는 가느다란 불빛이 새어나왔다. 방문에 기대진 의자가 눈에 뚜렷하게 들어왔다. '아내는 왜 돌아오지 않을까? 어머니는 기침을 하고 있군. 아직도 잠을 못 주무시는 모양인데 나이드신 분이 고생이 많지. 시간이 제법 되었을 텐데.'

길에서 이경을 알리는 딱딱이 소리가 들렸다. 그는 문밖의 소리를 주의 깊게 들었다. 소리가 있었다. 쥐들이 복도에서 날뛰고 있었다. 방 안에도 쥐가 있었다. 그의 침대 밑으로 뛰어들어오더니 조용해졌다. '저놈이 무얼 하나? 구두를 씹고 있나?' 신은 지 다섯 달 된 구두는 벌써 두 번이나 재난을 당했다. 구두 끝이 물어 뜯겨서 마치 이 빠진 사기 그릇 같았다. 만일 다시 한 번 재난을 당한다면 신고 밖에 나가지도 못할 지경이었다. 매일 저녁 자기 전에 그는 구두를 오래된 상자 위에 올려놓았었는데 오늘은 잊어버렸다. 그는 더 이상 조용히 누워 있을 수가 없었다. 그는 몸을 일으켜 구두를 집어 들었다. 쥐란 놈이 연기처럼 사라졌다. 구두가 물어 뜯겼는지 알 수 없었지만 조심스럽게 상자 위에 올려놓았다. 다시 침대에 누웠다. '자야지' 하고 생각하고 눈을 감자, 계단을 올라오는 여자 구두 소리가 들렸다. 급히 눈을 떴으나 아무것도 들리지 않았다. '왜 아직도 안 돌아오는 걸까?' 마침내 그는 잠이 들었다. 그러나 어지러운 십여 분이 지나자 다시 깨어났다. 불쾌한 꿈을 꾸고 낮은 소리로 흐느끼다가 깨어난 후로는 다시는 잠을 잘 수가 없었다. 어머니 방의 등불은 벌써 꺼져 있었다. 시간이 어떻게 되었는지 알 수가 없었다. 거리는 조용했다. 한 노인이 처량한 목소리로 '쌀과자'와 '뜨거운 물'을 팔고 있었다. 익숙한 소리였다. 그 노인은 날씨가 아무리 춥더라도 언제나 밤새도록 팔았다. 몸이 떨려왔다. 마치 그 늙고 쇠약한 목소리가 찬바람을 방 안에 몰고 온 것 같았다. 이때 익숙한 구두 소리가 들려왔다. 마침내 그녀가 돌아온 것이다.

그녀는 가볍게 문을 열고 안으로 들어왔다. 서양 곡조의 콧노래를 흥얼거리며 전등을 켰다. 불빛이 너무도 강렬하게 그의 눈을 찔렀다. 살그머니 눈을 뜨고 그녀를 훔쳐보았다. 그녀의 얼굴에는 흥분한 기색이 남아 있었다. 입술은 여전히 붉었고, 눈썹도 여전히 가늘었으며 뺨은 새하얗다. 무엇을 생각하는지 방 가운데 잠시 서 있다가 갑자기 그를 바라보았다. 그는 급히 눈을 감았다. 그녀가 천천히 침대 앞으로 다가왔다. 화장품 냄새가 밀려왔다. 그녀는 고개를 숙이고 그를 보더니 이불을 덮어주었다. 그녀는 그가 아직도 외출복을 입고 있는 것을 깨닫고 살며시 그를 불렀다. 그는 눈을 뜨고 잠에서 막 깨어난 척했다.

"옷도 안 벗고 잠을 잤군요. 나를 기다렸어요?"

아내가 친근한 미소를 지으며 물어서 그는 어떻게 대답해야 할지 몰라 고개만 끄덕였다.

"기다리지 말라고 했는데 왜 여태 기다렸어요?"

그녀는 감격한 표정이었다.

"한참 잤어."

그는 멍청하게 대답했다. 마음속에는 여러 말이 있었으나 말할 용기가 없었다.

"제 편지는 어머니께 보여드리지 않았죠?"

"응."

"무슨 말 안 하셨어요?"

"어머니는 몰라. 파티는 즐거웠나?"

"매우 즐거웠죠. 오랜만에 춤을 추니 흥취가 더하더군요. 친구 집에서 옷을 갈아입고 갔어요. 집에까지 올 시간이 없어서요."

그녀는 고개를 쳐들고 가볍게 몸을 한 바퀴 돌았다.

"누구누구와 추었어?"

"몇 사람과 추었어요. 하지만 천 주임과는 몇 번 더 추었죠."

그녀는 즐겁게 말을 했으나 천 주임이 누구인지는 알려주지 않았다. 그는 천 주임이 아마도 커피숍에서 아내와 함께 있던 그 젊은 놈팡이일 거라고 생각했다. 그는 고통스럽게 그녀의 활력이 넘치는 육체를 바라보았다.

"옷을 벗고 주무세요. 당신은 내게 너무 잘해줘요."

그녀는 온화한 미소를 짓더니 고개를 숙여 가벼이 그의 입술에 입을 맞추었다. 부드러운 뺨이 그의 왼쪽 뺨에 붙었다가 떨어졌다. 그녀는 책상 앞으로 가서 거울을 보며 머리를 만졌다. 그는 살며시 왼뺨을 쓸어보았다. 그녀가 남기고 간 향기를 힘껏 들여 마시며 멍하니 그녀의 새까만 머리를 바라보았다. 잠시 후 그는 생각했다. '그녀가 변심하지는 않겠지. 그녀는 잘못이 없어. 아내도 마땅히 오락을 즐겨야 하니까. 이 몇 년은 우리에게 너무 힘들었지.' 여기까지 생각하고 그는 벽 쪽으로 돌아누워 몇 방울의 부끄러운 눈물을 흘렸다.

11

그다음 날 아침에는 그가 아내보다 일찍 일어났다. 어머니는 하루 더 누워 있으라고 했지만 그는 거절했다. 그는 정신도 맑아졌으며 더구나 오늘은 저우 주임의 생일축하연에 참석해야만 하는데, 만일 그가 가지 않으면 동료들이 그가 곤궁하거나 인색하다고 여기고 더욱 경멸할 것이므로 꼭 가야 한다고 말했다. 어머니도 자신의 주장을 포기했다. 그는 어머니와 함께 어제 남은 죽을 먹었다. 어머니가 반찬을 사러 나가서 그도 함께 나갔다. 수성은 그제야 일어나서 화장을 하고 있었다. 그들이 대문을 나서자 어머니가 그를 노려봤다. 어머니가 무슨 생각을 하고 있는지 그는 알지 못했다. 함께 가다가 헤어질 무렵 어머니가 갑자기 떨리는 목소리로 그를 불렀다.

"원쉬안아, 아범은 그처럼 하면 안 된다. 가정을 위해서 너를 희생하겠다는 말이냐?"

그는 눈썹을 찌푸리고 잠시 있다가 나지막이 말했다.

"그렇지만 무슨 방법이 있습니까? 어머님도 여전히 고생하고 계신데."

"그렇지만 걔, 걔는 즐거이 지내고 있지 않니? 일하러 가면서 저렇게 화려하게 화장을 하고 있어, 마치 놀러 가는 것처럼."

어머니는 화가 폭발했고, 그는 고개를 숙이고 아무 말이 없었다.

"걔와 우리 모자는 함께 살 사람이 아니다. 걔는 늦건 빠르건 간에 언젠가는 자기의 길을 가고 말 거다."

"그녀와 결혼한 지 벌써 14년입니다."

"너희들 같은 결혼이 무슨 결혼이냐!"

어머니가 경멸하는 투로 말했다. 그는 이 말이 매우 듣기 싫어서 마음이 불쾌해져 입을 꽉 다물었다. 어머니도 다시는 말이 없어서 그들은 길에서 헤어졌다.

사무실에 도착하자 쫑라오가 미소를 지으며 그를 맞이했다.

"하루 더 쉬지 그랬나? 오늘은 또 이렇게 일찍 왔어?"

쫑라오는 통통한 손으로 자신의 대머리를 쓰다듬었다. 그는 쫑라오의 눈빛과 태도에서 자신을 불쌍히 여기는 것을 깨달았으나 굴욕을 느끼지는 않았다. 그는 위로 올라갔다. 단조로운 작업이 시작되었다. 의미가 통할 듯 말 듯한 문장과 기이한 글자체로 쓰여진 글자들에 다시 파묻혔다. 그는 문장을 고칠 권리가 없었고, 그저 글자를 교정할 뿐이었다. 한 시간 정도 앉아 있자 등에서 식은땀이 났다. 그는 상관하지 않았다. '몇 푼의 돈을 위해서야!' 그는 고통을 참으며 중얼거렸다. 정오까지 억지로 일을 했다.

아무것도 먹고 싶지 않았으나 그는 밥을 먹어야만 병이 나지 않을 거라고 생각하고는 아래층으로 내려가 식탁에 앉았다.

한 공기를 다 먹었다. 납작 눌린 보통 쌀은 평소에는 그다지 먹기 힘들지 않았으나 오늘은 삼키기가 어려웠다. 밥공기를 내려놓고 그는 문가에 서서 한참 동안 거리를 내다보았다. 아무런 흥취가 일지 않아서 이내 올라가 책상에 앉았다. 그는 원고를 보면서 교정쇄를 정리했다. 동료가 편지를 가져왔다. 봉투의 글자를 보니, 아들이 학교에서 보낸 것이었다. 그는 좀 위안이 되어서 가벼이 숨을 내쉬며 봉투를 뜯었다.

선생님께서 말씀하시길, 물가가 많이 올라서 우리들의 이번 학기 책값과 급식비가 모두 부족하다고 합니다. 한 사람당 3200위안을 더 내야 하며, 내고난 후에야 돌아갈 수 있다고 합니다. 다른 급우들은 모두 냈습니다. 아버지께서 고생이 많다는 것도, 집에 돈이 없다는 것도 알고 있습니다. 감히 아버지께 부탁드리지를 못하겠습니다. 그렇지만 선생님께서 매우 재촉하십니다. 돈을 내지 않으면 이번 학기말 고사를 볼 수 없다고요. 그래서 이렇게 부탁드립니다. 아버지, 어머니, 3일 안으로 학교로 돈을 보내주세요.

그를 위안해주었던 것이 사라져버렸다. 그의 눈은 몇 행의 빼뚤빼뚤한 글자에 고정되었다.

"벌써 2만 위안이나 보냈는데 또 돈을 내라니, 돈이 어디 있나!"

그가 나지막이 화를 터뜨렸지만, 아무도 그를 주목하지 않았다.

"학교가 상점인가, 그저 돈만 알고 있으니. 무슨 꼴이야. 이런 놈들에게 교육을 맡기고 있으니 중국이 이런 꼴이지."

그는 화난 소리로 욕을 퍼부었다. 편지지는 냉정하게 그의 앞에 펼쳐져서 아무런 대답도 하지 않았다. '수성을 찾아가서 의논해야지. 그녀에게 무슨 수가 있을 거야. 그러면 지금 갈까. 지금은 좋지 않아. 이따 밤에 상의하는 게 낫겠지. 그녀가 잠시 은행을 비웠을지도 모르고, 나도 피곤해서 움직이기 싫으니까' 하고 그는 생각했다. 그는 편지를 접어서 봉투에 넣고는 조심스럽게 호주머니에 집어넣었다. 오후의 작업이 시작되었다.

여전히 아리송한 번역이어서 도대체 어느 나라 말인지 알 수 없었다. 그것은 마치 한 무더기 새끼줄같이 그의 머릿속에 헝클어져 있었다. 온몸이 불편했다. 눈을 감고 모든 것을 잊어버리거나, 아니면 책상에 엎드려 한숨 자고 싶었다. 그러나 우 과장의 예리한 눈빛이 그의 얼굴에 머무르고 있어서 그는 잠시도 게으름을 피울 수 없었고, 고개조차 들지 못했다.

'하느님, 제가 어째서 이런 인간이 되었습니까? 저는 모든 것을 참았습니다. 누군가가 저를 속이고 있습니다. 더군다나 제 생명을 이 아리송한 글자 속에 소모해야 합니까? 이 쥐꼬리만 한 돈을 위해서 제가 이런 지경에까지 떨어져야 합니까!'

그의 소리 없는 항의도 아무런 소용이 없었다. 수없이 이런 식의 항의를 해보았지만, 아무도 들어주지 않았고 그가 이런 불평을 품고 있다는 것조차 아무도 몰랐다. 앞에서도 좋다고 하고 뒤에서도 좋다고 해서 사람들은 그를 '호인(好人)'이라 부르곤 했다. 그 자신도 오랫동안 혼자이다시피 행동했다. 요 몇 년 동안은 그랬다. '최근 몇 년의 일이지. 이전에는 이러지 않았는데. 이전에 나와 수성, 어머니, 샤오쉬안은 모두 이렇게 살지 않았는데. 끝났어. 내 일생의 행복은 모두 전쟁과 생활에 다 바쳤고, 체면을 차리는 데 허비했어. 길거리 곳곳에 써 붙이고 도망을 가버릴까.' 그의 눈동자는 교정쇄 위에서 부지런히 움직이고 있었지만, 생각은 다른 곳에 가 있었다.

'무슨 생각이람, 내가 어쩌다가 이렇게까지 변했을까! 죽기를 겁내고 살기만 꾀하다니, 나 혼자만 돌보려 하고.' 이처럼 자신을 질책했으나, 잠시 후에 다시 생각에 빠졌다. '만약 전쟁이 조금이라도 일찍 끝나면, 어쨌든 우리들 생활을 개선해야지. 그러나 일본 놈들이 벌써 광시까지 쳐들어왔고, 구이저우를 점령하겠다고 큰소리니……'

그는 생각을 계속하지 않았다. 사실은 더 이상 할 수도 없었다. 두통이 심했기 때문이었다. 왼손으로 이마를 눌렀다. 열이 있었다. 그러나 열은 관계가 없었다. 근래 들어 오후에는 늘 열이 났다. 그는 이미 습관이 되었다. 자신이 이렇게 일찍 죽으리라고는 생각하지도 않았고, 더구나 사활의 문제를 고려할 여유도 없었다. 그 흉악한 한 쌍의 눈동자는 여전히 그를 지켜보고 있었다. '왜 이처럼 나를 속이려고 하지? 이곳에서 빌어먹지 않으면 그만인데, 내 어디가 너희만 못 할까!' 그는 이처럼 생각했다. 그러나 이곳을 떠나면 또 마땅히 갈 곳도 없었다. 그는 이 조그만 도시에 고위인물이나 세력가인 친척이나 친구가 없었다. 그가 석 달간 실업자 노릇을 하면서 아내의 월급으로 살아갈 때, 그에게 호감을 지니고 있던 동향의 인물도 벌써 다른 성(省)으로 가버렸다. 그의 유일한 희망도 사라졌다. '먹고 살기 위해서는 참을 수밖에 없지.' 그는 이 말로 마음속의 항의에 대답하곤 했다. 지금도 이 말로 해결할 수 없는 문제와 싸우고 있었다. 가까스로 5시가 되었다. 일을 멈추고 그는 의자에 기대 정신을 가다듬었다. 광저우 호텔 연회에 참가할 준비를 했다. 저우 주임은 광둥(廣東) 사람이라서 동료들은 오늘 광둥 음식점을 예약했다. 그가 그곳에 도착했을 때, 저우 주임과 동료들은 모두 와 있었다. 아직 자리에 앉지 않았는데 사장이 아직 도착하지 않았기 때문이었다. 모두들 등불이 밝은 연회장에서 즐겁게 담소를 나누고 있었다. 그저 두 사람만 말을 하지 않고 있었는데 당연히 그도 그중의 하나였다. 그는 구석에 숨어서 망연히 사람들을 바라보다 탁자에 있는 차를 한두 모금 마셨다.

반 시간쯤 기다리자 사장이 차를 타고 왔다. 원숭이처럼 마른 사장은 일 년에 몇 번 볼까말까 했다. 높으신 인물이 지팡이를 짚고 엄숙하게 들어오자 모두들 벌떼처럼 몰려와 영접했다. 그는 약간 두려워서 사람들 뒤에 숨었다. 사장은 웃으면서 사과 인사를 했다.

"미안합니다. 제가 늦었습니다."

"아닙니다. 아니에요. 저희들도 방금 왔습니다."

수많은 목소리가 하나 되어 소리쳤다. 그는 소리치지 않았다. 그는 그런 높은 인물과 말하고 싶지 않았고 사장도 그를 바라보지 않았다. 다른 동료들도 그의 존재를 잊어버린 듯 여전히 그를 구석자리에 내버려두었다.

두 테이블에 술과 음식이 차려졌다. 앉을 때 서로들 양보하느라 시끄러웠으나 그는 묵묵히 멀리 서 있었다. 그와 지위가 거의 같은 동료들도 웃으면서 자리를 잡았다. 쫑라오만이 그를 부르며 자리를 하나 남겨놓았다.

다른 사람들은 매우 즐겁게 술을 마시고 음식을 들었다. 사장과 저우 주임은 다른 자리에 있었다. 그와 같은 탁자에 있는 동료들은 모두 건너가서 축하주를 따랐으나, 그 혼자만이 가지 않았다. 쫑라오를 제외하고는 아무도 그를 이해하지 못했다. 심지어 판조차 오늘은 그에게 말을 건네지 않았다. 그는 모두들 사장과 저우 주임에게 아부하는 꼴이 보기 싫었고 비굴하게 아부하는 말에 구토가 나왔다. 이런 상황에 그는 익숙하지 않았고 더구나 지금은 그에게 안정이 요구되는 때였다. 그들은 그를 필요로 하지 않았고 그도 그들이 필요하지 않았다. 이곳에 오라고 강요한 사람은 없었지만 그는 이 연회에 참석하는 것이 의무라고 간주했다. 그는 자동적으로 왔으며 조금도 후회하지 않았다. 그는 떠나고 싶었으나 몸을 움직이지는 않았다.

그는 줄곧 고개를 숙인 채 묵묵히 술을 마셨다. 쫑라오가 우연히 두세 마디 말을 건넸으나 그는 아무렇게나 대답했다. 원래는 술이 금지되어 있어서, 보이들은 찻잔에 몰래 술을 따라 경찰의 검사를 피하고 있었다. 그에게 술을 권하는 사람은 아무도 없었으나 그는 자기가 따라서 몇 잔 마셨다. 몇 잔 마셨을 뿐인데 머리가 지끈거리는 것이 취한 듯했다. 그러나 자리가 파할 때까지는 정신을 차릴 거라고 생각했다. 저우 주임은 취해서 바보처럼 웃으며 말도 안 되는 소리를 지껄이고 있었다. 그는 동료들이 오락 프로그램을 준비하느라 시끌벅적하게 떠들고 있을 때 혼자서 몰래 빠져나왔다.

음식점을 나와 추운 거리에 나서자, 약간 떨렸으나 호흡은 더욱 상쾌했다. 그는 성큼성큼 걸었다.

급히 집으로 향하면서 그는 '오늘은 병이 날 줄 알았는데, 아무렇지도 않군' 하고 자신을 위로했다. 방문을 살며시 밀자 어머니가 탁자에서 바느질을 하고 있었다. 어머니 혼자서 그를 기다리고 있었고 수성의 그림자는 아무 데도 보이지 않았다.

"이제 오니?"

"예, 어머니."

"오늘은 괜찮은 모양이구나. 하루 종일 걱정했다. 아침에 갈 때 보니까 안색이 너무 안 좋아서."

"저는 괜찮아요. 쉬지 않으세요? 저녁에 무엇을 만드세요?"

어머니는 방금 탁자에 놓았던 물건을 집어 들고 아들에게 보여주었다.

"아범에게 속옷을 지어주려고 한다. 오늘 상자를 찾아보니, 흰 면이 있더구나. 아범의 속옷이 말이 아니라 내가 바느질할 수 있을 때 한 벌 갈아입히려고."

"어머니, 애쓰실 것 없어요. 그것들은 어차피 보온 효과도 없는걸요. 지금 입고 있는 것으로 네다섯 달은 지낼 수 있으니, 후에 새것을 사지요."

"산다고? 그 쥐꼬리만 한 봉급으로 어떻게 사겠느냐? 지난 2년 동안 아범은 양말 한 짝 새것을 사신지도 못했는데……. 만약 내가 아범을 곤란하게 하지 않았다면, 아범도 이처럼 힘들지는 않았을 텐데. 아범은 언제나 자신을 생각지 않는구나. 몇 해 동안 정말 야위었잖니. 마치 마흔 살은 된 것 같구나. 흰머리도 많아지고."

"어머니, 그런 말씀 마세요. 요즘 같은 때에 누군들 하루 보내기가 힘들지 않겠어요. 살아가기만 하면 그만이죠. 아직 안 왔어요?"

"수성 말이냐? 왔지, 또 나가더라. 은행에 무슨 일이 있다나.

10시에는 틀림없이 돌아온다더라."

어머니는 대답을 하더니, 곧 어투를 바꾸어 몇 마디 덧붙였다.

"봐라, 걔 혼자만 편안하지. 집안일은 아무것도 하지 않고 만날 밖에 나가 사람들이나 만나고. 오늘도 술 마셨니? 많이 마신 게냐? 몸도 안 좋은데, 많이 마시지 마라."

"많이 마시지 않았어요."

그는 대답을 하고 한숨을 내쉬었다. 그는 몸이 불편하고 머리가 어지러웠다. 가슴과 목구멍에서 무엇인가 요동을 쳤다. 뜨거운 물을 마시려고 걸음을 옮기려다 쓰러질 듯이 기우뚱했다. 급히 몸을 바로 했으나 두어 번 흔들렸다.

"왜 그러냐?"

"딱 두 잔 마셨는데, 괜찮아요. 저 취하지 않았어요."

어머니가 놀라서 옆으로 와 그를 부축하려고 해서, 그는 억지로 미소를 지어보이며 고개를 내저었다.

"그러면 일찍 자거라."

"아니요, 좀 있다가요. 돌아올 때까지 기다리죠."

"기다린다고? 언제 돌아올 줄 알고?"

"10시에 돌아온다고 하지 않으셨어요?"

"걔 말을 믿는단 말이냐? 자거라."

"예, 그러겠습니다. 먼저 좀 누워 있는 게 낫겠어요."

땡…… 땡, 땡…… 땡. 경계경보 종소리가 울렸다.

"경보예요. 어머니, 피하세요. 저는 오늘은 안 가겠어요."

그는 침대로 가 걸터앉았다.

"아범이 가지 않으면 나도 안 가겠다. 누워라, 아직 공습도 울리지 않으니."

건물은 본래 조용했었는데 지금은 갑자기 분주해지기 시작했다. 곳곳에서 사람 소리, 발소리, 문 닫는 소리가 들렸다. 길에는 뛰는 사람, 소리 지르는 사람으로 시끄러웠다.

"제기랄, 넌 안 갈래?"

"안 가. 적기가 오지도 않는데, 하필이면 지금이야."

"이틀 동안 구이저우를 공격할 거야. 적군이 한바탕 폭격할 거라고 말들을 하더니, 어쨌든 인심은 소란스러울 거야. 은행계 소식을 들었더니, 어제 구이양을 심하게 폭격했대. 신문에는 안 났지만 권고하는데 피하는 게 나을 거야."

"그러면 나가서 좀 걷지. 함께 가자."

뒤이어 문 닫는 소리와 발걸음 소리가 났다. 비록 중간에 복도가 있었지만, 옆방과는 얇은 판자로만 나뉘어 있었기 때문에 소리가 바로 들려왔다. 그들의 대화는 그의 집까지 선명하게 전해졌다.

"어머니, 피하세요."

"걱정마라. 지금 준비하고 있다."

어머니가 천천히 대답했다. 몇 분 있다가 공습경보를 알리는 기적소리가 날카롭게 울렸다.

"어머니, 가세요."

"좀 있다가 긴급 경보가 울리면 가마."

"조금이라도 일찍 가시는 게 나아요. 늦으면 방공호에 못 들어갈 겁니다."

그가 초조하게 말했으나, 어머니는 대답을 하지 않았다. 갑자기 그가 일어서며 말했다.

"그러면 함께 가시죠."

"적기가 오지도 않았는데, 한 번 가는 게 너무 힘이 들어서, 내 생각엔 긴급경보가 울릴 때까지 기다렸다가 가는 게 낫겠다."

어머니가 고집을 부려 그는 아무 말도 안했다.

"폭탄 맞아 죽어도 괜찮다. 이처럼 지내느니 차라리 죽는 게 낫지."

"어머니, 그런 말씀 마세요. 우리는 사람을 속이지도 않았고, 해치지도 않았고, 죽이지도 않았어요. 그런데 왜 우리가 죽어야 합니까?"

그는 흥분해서 침대에서 일어났다가 다시 앉았다. 문이 열리고 수성이 들어왔다.

"아직 안 가셨어요?"

수성이 놀라서 물었다.

"당신은 피하지 않고 왜 돌아왔소?"

"당신에게 방공증(防空證)을 돌려 드리려고요. 당신 방공증이 언제 내 지갑 속에 들어왔는지 모르겠어요. 방금 발견했어요. 돌려 드리려고 달려왔어요."

그녀는 웃으면서 지갑을 열고 방공증을 그에게 건네주었다.

그는 감격해서 그녀에게 웃음을 지으며 방공증을 받아서 호주머니에 넣었다. 그리고 편지를 꺼냈다.

"아직까지 나는 방공증을 생각하지도 못했는데, 우리는 긴급경보가 울리지 않으면 피하지 않으려고 했소."

"지금 가요. 일찍 방공호에 들어가는 게 나아요."

아내가 그를 재촉하며 어머니를 바라보았다.

"난 안 간다. 폭격 맞을 것 같지도 않고."

어머니는 얼굴을 굳히면서 말했다. 수성은 깜짝 놀랐다가 미소를 지으며 그에게 말했다.

"당신은요? 당신은 두렵지 않아요?"

"나는 너무 피곤해서 피하고 싶지 않아."

"그러면 나 혼자 가겠어요."

"수성."

그가 손 안의 편지를 생각하고 그녀를 불렀다. 아내가 고개를 돌리자 그는 편지를 건네주었다.

"샤오쉬안이 편지를 보냈어. 학교에서 3200위안을 더 내라고 한다는군. 한번 봐."

그녀는 돌아와서 편지를 받고 읽어보더니, 경쾌한 음성으로 말했다.

"좋아요. 제가 내일 3500위안을 부쳐주죠."

편지를 지갑에 넣더니 밖으로 걸어갔다.

"어렵지 않아?"

"걱정 말아요. 은행에서 빌릴 수 있어요. 언제나 제가 당신보다 방법이 많잖아요."

그녀는 개의치 않는다는 듯이 대답하고는 다시 한 번 그에게 물었다.

"피하지 않을 거예요?"

그가 망설이는 것을 보고 그녀는 혼자서 총총히 가버렸다.

"봐라, 걔는 신이 났어. 아범은 어쩔 수 없다!"

어머니가 화가 나서 말할 때, 구두 소리는 아직도 복도에서 울리고 있었다.

"그렇지만 샤오쉬안의 학비는 그녀가 내잖아요. 그녀가 아니면 샤오쉬안은 학교를 그만두어야 합니다. 아버지가 아무런 소용이 없으니."

"나라면 학교를 그만두게 하겠다."

어머니는 이빨을 꽉 물었다. 그는 가래가 끓는 것을 느끼고 기침을 했다.

"뜨거운 물을 가져다주마. 좀 참아라."

어머니가 뜨거운 물을 가져왔을 때, 그는 이미 가래를 뱉어버렸다. 가래는 바닥뿐만 아니라 그의 손에도 묻었다. 그는 가래에 피가 섞인 것을 보고 매우 놀라서 황급히 손을 옷에 문질렀다. 그리고 바닥의 가래도 발로 문질렀다.

"괜찮아. 가래가 나왔으면 되었다."

어머니가 그를 위로하면서 컵을 건네주었다. 그는 컵을 건네받고 물을 마신 후, 억지로 미소를 지으며 말했다.

"예, 지금은 많이 좋아졌어요. 피곤해서 자고 싶어요."

그는 컵을 탁자에 내려놓았다.

"그러면 옷을 벗지는 마라. 긴급 경보가 울리면 뛰어 나가기 편하게."

그는 아무렇게나 대답하고 침대로 가서 누웠다. 그의 정신과 체력은 모두 고갈되었다. 혼미한 속에서 그는 어머니가 이불을 덮어주는 것을 느꼈다.

12

그는 어머니와 아내에게 자신이 피를 토한 일을 알리고 싶지 않았다. 다음 날 그는 여전히 회사에 가서 일을 했다. 저녁에 잘 자지 못해서 정신이 좀 없었다. 그는 언제나처럼 단조로운 작업과 아리송한 번역, 저우 주임의 혐오스런 표정과 우 과장의 적시하는 눈빛, 동료들의 무표정한 얼굴을 견뎌냈다. 그는 시간만 끌었다. 정신은 원고에 있지 않았다. 그도 자신이 얼마나 교정을 했는지 알지 못했다. 식사를 알리는 종이 울려서 그는 붓을 놓고, 가볍게 한숨을 쉬었다. 마치 우연히 사면을 받은 죄수 같았다. 속이 좋지 않아 조금만 먹고 아무 말도 하지 않았다. 탁자의 모든 눈이 자신을 안쓰럽게 바라보고 있는 것 같아서 그는 불안하게 일어났다. 헛기침을 하면서 식탁을 떠났다. 주변 사람을 감히 보지도 못했고, 아무도 그를 상관하지 않았다.

그는 위층으로 올라와 다시 책상에 앉았다. 그는 교정쇄를 보지 않았다. 아직 작업시간이 안 되어서 그는 한정된 자신의 정력을 낭비하지 않았다. 망연히 사방을 바라보았는데, 사방은 그저 희뿌옇기만 할 뿐, 아무것도 보이지 않았다. 피곤했고, 머리는 어제보다 더 멍했다. 눈이 점점 감기고 고개가 무거워졌다. 그는 잠이 들었다.

동료들의 웃음소리에 깨어났다. 황급히 바로 앉았으나 머릿속에는 아직도 기괴한 그림자가 남아 있었다. 그는 이러저러한 꿈에서 깨어났다.

작업시간이 가까워졌다. 저우 주임과 우 과장이 자리를 비워서 동료들은 즐겁게 우스갯소리를 하고 있었다. 갑자기 한 동료가 전쟁 이야기를 끄집어내자 다른 동료가 엊저녁 늦게 들은 소식을 보고했다. 일순 긴장된 공기가 감돌았다. 일본군은 계속 이곳으로 전진하고 아무도 그들을 막지 못했으며 적군이 이미 이산(宜山)을 점령했다고 말했다.

'신문에는 아무 말이 없는데, 너도 알잖아! 그렇게 빠를 수는 없다는 것을!' 왕원쉬안은 암암리에 반박했으나, 그저 마음속일 뿐이었다.

"대단하시네요. 어쩜 그렇게 소식이 빠르신 거죠? 신문에는 이틀 동안 전방의 상황이 좋다고 나와 있던데요?"

"신문을 믿나? 신문은 매일 검열을 받아서 소식이 잘린다는 것을 자네도 알고 있잖아?"

판의 말에 소식이 빠른 동료가 반박했다.

"그렇지. 이틀 동안의 상황은 틀림없이 안 좋아. 내 친척이 구이양에서 4년이나 살았는데, 지금은 전부 이사 오려고 한대."

"그게 뭐 별거야? 내 친구는 벌써 란저우행 비행기표를 예매해두었대. 목숨을 구하려면 철저해야지."

"그래서 우리 회사도 란저우로 옮기려고 하잖아. 이것이 철

저한 거야."

"자네는 갈 텐가?"

"나? 아마도 회사는 우리 같은 조무래기 직원들이 가는 것은 허락하지 않을걸! 여전히 그런 희망을 품고 있었어?"

소식이 빠른 동료가 말했다. 그러나 사실 그는 말단직원이라고 할 수는 없었다. 그는 출판과의 과장으로 회사에 들어온 지도 오래되었고, 봉급도 왕원쉬안보다 한참 많았다.

"우리가 필요 없다면 퇴직금은 주겠지. 3개월 동안의 월급이라도 좋겠는데."

판이 불만스럽게 말했다.

"3개월? 2개월 치도 안 될걸? 그것 조금 받아서 무슨 소용이 있나. 도망치는 덴 아무 소용 없어. 도망가지 않는다 해도 부족하고 하물며 우리 같은 반(半)국영기관에서."

소식이 빠른 친구가 여기까지 말하고는 계단의 발소리를 듣고 황급히 다음 말을 삼켜서 웃기는 얼굴이 되었다.

저우 주임이 왔다. 모든 이의 얼굴이 굳어졌다. 판도 조용히 아래로 내려갔다. 오후의 작업이 시작되었다.

왕원쉬안은 아무 말도 없이 책상에 앉아 있었다. 그는 자신이 아직도 꿈속에 있다고 느꼈다. 앞에 펼쳐 있는 교정쇄는 눈에 들어오지도 않았다. 동료들의 이야기가 머릿속에 가득했다. '피난…… 퇴직…… 이것은 파멸이 아닌가? 후난과 구이린에서 후퇴하던 참극, 그는 다른 사람들로부터 모든 것을 들었는데…… 나는 이처럼 쓸모없는 인물에 지나지 않은가! 만약 정말로 그날이 오면……?' 그는 오한이 났다. 다시 생각하고 싶지 않았으나, 자신을 억제할 수 없었다. 생각할수록 마음이 혼

란스러웠다. 두 장의 원고를 넘겼으나, 한 글자도 머리에 들어
오지 않았다. 작업에는 이미 관심도 없었다. 저우 주임의 표정
과 우 과장의 눈빛에 그는 다시 신경 쓰지 않았다. 그는 마치
자신의 귀에 친숙한 '멸망'이라는 말이 들려오는 것 같았고, 사
형을 선고받았으나 상소할 마음이 일지 않는 죄인이 된 것 같
았다.

그는 혼미한 정신으로 반 시간을 보냈다. 온몸이 불편하고
머리에도 열이 났고 어지러웠다. 시간이 지나도 열은 사라지지
않았다. '틀림없이 폐병이야. 어제저녁에 객혈을 했잖아. 그러
나 상관없어. 나는 죽고 싶으니까.' 스스로를 이렇게 위안하자
마음이 조금씩 편해졌다. 예전처럼 두렵지도 않았다. 그러나
처량한 생각이 들었다.

'내가 죽으면, 혼자서 죽으면 얼마나 적막할까.' 이런 생각이
들자 그는 즉시 집으로 달려가 어머니와 아내, 샤오쉬안을 품
에 안고 한바탕 울고 싶었다. 퇴근시간이 되었을 때, 열은 내렸
고 정신도 조금 맑아져서 그는 천천히 집으로 돌아갔다.

어머니는 식사 준비를 해놓고 기다리고 있었다. 그녀는 자
애로운 목소리로 아들의 하루를 물어보았다. 밥을 먹을 때 어
머니는 수성 이야기를 꺼내면서 한바탕 소란을 떨었으나, 그는
아무렇게나 대답했다. 어머니의 말도 일리가 있었지만 수성도
틀렸다고는 생각되지 않았다.

"저녁은 틀림없이 은행에서 먹지 않을 거다. 그러면 마땅히
집에 와서 먹어야지. 직접 보지 않았느냐? 한 달에 며칠이나 집
에 있든? 사내놈이 있거나 아니면 다른 꿍꿍이가 있는 게야."

설거지를 하면서 어머니는 끝내 이런 소리까지 했으나, 그는

어머니의 말이 믿기지 않아서 대답을 하지 않았다. 그러나 어머니의 말은 그에게 고통을 주었다. 영원히 이처럼 공격하고 적대시할 것 같았다. '왜 나를 불안하게 하는 거지? 나를 사랑한다면 왜 그녀도 사랑하지 않을까? 내가 그녀를 떠날 수 없다는 것을 어머니도 잘 알고 있으면서!' 이런 생각은 있어도 이런 말을 입 밖에 꺼낼 수는 없었다. '그녀를 떠날 수 없다'는 말이 자신을 상심시켜, 그는 적막감을 느꼈다. 적막함 속에 초조감이 들었다. 그는 묵묵히 일어나서 입술을 깨물고 방 안을 서성거렸다.

"바쁘지 않으면 영화라도 보러 가지 않으련? 아무리 생활이 곤궁하다고 해도 아범은 지식인인데 가끔씩은 문화생활을 즐겨야 하지 않겠니?"

어머니가 일을 마치고 그에게 말을 건넸다.

"전 무척 피곤해요. 나가고 싶지 않아요."

잠시 있다가 그는 쓴웃음을 지으며 말을 덧붙였다.

"지금 지식인은 가장 보잘것없는 사람들이에요. 영화를 보거나 연극을 보는 것은 아편이나 쌀을 매점매석해서 돈 번 사람이나 할 수 있어요."

그때 수성이 문을 열고 들어왔다.

"저녁은?"

"먹었어요. 집에 와서 먹으려고 했는데, 여자 동료가 식사에 초대해서 꼭 먹고 가라잖아요. 오늘 은행에서 재미있는 일이 있었어요. 좀 있다가 말씀드릴게요."

'그녀의 웃음은 얼마나 아름답고 목소리는 또 얼마나 맑고 고운가.' 그는 이처럼 생각했으나 어머니는 콧방귀를 뀌며 자신의 방으로 들어갔다.

그녀가 옷을 갈아입는데 갑자기 불이 나갔다. 그는 황급히 성냥을 찾아 초에 불을 붙였다.

"이곳은 정말 짜증나. 늘 정전이야."

아내가 어둠 속에서 투덜거렸다. 촛불은 희미한 빛을 발할 뿐이었다. 방 안에는 어두운 그림자만 가득했다. 그는 여전히 탁자 앞에 서 있었다. 그녀가 걸어오더니 탁자의 한쪽에 기대 앉아 중얼거렸다.

"난 어둠이 무섭고, 냉정이 두렵고, 적막이 싫어요."

그는 묵묵히 고개를 숙인 채 옆 눈으로 그녀를 바라보았다. 몇 분이 지나자 그녀가 갑자기 고개를 들어 그를 보았다.

"원쉬안, 왜 나와 이야기를 하지 않죠?"

"피곤할까 봐 그러지. 좀 쉬어."

"전 피곤하지 않아요. 은행 일은 힘들지 않아요. 비교적 자유롭거든요. 주임은 요사이 나에게 아주 잘해주고 동료들 또한 마찬가지에요. 단지……."

그녀는 잠시 말을 멈추더니 말투를 바꾸고 눈썹을 찌푸렸다.

"밖에서는 늘 집에 갈 생각만 해요. 그런데 집에 오면 언제나 차가움을 느끼고 적막감을 느껴서 마음이 공허해져요. 당신도 요즘은 나와 별로 이야기를 나누려하지 않고."

"내가 이야기를 하려 하지 않는 게 아니야. 당신의 마음이 혼란스러운 것 같아서……."

그는 당황하여 얼버무렸다. 사실은 이야기를 나눌수록 그녀가 불쾌해 할 것 같아서 두려웠기 때문이고, 또한 매일 그녀를 보는 시간이 짧았기 때문이었다.

"당신은 정말 좋은 사람이에요. 나는 언제나 정신이 맑아요.

당신보다 더욱. 아직도 나를 걱정하세요? 당신은 언제나 그렇군요. 늘 다른 사람을 생각하느라 자신은 잊어버리지요."

"아니야. 나도 나 자신을 생각하지."

어머니는 방 안에서 아무런 소리도 내지 않았고, 촛불은 매우 흔들렸으며, 방의 어둠은 더욱 짙어졌다. 2층에서 어린아이의 기침 소리와 울음소리가 들려왔다. 창밖에는 가랑비가 흩뿌리고 있었다.

"우리 브리지 게임이나 해요."

갑자기 그녀가 일어서더니 즐거이 제안했다. 그는 매우 피곤해서 카드게임을 하고 싶지는 않았으나 카드를 가지고 와서 탁자에 놓았다. 그는 앉아서 카드를 섞었다. 그녀는 점차 흥미가 사라지는 듯했고 그도 카드게임에는 별 흥미가 없었다. 두 차례 섞었을 때 그녀가 일어서며 권태로운 목소리로 말했다.

"그만두세요. 두 사람이 무슨 재미로 하겠어요. 게다가 잘 보이지도 않고."

그는 묵묵히 카드를 상자에 넣으며 나직이 한숨을 쉬었다. 촛불의 심지가 한쪽으로 치우쳐서 촛농이 탁자에 가득 쌓였다. 그는 가위를 가지고 심지를 잘랐다.

"원쉬안, 정말 당신이 존경스러워요."

그녀가 탁자 앞에 서서 그의 모든 행동을 보고는 감격스럽게 말했다. 그는 의아스러워 고개를 들고 그녀를 바라보았으나, 무슨 의미인지 잘 알지 못했다.

"정말 인내심이 강해요. 무엇이든지 참고 견디니까요."

"참지 않으면 무슨 방법이 있나?"

"그럼 당신은 언제까지 참을 생각이에요?"

"모르지."

"골치 아프군요. 언제까지 기다려야 이런 생활을 하지 않아도 되나요? 언제쯤이나 좀 더 나은 생활을 할 수 있을까요?"

"내 생각엔 바로 그날, 항일전에 승리하는 날까지 기다려야……."

그녀는 그의 말이 끝나기도 전에 손을 내저었다.

"항일전에 승리한다는 말은 더 이상 듣고 싶지 않아요. 전쟁이 승리할 때까지 기다리다간, 아마 늙어 죽을 거예요. 지금 나는 아무런 꿈이 없어요. 살아 있는 동안만이라도 그저 유쾌하고 편안하게 지냈으면 해요."

그녀는 약간 화난 듯했다. 그리고 방 안을 서성이기 시작했다. 한참이 지나서 그가 입을 떼었다.

"그것은 나도 어쩔 수 없는 일이지."

"당신을 탓해서 무슨 소용이겠어요. 당초에 내가 눈이 삐었던 것이 잘못이죠."

그녀가 고통스럽게 말했다. 이 말을 할 때, 그녀는 마음이 약해져서 말을 삼키려고 했으나, 이미 어찌할 수가 없었다. 한마디 한 마디가 바늘과 같이 그의 가슴을 찔렀다. 그는 고개를 떨어뜨리고 묵묵히 두 손으로 머리카락을 쥐어뜯었다. 그녀가 황급히 곁으로 다가와서 온화하게 속삭였다.

"용서하세요. 저도 마음이 복잡해서 그랬어요."

그녀는 그의 오른손을 머리에서 떼어내어 자신의 두 손으로 꼭 감쌌다.

그녀는 마음이 아려서 손을 놓고 창가로 다가가 긴 한숨을 내쉬었다.

13

그처럼 평범하고 단조로우며 고통스런 나날이 계속되었다. 어떤 힘이 있어 병든 자신의 몸을 지탱해주는지 그도 알지 못했다. 매일 오후가 되면 미열이 났고 밤에는 진땀을 흘렸다. 땀은 그리 많이 흐르지 않았다. 가래를 뱉을 때 그는 극히 조심했다. 객혈이 두 차례 더 있었다. 그는 집안사람들을 모두 속였다. 어머니는 그의 안색을 보고 늘 '오늘 얼굴이 영 보기 안 좋다'고 했고, 그도 언제나 그렇듯이 '저는 괜찮습니다' 하고 대답했다. 매번 어머니는 그의 마음을 알지 못했다. 한번은 어머니가 그의 안색이 어떻다는 말을 하는 것을 옆에서 듣고 있던 아내가, 차가운 어투로 "2년 동안 하루라도 안색이 좋은 적이 있었나요!" 하며 끼어들었다. 아내의 말은 사실이었으나 그녀도 그의 마음을 알지 못했다. 관심과 친절, 그리고 연민이 그녀들이 그에게 베풀 수 있는 유일한 것이었다. 어머니가 아내보다는 좀더 그에게 관심을 쏟고 돌보는 것 같았으나 어머니조차도 그 내심의 고통을 감소시키지는 못했다.

'사는 게 좋은가, 죽는 게 좋은가?' 그는 종종 몰래 생각했다. 일을 할 때는 더욱 그런 생각에 몰두했다. 그는 '죽음'이 자신 앞에서 기다리고 있다고 느꼈다. 저우 주임의 표정과 우 과장의 눈빛이 자신을 '죽음'의 길로 내몰고 있는 듯했다. 집에 돌아와서도 어머니와 아내의 관심과 연민이 그에게 큰 위안이 되지 못했다. 어머니는 고통을 호소하기에 여념이 없었고, 아내는 빛나고 풍부한 생명력과 아직 잃어버리지 않은 청춘으로 그를 대했다. 그는 어머니의 초췌하고 수심 어린 얼굴을 보는 게 두려웠고, 아내의 생기발랄한 얼굴을 대하는 것도 두려웠다. 그는 더욱 말이 없는 사람으로 변해갔다. 그와 그녀들 사이에는 다른 세계가 가로놓여 있었다. 그녀들이 주의 깊게 그를 바라보거나 온화하게 말을 붙여도, 그는 '당신들은 이해하지 못해'라고 마음속으로 중얼거렸다. 그녀들은 전혀 알지 못했다. 그녀들도 그가 가끔 기이한 눈빛으로 자신들을 바라본다는 것을 느끼고 있었지만 특별히 의심을 품지는 않았다. 어머니는 염려를 하곤 했으나 그것은 몸을 조심하라는 것이었지 그에게 병이 있는가 하는 점은 아니어서, 오히려 그의 고통과 두려움을 증가시켰을 뿐이었다. '곧 어머니가 알게 될 거야' 하고 그는 더욱 조심했다. 한번은 어머니가 그의 건강에 대해서 말을 꺼내자, 아내가 "병원에 가서 한번 검사해봐요"라고 말을 이었다. 그는 "나는 괜찮아. 아주 좋은데"라고 과장해서 대답했다. 아내는 "가서 검사해보는 게 낫지 않아요?"라고 했지만, 그는 직접 대답하지 않고 한참 있다가 무기력하게 중얼거렸다.

"지금 병원에 가서 진찰하고, 약을 먹고 입원하려면 모두 돈이 드는데, 우리 같은 사람은 밥 먹고 사는 것만도 복이라고 알아야지. 후난과 구이린에는 굶어 죽은 사람이 헤아릴 수 없을 정도로 많다는데."

어머니는 불만을 표시했고, 아내는 한참 생각하더니 입을 열었다.

"언젠가 우리도 그같이 되지 말라는 법이 없죠. 그렇지만 우리가 살아 있는 동안은 방법을 생각해야만 해요."

아내는 눈썹을 찌푸렸다. 얼굴에 어두운 그림자가 서렸으나 곧 사라졌다.

"방법을 생각한다고? 내 보기에는 끌려가서 죽는 것 이외엔 방법이 없어. 재작년에는 작년이면 괜찮을 거라고 하더니, 작년엔 또 올해에는 좋아질 거라고 하고, 올해는 또 뭐라고 하려나. 해마다 나빠질 뿐이야!"

어머니가 옆에서 야단법석을 떨었다.

"그건 우리의 왕 선생님께서 성격이 너무 좋으신 탓이죠."

아내가 비꼬았다. 어머니의 안색이 변했다.

"나는 굶어죽더라도 구차스럽게 살지는 않겠다. 아범은 조금도 잘못이 없어."

"사람은 그처럼 고지식할 필요가 없어요. 왜 사서 고생을 해요."

"그것은 나도 간절히 바라는 바다. 어쨌든 늙은이가 되는 것이 '꽃병' 노릇이나 하는 것보다 나으니까."

"어머니, 그만두세요. 수성의 말도 어머니와 다른 뜻이 아니에요."

그는 두 사람이 다툴까 두려워 급히 변명을 대신했다.

"같지 않아요. 완전히 다르죠. '꽃병'이라고 욕을 하시다니,

벌써 한참이나 직장 일을 하고 있는데⋯⋯."

"수성, 그만둬. 모두 내 잘못이야. 식구들까지 고생만 시키고⋯⋯, 어머니 탓할 건 없어."

그는 다급해져서 아내를 밀면서 나지막이 말했다.

"어머니는 연세가 드셨잖아. 생각이 없는 거야. 당신이 양보해야지."

"왜 생각이 없어요. 당신이야말로 정말 생각이 모자라는군요!"

수성은 화가 나서 그를 욕했다. 그러나 소리는 크지 않았고, 침대에 앉아서는 아무 말도 하지 않았다.

"당연하지. 요새 애들은 얼굴도 두꺼워. 전부 할 말이 없다고 할 뿐이니."

어머니는 아직도 욕을 하고 있었다. 그가 어머니를 위안하려고 건너갈 때, 갑자기 밖에서 자기를 부르는 소리가 들렸다. 그가 놀라 문으로 가니, 옆집의 장 부인이 창백한 얼굴로 문 앞에 서 있었다.

"장 부인, 들어와 앉으세요."

그가 급히 인사를 건네자 아내와 어머니도 인사를 했다.

"왕 선생, 당신이 보기에 이곳은 위험하지 않나요? 전 정말 두려워요. 도망가기도 힘들고, 우리 같은 타향 사람들은 방법이 없어요."

장 부인은 앉자마자 두 눈을 크게 뜨고 겁을 냈다. 그는 대답을 하지 않았으나, 아내가 먼저 말했다.

"제가 보기에는 아직 걱정할 거 없어요. 밖에는 유언비어가 많지만, 저는 괘념치 않아요."

"유언비어? 당신 무슨 말을 들었소?"

"일본 놈들이 벌써 남쪽 끝에 도달했대요. 곧 구이저우에 당도한대요. 은행의 동료들이 그러더군요."

"벌써 구이저우에 들어왔대요. 남편의 직장에서는 이사 준비를 하고 있대요. 그러나 우리 같은 말단 직원은 함께 가지 않는다는군요. 이후로는 어쩌죠? 왕 선생, 당신은 이 고장 사람들이니까 우리들도 좀 보살펴주세요."

"예, 제가 도와드리지요."

그는 자신도 방법이 없다고 생각했지만, 그녀의 간절하고도 두려워하는 목소리에 대답을 하지 않을 수가 없었다.

"처음에는 시골로 가서 피할까 생각했지만, 무엇보다 왕 선생 가족 분들이 가는 곳으로 함께 가고 싶어요."

"지금 도망치자는 말씀인가요? 아직 일러요, 장 부인. 두려울 것 없어요. 그때가 되면 방법이 생각날 거예요."

아내가 미소를 지으며 병색이 있는 젊은 여인을 위로했다.

"꼭 지금이 아니더라도, 만일 피난 가게 되면……. 왕 선생, 왕 부인, 할머님 고맙습니다. 고맙습니다. 가서 애 아빠에게 알리겠어요. 이 말을 들으면 그도 안심할 거예요."

"좀 더 있다 가시죠."

"아닙니다."

손님이 가고나자 모두 침묵에 빠졌다. 어머니가 갑자기 물었다.

"아범아, 정말 도망가야 하는 게냐?"

그는 가슴이 너무 뛰어 대답을 할 수 없었다.

"아니에요. 그렇게 나빠질 리는 없어요."

아내가 대답했다. 그녀의 얼굴에는 편안한 미소가 떠올랐다.

그러나 그다음 날 아내는 은행에서 돌아와 눈썹을 찌푸렸다.

"오늘 소식은 정말 좋지 않아요. 두산(獨山)도 버티지 못한대요. 구이양은 매일매일 경보가 울리고요."

"그러면 우리는 어떻게 하지?"

"일본군이 쳐들어오는 것을 기다릴 뿐이죠. 별다른 방법이 있나요."

그녀는 단념한 어투로 말하며 처량한 미소를 지었다. 그는 두렵지 않았으나, 작은 의혹이 일었다. 죽음, 생존, 재난은 그에게 어떤 구별이 없었다. 그런 일들이 정말 닥쳐온다고 해도 그는 막을 힘이 없었고, 오지 않는다 해도 두려워할 필요가 없었다.

"죽음을 기다릴 수는 없다."

"그런 지경까지는 가지 않을 거예요. 피난 가야 할 때가 되면 모두들 피할 수 있어요. 오늘 한 동료가 제게 시골에 가서 잠시 피해 있자고 했어요. 적군이 대폭격을 할 거라나, 저는 대답을 안 했지만요."

어머니의 초조한 어투를 아내가 비웃었다.

"너는 당연히 우리들보다 방법이 있겠지."

"아무렴요. 저는 즐겁게 도망갈 거예요."

아내가 일부러 신이 난다는 듯이 말했다.

"그러면 샤오쉬안은? 샤오쉬안은 어떡할래? 나와 아범 둘이야 네가 상관치 않는다 해도, 샤오쉬안은 네가 낳은 아들인데, 버리고 도망갈 수는 없잖아!"

그는 두 명의 여인을 훑어보며 속으로 생각했다. '내가 다 죽게 되어도 두 사람은 다투고 있을 거야!' 그러나 이를 입 밖에

내지는 않았다.

"샤오쉬안은 학교에서 돌볼 거예요. 두 분이 걱정할 필요는 없어요."

"좋구나. 그러니 너는 남자친구 놈과 어디로든 도망칠 수 있겠구나. 나는 너 같은 어미를 지금까지 본 적이 없다."

"죄송해요, 제가 어머님 같은 사람이 아니라서. 저는 어머님 나이까지 살고 싶지도 않아요."

"수성, 지금 어머님께 무슨 말버릇이야! 모두 한 가족이잖아. 도대체 왜들 그러지? 이삼 일 후면 재난이 올지도 모르는데, 모두들……."

그는 참지 못하고 고함을 쳤다. 머리가 너무나 아파서 그는 이를 악 물었다.

"저는 다투는 게 아니에요. 당신 어머니가 먼저 시비를 해서……, 당신은 오히려 그쪽 편만 드는군요."

"그 말 같지도 않은 소리는 듣고 싶지도 않다!"

어머니가 아내를 가리키며 욕을 했다.

"실컷 다투세요. 마음껏."

그녀들의 소리가 머리에 충격을 주어서 곧 폭발할 것 같다. 더 이상은 참을 수가 없어진 그는 묵묵히 밖으로 나왔다. 그녀들은 그를 상관하지 않았다. 그는 한걸음에 아래로 내려왔다. 거리에 나서도 머리는 여전히 지끈거렸다. 밤의 한기가 그의 얼굴을 씻어내려 점점 머리가 맑아졌다.

"어디로 가지?" 하고 자문했으나 회답은 없었다. 그는 목적도 없이 걸었다. 다시 술집 앞에 이르렀다. '모든 것을 잊어버려.' 어떤 목소리가 귓가에 들려왔다. 술집 안을 들여다보니 탁자에는 손님들이 가득했다. 직사각형의 탁자에만 한 사람이 앉아 있어서 자리가 있었다. 그 사람은 낡은 무명 저고리에 머리카락은 길었고, 검고 야윈 얼굴을 하고 있었다. 고개를 숙이고 술을 마시고 있을 뿐, 주위에는 별로 신경 쓰지 않는 듯했다. '저곳에 앉아야겠군.' 그는 스스로에게 속삭이고는 그 사람의 맞은편에 가서 의자를 꺼내 앉았다.

"술 좀 가져와!"

큰 소리로 외치자 보이가 술을 가져왔다. 즉시 잔을 들어 마시자 열기가 솟구쳐 올라와 트림이 나왔다.

"윈쉬안."

맞은편의 사내가 그를 바라보더니 이름을 불렀다. 그는 고개를 들어 병색이 완연한 여윈 검은 얼굴의 사내를 바라보았지만 누구인지 알아채지는 못했다.

"날 모르겠나? 자네 취했나? 옛 동창을……."

"바이칭! 아니 왜 이런 모습으로 변했나?"

그는 휘둥그레진 눈으로 동창의 말을 잘랐다. 모습이 완전히 변했고 목소리도 쉬었으며, 두 뺨은 더욱 움푹 패었고 두 눈은 핏발이 서서 빨갰다. 입가에는 검은 수염이 무성했다.

"자네 무슨 일을 있었나? 우리가 못 본 지 채 한 달도 안 되었는데!"

그는 모골이 송연해졌다.

"나는 끝났어. 이미 죽은 몸이라고."

"바이칭, 그런 소리 말게. 자네 아팠나?"

"병은 여기에 있네. 바로 여기에!"

그는 앞이마를 두드렸다.

"그러면 술을 마시면 안 되잖나. 빨리 집에 돌아가 쉬게."

"술을 마셔야겠네. 마셔야 비로소 편안해지지."

"그러면 빨리 마시고 돌아가게."

"집! 내가 집이 어디 있나? 자네는 나를 보고 어디로 가라는 건가?"

"자네가 묵는 곳. 내가 바래다주지."

"나는 묵는 곳이 없네. 없어. 아무것도 없어."

그는 힘차게 대답하더니 남아 있는 술을 단번에 마셨다.

"통쾌하군, 통쾌해! 일생 동안 책 읽은 게 헛것이네. 이런 꼴이 되다니. 정말 생각도 못한 일이지. 내가 어디에서 묵는지 아는가? 어떤 때는 여인숙에서 자고, 어떤 때는 길거리에서, 자네 집 대문 앞에서도 잤다네."

"취했군. 그만하게. 자, 가지."

그는 일어나서 두 사람의 술값을 치르고 바이칭의 팔을 끌었다.

"가세, 가자고."

"취하지 않았네. 취하지 않았다고!"

"그러면 다른 곳에 가서 차를 마시세."

"좋아."

그는 일어서더니 몸이 휘청거려 다시 앉았다.

"자네 먼저 가게. 나는 좀 더 앉아 있겠네."

"그러면 우리 집으로 가세. 수성은 아직도 자네 부인을 기억하고 있다네."

그는 '부인'이라는 말이 튀어나오자 자신이 실수했다는 것을 깨닫고 즉시 입을 다물었다.

"내가 이런 몰골로 어떻게 자네 집에 갈 수 있겠나!"

그는 두 뺨을 씰룩이더니 고개를 떨어뜨리고 자신의 가슴을 내려다보고는 기름때가 절은 앞자락을 손가락으로 두어 번 쓸어보았다.

"이런 옷을 입고, 이런 얼굴을 하고, 아니야. 난 가지 않겠네. 난 이미 죽었어. 그대의 옛 친구 탕바이칭은 벌써 죽었단 말일세. 내가 왜 아직도 이런 것에 구애를 받아야 하나? 어떤 옷을 입고, 어디에 머물든지, 친구와 무슨 상관이 있나? 친구들은 모두 날 이해하지 못해. 그래도 좋아. 어쨌든 난 이미 죽었으니까. 자넨 돌아가게. 나를 이해하려고 하지 말고. 아, 방금 자네가 말했지. 아직도 모두들 내 아내를 기억한다고. 자네들도 모두 기억하는데, 내가 어찌 잊을 수 있겠나?"

왕원쉬안은 사방을 둘러보았다. 몇몇 손님들이 모두 그들을 향하고 있었다. 그는 얼굴이 붉어졌다.

"빨리 가세. 모두들 자넬 보고 있어."

"날 본다고? 보라지. 우리는 모두 같아. 술집에 와서 술 먹는 사람치고 즐거운 사람은 하나도 없어. 자네도 마찬가지고."

"그만두게. 자, 가세."

"권세와 이익. 이것이 없는 사람은 하나도 없지. 나는 사람들을 꿰뚫어보네. 나의 친구들, 일 년 전 내 결혼식에는 모두가 와서 축하주를 먹더니만, 이제는 길거리에서 보아도 못 본 척하니, 흥. 돈! 돈! 돈을 사랑하고 숭배하지 않는 사람이 없어. 이 가난하고 쓸모없는 내 신세. 죽어야지. 일찍 죽는 게 제일 나아. 사는 게 무슨 의미가 있나! 그렇지! 좋아, 자네와 함께 가서 자네 부인을 봄세. 아내가 살아 있을 때 곧잘 자네 부인을

118

보고 싶다고 했었지. 지금은……."

탕바이칭은 한참을 중얼거리더니 말을 채 끝맺지 못하고 눈물을 흘리기 시작했다. 왕원쉬안은 그를 데리고 밖으로 나왔다. 둘이서 몇 걸음 걷다가, 바이칭이 멈추어 섰다.

"가지 않겠네."

"도대체 어디로 가려고 그러나?"

"나도 모르지. 상관하지 말게."

"바이칭, 그러면 안 되네. 우리 집에 가서 하룻밤 묵게나."

"아냐!"

"바이칭, 자네 이러면 안 되네. 자네의 예전 포부를 기억해 보게. 아마 기운이 날 거야."

그들은 다시 앞으로 나아갔다. 드디어 왕원쉬안의 집으로 가는 길로 들어섰다.

"아니야, 난 가겠네. 날 놓아주게!"

바이칭은 그의 손을 빼더니 길을 가로질러서 건너편으로 가 버렸다.

"바이칭, 바이칭!"

그는 동창의 이름을 부르면서 뒤따라갔다. 갑자기 윙 하는 소리와 뒤이어 공포에 질린 사람들의 목소리가 들렸다. 눈앞이 아득해지고, 그 앞으로 커다란 트럭이 쏜살같이 지나갔다. 사람들이 미친 듯이 한 곳을 향해 달려갔다. 교차로에 즉시 한 무리의 사람들이 원을 그렸다. 그도 멍하니 따라가서 사람들 뒤에 섰다. 아무것도 보이지 않았다. 그러나 무서운 검은 그림자가 자신의 머리를 짓누르고 있는 것을 느꼈다.

"에구머니! 머리가 완전 박살났군! 심장이 오그라드는데!"

"이곳에는 애초에 트럭을 못 다니게 해야 한다고. 이번 달에도 벌써 몇 사람이 치어 죽었잖아. 그저께도 한 젊은 부인이 치었는데, 정말 비참하더군. 차는 도망쳐버리고, 경찰도 한 명 부상을 당했다던데."

사람들이 주고받는 소리에 그는 정신이 들었다. 두렵고 고통스러워 그는 고함을 질렀으나, 목이 잠겨버렸다. 눈물이 마구 흘러내렸고 온몸이 떨렸다.

그는 살며시 군중들로부터 벗어나 집으로 돌아왔다. 아무도 그를 주의해 보지 않았다. 그저 한 친숙한 목소리가 계속 귓가에 울려왔다. '난 끝났어. 끝났다고.'

방문을 열자 전등이 상당히 밝게 비쳤다. 책상 앞에 아내가 혼자 앉아서 책을 보고 있었다. 그녀는 책을 놓고 기쁜 표정으로 물었다.

"또 술집에 갔어요?"

그는 고개를 끄덕이고 잠시 있다가 힘을 내서 말했다.

"꿈을 꾸었어. 정말 무서운 꿈을."

어머니가 안에서 나왔다.

"아범 돌아왔구나."

"무슨 꿈? 당신 왜 그래요? 좀 쉬세요."

아내의 말에 대답하고자 했으나 공포에 질린 목소리가 아직도 그의 뇌리에서 맴돌고 있었다. 그는 정력이 모두 고갈되어 쓰러질 것 같았다. 두 쌍의 간절하고 애정에 찬 눈이 그를 바라보며 대답을 기다리고 있었다. 그는 초조해서 입을 움직였으나 답이 먼저 나왔다.

"피! 피! 피를 토했어!"

두 여인이 함께 외치더니 그를 침대로 끌고 가서 눕혔다. '난
끝났어. 끝났다고.' 그는 몽롱한 속에서 중얼거렸다. 뇌리에는
아직도 그 비명이 울렸고 눈물이 마구 흘러내렸다. 힘이 하나
도 없어서 그는 저절로 눈이 감겼다.

14

그는 밤새도록 무서운 꿈을 꾸었다. 아침에 깨어났으나, 피곤하고 열이 났으며, 사지가 무력하고 심심이 불안했다. 어머니와 아내는 다투지 않고 그를 간호하고 있었다. 오후에는 의사가 와서 진찰했다. 아내가 한의사를 모셔왔다. 아내는 서양의사를 믿어서 다촨은행의 의학 고문을 모셔오고자 했지만, 어머니가 한의사를 고집했다. 그가 어머니에게 죄를 짓고 싶지 않다고 해서 아내가 양보했다. 그녀는 그가 일하는 회사에 가서 병가를 신청하고, 은행에 가서 하루의 휴무를 얻은 다음, 의사를 모시고 왔다. 장바이칭이라는 의사는 어머니의 먼 친척으로, 이 고장에서 삼사 년 전에 개업했는데, 약간 이름이 알려져 있었다. 매번 그의 집에 올 때는 차비 외에는 돈을 받지 않았다. 이런 이유로 그도 한의사가 오는 것을 찬성했다. '서양 병원은 너무 비싸! 돈을 아껴야지. 내가 어디 가서 그런 돈을 구하겠어' 하고 그도 생각했다.

의사는 인자하고 착한 인상의 중년 남자로, 자세히 진맥을 하고 병세를 묻고는 환자와 식구들을 위로하더니, 이것은 간에 열이 많고 게다가 피곤해서 일어난 것이므로, 며칠 쉬면 천천히 회복될 거라고 말했다. 아내는 의사의 말이 별로 미덥지 않은 눈치였으나 어머니는 철석같이 믿었다. 그는 반신반의했다. 그러나 어쨌든 의사는 세 사람을 모두 안심시켰다. 그는 의사가 매우 실력이 있다고 느꼈다. '수천 년 동안 중국인은 모두 이렇게 병을 보고 약을 먹어왔으니, 어찌 효과가 없다고 할 수 있을까?' 이렇게 그는 자신을 위로하며 일말의 희망을 품었고 죽음의 검은 그림자도 조금 엷어진 것 같았다.

아내는 나가서 약을 사서 돌아왔고 어머니는 달여서 그에게 먹였다. 그는 약을 먹고 잠이 들었다. 여전히 잠을 잘 못 이루었다. 저녁 무렵 열이 더욱 올랐다. 그는 또 꿈의 나락으로 빠져들었다. 거대한 그림자가 눈앞에서 오락가락했고, 탕바이칭의 검고 여윈 얼굴과 붉은 눈이 수없이 나타나 그를 에워싸고는 "끝났어, 끝났어"라고 중얼거렸다. 그는 두려워 도망쳤다. 걷고 뛰느라 극히 피곤했다. 그러나 발을 멈출 수는 없었다. 갑자기 그는 황량한 산에 이르렀다. 사람의 그림자도 보이지 않았고, 그도 어느 곳에 왔는지 알지 못했다. 그는 어둠 속에서 헤매고 있었다. 날은 어두워지고, 여행은 피곤했다. 돌연 빛이 보이고 사방의 나무가 타올랐다. 곳곳이 불이었다. 불길은 왕성해서 곧 그에게 닥쳐왔다. 옷에 불길이 옮겨 붙어서 참지 못하고 소리를 쳤다.

"살려줘!" 그는 깨어났다. 침대에 누운 채 이불을 덮고 있었는데, 온몸은 땀으로 흠뻑 젖었고, 입에서는 신음 소리가 흘러나왔다.

"왜 그러세요?"

아내가 침대 곁에서 고개를 숙이고 그를 불렀다.

그는 숨을 내쉬고는 그녀를 바라보았다. 한참 있다가 그가 나지막이 물었다.

"언제 퇴근했어?"

"오늘 하루 휴무를 신청했어요. 제가 당신께 말하지 않았어요?"

"잊었는데, 꿈이 혼란스러워서. 꿈속에서…… 옛 동창이 차에 깔려 죽었어."

그는 사실을 꿈으로 돌려서 자신을 속였다.

"옛 동창이요? 누굴 말하는 거예요?"

아내가 놀라며 천천히 그의 이마를 쓰다듬었다. 축축했으나 열은 이미 사라졌다.

"탕바이칭. 백령식당에서 축하주를 먹지 않았소. 그 부인이 아이를 낳다가 죽었다는군. 며칠 전에야 그가 말해주던데."

"예, 저에게 알려주셨어요. 기억하지요. 말을 많이 하지 마세요. 다른 사람 걱정까지 하다간 오히려 몸이 상해요. 아직 열이 좀 있으니까 좀 더 자도록 해요."

"잠이 무서워. 또 악몽을 꿀 것 같아."

"아니에요. 아무것도 생각하지 말고 편안히 주무세요. 곁에 제가 있으니까 악몽을 꾸지 않을 거예요."

"어머니는?"

"밥을 하고 계세요. 주무세요. 좀 있다가 약을 먹어야 하니까."

"차 한 잔만 갖다 주구려."

아내는 차를 가지고 왔다. 그는 사실 차를 마시고 싶지 않았으나, 아내와 좀 더 이야기를 나누고 싶었다. 아내가 머리를 받쳐주어 그는 차를 마실 수 있었다.

"다시 주무실 수 있을 거예요."

아내는 찻잔을 탁자 위에 놓았다. 그는 눈을 감았다가 다시 뜨고는 남몰래 아내를 훔쳐보았다. 십여 분쯤 있다가 그는 참지 못하고 아내를 다시 불렀다.

"수성, 당신이 보기에 내 병은 낫지 않을 것 같지?"

"또 쓸데없는 생각을 하는군요. 의사가 약을 먹고 며칠 요양하면 낫는다고 했잖아요."

"하지만 나는 한의사를 못 믿겠어."

"그렇지만 어머니께서 믿으시잖아요. 게다가 그분은 당신의 친척이라니, 설마 거짓말을 하겠어요?"

"이 몇 해 동안 거짓말이 아닌 것이 있었소? 나는 내 병을 알아. 내 몸은 전쟁에서 승리할 때까지 견디지 못할 거야. 그래도 좋아. 내가 살아 있는 것이 당신을 돕기는커녕, 오히려 폐가 될 뿐이니까."

"그런 말을 하면 안 돼요."

아내도 마음이 슬퍼져서 아랫입술을 깨물었다.

"어머니는 나이도 많은데 생활은 어렵고 성질은 더욱 괴팍하니 때때로 소란을 피우실 거야. 당신이 좀 이해하구려. 마음은 좋은 분이야."

"저도 알아요."

"고마워, 이제 눈 좀 붙일게."

전등불이 적막하게 방을 비췄다. 빛은 침침해서 촛불보다 별로 밝지도 못했고, 누르스름한 빛이 처량함을 더해주었다. 눈을 감고 입을 반쯤 벌린 채, 야윈 얼굴에 밀랍을 입힌 듯한 그의 모습은 더욱 가련해 보였다. 그녀는 여전히 그의 손을 잡고 놓지 않은 채 적막한 시선으로 방 안을 바라보았다. 동정과 애련이 그녀를 고통스럽게 했다. 이 모든 감정이 그녀의 마음을 어지럽히고 있었다. '왜 우리들은 이런 날들을 보내야만 하나?' 그녀의 마음속에서 불평의 소리가 울렸다. 그녀는 오른손에 잡힌 그 손이 매우 연약하고 무력함을 깨달았고 손가락이 차가운 것을 느꼈다. '이것이 그가 참아온 보답이란 말인가!' 그녀는 놀라서 그를 바라보았다. 가냘픈 숨소리가 지금은 좀 편안한 것 같았고, 악몽을 꾸지 않는 듯해서 그녀는 그의 손을 살며시 놓았다. 이마를 다시 한 번 짚어본 후 그녀는 일어나서 천천히 허리를 폈다.

옆집에서 소곤거리는 말소리가 들려왔고 거리에서는 단조로운 자동차 경적소리가 들려왔다. 쥐들이 한동안 찍찍거리더니 계단을 갉기 시작했다. 그놈들은 한시도 쉬지 않았다. 이것이 그녀의 마음을 혼란스럽게 했고 한기가 사방에서 몰려와 추워졌다. 그녀는 목적도 없이 전등을 바라보았다. 전등의 붉은 빛도 그녀의 마음을 녹여주지 못했다.

"이것이 우리들의 생활이란 말인가. 영원히 밝아지지도 않고 영원히 죽을 수도 없이 그저 끌려가야만 하는가. 몇 년 전만 해도 이상과 희망이 있었고 살아갈 수가 있었는데. 지금은……어머니와 매일 다투지만 않아도, 그가 그렇게 유약하지만 않아도, 나는 아직도 좀 지낼 수가……"

그녀는 눈썹을 찌푸린 채 혼자서 중얼거렸다. 마음이 심란

했으나 어떻게 해야 할지를 몰랐다. 방 안에서 서성거리다가 발소리가 남편을 깨울까 봐 걸음을 멈추었다. 방문이 활짝 열리더니 어머니가 밥그릇을 들고 들어왔다. '어머니도 고생이시네' 그녀는 어머니의 애쓰는 모습을 보고 이렇게 생각했다.

"자는 게냐?"

어머니의 초췌한 얼굴에는 엷은 미소가 흘렀다.

"이번에는 좀 잘 자는 것 같아요."

"그러면 좀 자도록 두어야겠구나. 약은 깨어나면 먹으라고 해야겠다. 우리 먼저 밥 먹자꾸나."

수성은 어머니와 함께 밥을 먹었다. 어머니도 입맛이 없는 것 같았다. 그녀는 적막감과 우울한 기분에서 벗어나고자 억지로 어머니와 이야기를 나누었다.

'어머니는 마치 이런 생활이 안락하다는 듯 모든 것을 견뎌내는데, 왜 나는 그러지 못할까?' 그녀는 자신을 질책했으나 이것이 적막감을 줄여주지는 못했다. '왜 나는 언제나 불만을 느낄까? 왜 자신을 희생하지 못할까?' 그녀는 다시 한 번 스스로를 질책했다.

다음 날 그의 병세는 차도를 보였다. 수성은 예전처럼 은행으로 출근했으나, 오전에는 좀 늦게 가고 오후에는 일찍 돌아왔다. 그녀는 동료들과의 교제를 잠시 중단했다. 그녀는 어머니의 식사 준비를 돕고 때로는 그가 약이나 밥 먹는 것을 돌보았다. 저녁에 그가 잠들지 못할 때는 이야기를 나누었다. 그녀는 은행에서 일어난 일들은 모두 이야기했으나 시국에 대해서는 말하지 않았다.

한약이 매우 효과가 있는 듯 그는 나날이 좋아졌다. 어머니는 며느리 앞에서 한의사를 칭찬했고, 그녀도 방긋 웃을 뿐 반박하지 않았다. 그는 그저 휴식과 위안을 바랄 뿐이었다.

"일본군이 도대체 어디까지 쳐들어왔지?"

병이 점점 나아지고 정신이 집중되자 그는 종종 이 문제를 생각했으나, 아내에게 물어보지는 못했다. 놀랄 만한 대답을 할 것 같아 두려웠다. 때로는 아내의 안색과 표정을 통해 전쟁 상황을 추측해보았으나 소용이 없었다. 그녀는 온화하고 유쾌한 표정을 지을 뿐이었다. 우연히 그녀가 생각에 잠긴 모습을 보면, 그녀는 즉시 웃으며 모든 것을 숨겼다. 그녀는 어머니와도 다투지 않았다. 그녀들은 함께 이런저런 이야기들을 나누곤 했다. '이들이 전보다 나아지기만 한다면, 나의 객혈도 가치가 있을 텐데.' 그는 이런 생각을 위안으로 삼았다.

하루는 아내가 퇴근한 후에 매우 흥분한 목소리로 말했다.

"좋은 소식을 알려드릴게요. 구이양을 폭격했다는 말은 다 거짓말이래요. 두산이 함락되었다는 것도요. 일본군은 구이저우에 들어오지도 않았대요."

"정말? 내일은 나도 좀 나가볼까 생각하는데."

"겨우 닷새 쉬었을 뿐이에요. 적어도 열흘이나 보름은 쉬어야 해요. 당신은 그저 병이나 돌보세요. 다른 일은 신경 쓰지 말고요."

"돈은?"

"내게 방법이 있어요. 걱정 마세요."

"그렇지만 당신 돈을 많이 쓰는 것은 좋지 않아. 당신은 쓸 곳도 많은데. 샤오쉬안에게 들어가는 돈도 만만치 않잖아."

"샤오쉬안은 내 아이 아닌가요? 우리 둘 사이에 무슨 네 것, 내 것이 어디 있어요. 내 돈이나 당신이나 같은 것 아니에요?"

그는 대꾸할 말이 없었다.

"며칠 전에 은행에서 인사이동이 있다고 한참 떠들썩했는데, 구이린이 함락되었다는 소식에 이야기가 흐지부지됐어요. 전쟁이 호전되면 다시 인사이동을 할 거예요. 이동이 되면 내 수입은 3분의 1 정도 늘 거예요. 그러니 돈 많이 쓴다고 걱정하지 마세요."

"그렇다고 해도 그것은 좋지 않아. 내가 꺼림칙해. 내가 이런 식으로 살 거라고는 생각도 못했는데, 내 한 몸도 건사하지 못하다니."

"왜 그런 생각을! 그런 일은 생각도 마세요. 병이 낫고, 시국이 호전되고 일본이 퇴각하면 방법이 있을 거예요. 당신도 내가 은행에서 일한다고 하니 기뻐했잖아요. 지금은 방법이 없다 해도 앞으로는 이상에 맞는 일을 함께 해요. 당신이 교육사업을 할 수 있도록 도와드릴게요."

"그럼. 일본 놈이 퇴각하면 방법이 있겠지."

어머니가 그릇을 들고 돌아왔다.

"제가 들게요."

아내가 어머니의 손에서 그릇을 받기 위해 다가갔다.

"너는 빨리 가서 죽을 좀 살펴 보거라. 타는지 말이야. 이건 내가 하마."

그러자 아내는 탁자 위에 신문을 펴놓고 부엌으로 갔다. 그는 아내의 뒷모습을 바라보며 감격했다. '여전히 내게 잘해주는구나. 내가 쓸모없을지라도. 정말 좋은 여자야! 그녀 돈을 쓰는 것이 미안할 따름이야. 그녀가 날 가벼이 여길 수도 있을 거야. 언젠가는 그럴지도 모르지. 내가 힘을 내야지. 시국이 좋아지고 일본 놈들도 물러가면 방법을 생각해야지. 나는 다시 교육계로 돌아갈 거야.'

그가 중얼거리자 어머니가 물었다.

"뭘 한다고?"

"아무것도 아니에요."

그는 꿈속에 있다가 갑자기 깨어난 것처럼 고개를 흔들었다. 음침하고 차가운 이 방은 그에게 아무런 희망도 주지 않았다. 어머니는 침대 머리맡에 서서 그의 이마를 만져보았다.

"지금은 어떠냐?"

"아주 좋아요. 약이 매우 효과가 있나 봐요."

"내일 다시 한 번 의사를 오라고 해야겠다."

"괜찮아요. 이제 정말 괜찮아졌어요."

그러나 마음속으로 그는 '진찰받고 약 먹을 돈이 어디 있나? 내가 정말 수성에 의지해서 살아가길 바라시는 걸까?' 하고 생각했다. 아내가 죽을 살피고 돌아왔을 때, 전등이 나가버렸다.

"오늘밤에도 또 정전이지? 그들이 당신에게 광명을 보여주려 하지 않는군."

그가 쓸쓸하게 말했다.

"광명? 지금도 광명을 바라요?"

아내가 말했다. 그는 아내가 자신을 칭찬하는지 아니면 비꼬는지 알 수가 없었다. 어머니가 초를 켜고는 나갔다. 방 안이 밝아졌으나, 흔들거리는 누런 촛불이 방 안의 모든 것들을 우울한 색조로 칠해버렸다. 쥐 두 마리가 방 안을 뛰어다녔다. 아래층에서 한 여인이 처량한 목소리로 아이를 달래고 있었다.

"광명, 나는 광명 같은 건 바라지 않소."

"비관할 필요 없어요. 병을 잘 고치면 되죠. 아직 먹을 약이 있어요. 내가 가져올 테니 약을 먹고 좀 일찍 주무세요."

"아니야, 당신 먼저 먹어. 사실 약을 먹든 안 먹든 상관없어. 당신이 이런 종류의 약을 믿지 않는다는 것을 알고 있어. 당신이 밥을 먹고 나서 나에게 약을 먹여도 좋아. 아마도 이 약은 효과가 있는 듯하니. 나는 약 먹기가 두려워. 정말 쓰거든. 그러나 쓰면 쓸수록 영험하다고 하니, 어머니는 이런 약을 믿지. 어머니의 세계에는 나와 샤오쉬안만 있고, 때때로 나도 쓸모가 없지. 빨리 가서 밥 먹으라고. 왜 어머니가 안 들어오시지? 아직도 반찬을 만드시나? 틀림없이 약을 달이고 있을 거야. 정말 좋은 분이지. 빨리 가서 어머니를 도와줘. 밥 먼저 먹으라고. 나는 좀 자야겠어. 오늘은 정말 즐거워. 전쟁 상황도 호전되었고, 피난을 가지도 않아도 되니. 그러나 내 몸이 당신을 피곤하게 하는구려."

아내는 밖으로 나갔다. 그는 무력한 눈빛으로 사방을 둘러보았다. 촛불이 흔들렸다. 방 안은 어두운 그림자뿐이라 그는 아무것도 보지 못했고, 고통의 한숨을 길게 내쉬었다.

그다음 날 아내는 매우 일찍 돌아왔다. 그녀는 인상을 찌푸린 채 힘없이 방 안으로 들어와 그와 어머니에게 인사를 한 후 묵묵히 책상 앞에 가서 앉았다.

"오늘은 왜 이렇게 일찍 들어온 게냐? 아직 퇴근시간도 아닌데."

"은행에는 아무 할 일도 없고, 앉아 있자니 정신만 사나워서 일찍 퇴근했어요."

"오늘은 별 다른 일은 없었니?"

"없었어요. 대신 나쁜 소식이 있어요. 그래서 모두들 일할 마음이 나지 않았어요."

"도대체 무슨 일이냐?"

"듣자하니 두산은 이미 함락되었대요. 일본군이 벌써 두산을 지났대요."

"그러면 우리는 어떻게 하지? 아범의 병이 다시 도졌는데! 일본군이 쓰촨을 침공할 것 같으냐?"

"제 생각에는 그렇지 않을 것 같아요. 그러나 공격해오면 피난을 가야지요. 저는 은행 사람들과 함께 갈 수 있지만, 그이의 문제는……."

"너는 당연히 방법이 있겠지. 그러나 나와 아범, 그리고 샤오쉬안은 어디로 가야 좋으냐? 우리는 아무것도 가진 게 없는데 어떻게 피난을 가지? 게다가 샤오쉬안은 2주일 동안이나 집에 오지 않고, 무슨 수업이 그렇게 바쁜지 원. 아범은 병이 심하고, 정말 죽겠구나!"

"어머니, 제 병은 거의 다 나았어요. 움직일 수 있어요. 걱정하지 마세요. 우리 회사도 직원들을 피난시킬 방법이 있을 거예요."

그는 참지 못하고 끼어들었다. 회사 이야기는 어머니를 안심시키기 위해서 한 말로, 모두 그의 상상이었다. 말을 하면서 그는 저우 주임의 냉정한 얼굴과 차가운 눈빛이 떠올라 심장이 반이나 얼어붙었다.

"당신네 회사에 방법이 있다고요? 정말 딱한 사람이시지. 당신은 회사에 대해 아직도 무슨 희망을 품고 있어요? 내 보기엔, 그 저우 주임은 나쁜 사람이에요. 도둑놈 같은 눈빛이 정말 싫더군요. 할 수만 있다면 꼭 당신이 그놈 밑에서 일하지 않도록 할 거예요."

아내가 화를 냈다. 그는 그녀가 말하는 것이 사실임을 알았다. 그러나 어머니 앞에서 이런 말로 그의 마음에 상처를 주는 것에 반감이 일어났다.

"왜 내가 그 사람 밑에서 일을 하지 못해? 나는 내 힘으로 먹고 살고 있는 거야!"

"당신 말이 맞아요. 그러나 그가 배부르게 해주던가요? 당신은 당신이 어떤 나날을 보내고 있는지 기억해야 해요! 당신이 정말로 그 사람 밑에서 기꺼이 일하고 있다면 그것은 가치 없는 일이에요."

"무엇을 기억하란 말이야? 과거의 고통은 이미 지나갔어."

"그렇지만 당신은 장래가 있잖아요. 여보, 정말 그래서는 안 돼요."

아내의 목소리가 갑자기 약해지더니 눈물이 흘러나왔다. 그녀의 목소리에 놀라서 그는 감격스럽게 그녀의 눈을 바라보았다.

"왕 선생, 왕 선생!"

옆집 장 부인의 목소리가 문밖에서 울렸다.

"들어와요, 들어와요."

어머니가 황급히 대답하자 장 부인이 문을 열고 들어왔다. 그녀는 수성이 방 안에 있을 줄 생각도 못했다는 듯이 말을 건넸다.

"왕 부인, 오늘은 일찍 퇴근하셨네요! 왕 선생, 오늘은 몸이 좀 나으셨어요?"

그러고 나서 다시 어머니에게 말을 건넸다.

"할머니, 요새 며칠 고생이 심하시군요. 왕 부인, 왕 선생, 할머니, 도움을 청해야겠어요. 피난을 가려는데, 우리랑 함께 가 주세요. 나와 남편, 그리고 두 살짜리 아이도 있고, 게다가 우리는 이 고장 사람도 아니고, 친척이 있나, 친구가 있나. 피난을 가자니 돈도 없고, 차도 없고. 기관에서는 아무 때나 철수를 한다고 해요. 우리를 데리고 가지 않고. 만일 일본 놈들이 오면, 당신들이 우리를 좀 구해주세요. 당신들은 이곳 사람들이니, 시골로 가도 괜찮고, 다른 현(縣)으로 가도 괜찮을 거예요. 어쨌든 우리는 당신들과 함께 갈 거예요. 괜찮죠?"

"상황이 아직 그렇게까지 나빠지지는 않았습니다."

그는 진정시키고자 미소를 지었다.

"듣자하니 일본군이 벌써 구이양의 10리 밖까지 도달했대요. 누구는 구이양을 거치지 않고 곧장 쓰촨으로 온다고 하더군요. 왕 선생, 왕 부인, 우리를 좀 도와주세요."

"장 부인, 걱정 마세요. 모두 유언비어예요. 그렇게 나빠지지는 않았어요."

"이 며칠 동안 밖에는 인심이 흉흉해요. 아이 아빠는 어쩔 줄 모르고 그저 술만 마시고……. 그래도 이웃에 이렇게 좋은 분들이 계시니 안심이에요. 고맙습니다. 아이가 깰 것 같아 이만 가봐야겠군요. 일이 생기면 다시 올게요. 감사합니다."

장 부인은 창백한 얼굴에 미소를 지었다. 그러나 찌푸린 눈썹과 이마의 주름은 펴지지 않았다.

"수성, 당신의 소식이 정확하겠지?"

그는 작은 소리로 이 일은 자신과 아무런 관계가 없다는 듯이 무감각하게 물었다.

"저도 잘 모르겠어요. 그러나 천 주임은 나보고 피신하라고 권하더군요."

"피하라고, 어디로?"

"그는 승진해서 란저우로 발령이 났어요. 오늘 발표가 났는데, 그는 사장이 되었어요. 나도 발령을 내겠대요."

아내는 극히 작은 목소리로 말하면서 그의 눈길을 피했다.

"그러면 당신은 갈 거요?"

"가지 않을 생각이에요. 가지 않는다고 하면 안 갈 수도 있다니까."

"은행에서 발령을 냈는데 안 갈 수도 있단 말이야?"

"그럼요. 아직 저는 자유로우니까요. 사표 내면 그만이죠."

"너 혼자서 가버리면 샤오쉬안은 어떡하니? 아범은 어쩌고?"

어머니가 갑자기 얼굴을 굳혔다.

"저는 간다고 하지 않았어요. 가고 싶지도 않고요. 게다가 저는 가정이 있다고 말했어요. 발령이 날지 안 날지도 아직 몰라요. 그저 말만 떠돌 뿐이죠."

"너는 우리를 버리고 혼자 가려고 하지. 네 속셈을 모를 줄 아느냐?"

어머니가 아내를 핍박했으나, 아내는 대답을 하지 않고 침대로 걸어가서 걸터앉았다. 살며시 고개를 숙이고 그를 바라보았다. 그는 눈물을 흘리고 있었다. 그녀는 묵묵히 그의 손을 붙잡고 한참 있다가 힘들게 입을 열었다.

"가지 않을 거예요."

"알고 있소. 고맙구려. 그러나 당신은 가야 하오. 나와 함께 평생을 있어서 좋을 게 무엇이 있겠소? 내 인생은 끝난 셈이오."

"무슨 말을 그렇게 하세요. 이런 재난을 만난 것은 당신 탓이 아니에요. 이 몇 년 동안 당신도 고생을 했어요. 우선 몸이나 잘 조리하고 의논해요."

"내 탓이 아니라면, 누구 탓이란 말이오?"

그는 아내가 위안하는 말을 듣자 더욱 자신을 질책하지 않을 수 없었다.

"그건 당신이 너무 마음 좋은 사람이라 그렇죠."

아내는 미소를 지었다. 눈에는 사랑과 연민의 빛이 흘렀다.

'마음 좋은 사람!' 그는 이 말을 듣자 가슴이 아팠다. 듣기에 지겨운 말이었다. 비록 그녀는 비꼬려고 한 것은 아니었지만, 그는 더 이상 말을 하지 않았다. 그는 이것은 그가 영원히 해결할 수 없는 문제라고 생각했다. '나는 그저 마음만 좋은 사람은 되고 싶지 않아! 그러나 어떻게 해야 그런 사람이 되지 않는단 말인가. 방법이 없지. 천성이 그런 걸.' 그의 머릿속에서는 이런 말들이 떠올랐다. 몇 년 동안 그는 이 문제로 많은 시간을 허비했다. 그는 한숨을 내쉬었다.

"아니, 어디가 불편해요?"

"아니야."

아내의 물음에 그는 고개를 내저었다. 그제야 그는 어머니가 벌써 자신의 방으로 돌아간 것을 깨달았다.

"그러면 다시 주무세요. 집에서 당신을 돌볼게요. 저 혼자서는 가지 않을 거예요. 걱정하지 마세요."

"알고 있소. 알고 있어."

그녀는 일어나서 천천히 창가로 다가가 거리의 광경을 바라보았다. 아래는 좁다란 골목이었다. 이 집은 다른 집보다 높아서 담장이나 지붕에 창이 가려지지 않았기 때문에 대로가 내려다보였다. 대로는 산기슭에서부터 뻗어 나와 있어서 그녀의 눈에는 한 단 더 높게 보였다. 그녀는 인력거들이 산기슭에서부터 달려 나오는 것을 보았다. 인력거꾼은 마치 공중에 걸린 채 달려가듯이 두 발을 놀리고 있었다.

"모두 바쁘군."

그녀는 중얼거렸다. 이 말은 아무런 의미가 없는 것도 같았고, 많은 의미가 있는 것도 같았다. 그녀의 마음은 텅 빈 것도 같고, 무엇인가 가득 차 있는 것도 같았다. 그녀는 아무 생각도 없이 흙먼지가 날리는 대로를 바라보고 있었다. 그녀는 시간이 시냇물처럼 곁에서 흘러가는 것을 느꼈다. 천천히, 그러나 쉬지 않고 자신의 피와 함께 흘러가는 듯했다.

'이처럼 다투면서 고통스럽게 일생을 보내야 하나?' 마음속에서 이런 의문이 떠올랐으나, 대답을 할 수가 없어서 그녀는 한숨을 내쉬었다. 갑자기 문을 두드리는 소리가 나서 그녀는 놀라 몸을 돌렸다. 은행의 동료가 문을 열고 들어왔다.

"청 선생님, 천 주임이 편지를 보냈습니다."

그녀는 동료가 건네준 편지를 꺼내 읽었다. 그녀를 승리 빌딩의 저녁식사에 초대한다는 내용이었다. 그녀는 말없이 편지를 움켜쥐었다.

동료는 그녀 앞에 서서 회답을 기다리고 있었다.

"알았어요. 돌아가세요."

"예."

동료가 나갔다. 그녀는 구겨진 편지를 다시 살며시 펴고 창가에 기대어 섰다. 방 안은 점점 어두워졌다. 화필로 칠을 하듯이 방구석부터 어둑해졌다. 남편의 얼굴도 희미해졌다. 그는 침대에서 가쁜 숨을 내쉬고 있었다. 그가 무슨 꿈을 꾸는지 알 수 없었고, 어머니의 작은방에서 아무 소리도 나지 않았다. 그녀는 적막 속에 놓여 있었다. 그녀는 점차 불안을 느꼈다. '나도 이처럼 말라죽는 것이 아닐까?' 갑자기 이런 의문이 떠올라 방 안을 서성거렸다. 그녀는 자신이 무엇을 해야 할지 몰랐다. 그녀는 천 주임의 약속에 가고 싶지 않았고, 심지어는 손에 있는 편지를 잊어버리고 싶었다.

어머니가 자신의 방에서 나와 아들이 있는 방의 전등을 켰다. 여전히 마음을 심란하게 하는 회황색 빛이었다.

"아니, 아직 가지 않은 게냐?"

"가다니요? 어디를요?"

"누군가 편지를 보내 나오라고 하지 않았니?"

"아직 시간이 안 됐어요."

어머니는 냉소를 지으며 그녀에게 말했다. 그녀는 모호하게 대답을 하고는 고개를 숙이고 손 안의 편지를 바라보았다. 갑자기 반항심이 치밀어 올랐다. 그녀는 결정을 내렸다.

"오늘도 누가 초대를 한 모양이구나?"

"은행의 동료예요."

"두 사람의 송별회인가 보구나!"

어머니의 이 말이 그녀를 자극했다. 그녀는 얼굴을 붉히고 눈썹을 치켜세웠다. 그러나 그녀는 즉시 화를 억누르고 일부러 만족스럽다는 미소를 지으며 고개를 끄덕였다.

"예."

그녀는 옷을 갈아입고, 다시 화장을 했다. 남편과 몇 마디 하려고 했으나, 그는 여전히 꿈속에 있었다. 그를 한 번 보고는 신이 난다는 듯이 일부러 경쾌하게 밖으로 나왔다. 어머니의 말이 아직도 뒤에서 들리는 것 같아 걸음을 재촉했다.

"그러면 그럴수록, 당신에게 보여줄 거야. 나는 사실 갈 생각도 없었는데."

그녀는 입을 삐죽이며 중얼거렸다.

15

그녀는 인력거를 타고 승리 빌딩으로 향했다. 천 주임이 문 앞에서 기다리고 있었다. 올라가니 그는 벌써 식당 안에 자리를 예약해놓았다. 그녀가 외투 벗는 것을 받아주고는 앉기를 권했다. 그는 맞은편에 앉아서 미소를 지으며 그녀를 바라보았다. 약간 어색해서 그녀는 먼저 입을 열었다.

"비행기표는 구했나요?"

"구했어요. 글피에 갈 겁니다."

"잘됐네요. 그럼 이별이군요. 내년에는 돌아올 건가요?"

그녀가 미소를 짓자, 그는 그 미소의 참뜻이 무엇인지 몰랐지만 약간 고취가 되어 간절한 표정을 지으며 나직이 말했다.

"수성."

그가 그녀의 이름을 불렀다. 이것은 처음 있는 일이었다. 이전에 그는 언제나 그녀를 '미스 청'이라고 불렀다. 그녀는 이런 호칭을 듣자 놀래서 얼굴이 붉어졌다.

"내가 방금 믿을 만한 소식을 들었는데, 적군이 벌써 두원(都

匀)을 침공했대요. 보아하니 오래 버티지 못할 것 같아요. 구이양도 안심할 수 없다는 이야기가 있어요."

"그렇게 빠르겠어요?"

그녀는 마음의 공포를 애써 감추며 고개를 내저었다.

"빠르죠. 당신이 생각도 못할 정도로!"

그가 기다렸다는 듯이 말을 했다. 웨이터가 수프를 가져오자, 그는 급히 입을 다물고 음식을 먹었다.

"어떻게 할 생각이에요?"

"저요? 어디로 갈까요? 저는 그냥 여기 있을까 봐요."

그녀는 일부러 웃음을 지었다.

"그러다 일본군이 오면 어쩔 셈이에요?"

"그들이 온 다음에 말하겠어요. 시간이 허락하면 도망가고, 그렇지 않으면 시골에 가서 숨지요."

그녀는 일부러 신경 쓰지 않는다는 투로 대답하곤, 고개를 숙여 음식을 먹었다.

"그래서는 안 돼요. 일본군이 오면 아마 시골에 가서 아름다운 여자들을 찾을 겁니다. 아무래도 일찍 피신하는 게 나을 겁니다. 은행 일은 문제없어요. 내가 비행기 암표를 구할 수 있으니까, 나랑 함께 갑시다."

"글피는 너무 빨라요. 저는 갈 수 없어요."

그녀는 고개를 들어 그를 한 번 보고는 다시 고개를 숙였다.

"빠른 게 싫다고요? 일본군은 더 빨리 들어오는데! 이건 좋은 기회입니다. 잘못되면 다시는 잡기가 어려워요. 내가 하는 말은 전부 사실이에요. 지금 상황은 그리 좋지 않습니다. 빨리 당신 생각을 정리하는 게 좋을 겁니다."

그녀는 아무 말 없이 생각하기 시작했다. 남편의 혈색 없는 얼굴, 시어머니의 증오와 노기 어린 눈빛, 영원히 어두울 것 같은 방, 후난과 구이린에서 벌어졌다는 피난에 대한 이야기. 적들의 폭행…… 이 모든 것들이 그녀의 머릿속에 가득 찼다. 그녀는 마음이 심란해져서 어찌해야 할지를 몰랐다. 더 이상 거짓으로 꾸며댈 수가 없었다. 그녀는 숟가락을 내려놓고 탄식을 했다.

"내가 지금 어떻게 피신할 수 있나요!"

"못 간다고? 지금이 피난할 때라는 것을 기억해요. 당신의 신변 정리는 간단하지 않습니까. 도대체 무엇 때문에 망설인다는 겁니까?"

그는 그녀가 남편과 시어머니와 함께 살고 있음을 알고 있었고, 남편이 병환 중이며, 그녀가 시어머니와 사이가 좋지 않다는 것도 알고 있었다. 그러나 그는 그녀에게 열 살 넘은 아들이 있다는 것은 알지 못했다. 그리고 그녀가 '버릴 수 없는 것'이 그녀의 '남편'이라는 것도 알지 못했다.

"너무 빨라요. 조금 생각할 시간을 주세요."

그녀는 고개를 내저으며 그가 다시는 이런 말로 그녀를 핍박하지 않기를 바랐다. 그녀는 이처럼 큰 문제를 즉시 결정하고 싶지 않았다.

"그러면 내일 아침에 대답을 듣도록 합시다. 내일이 지나면 비행기표 구하기가 어려워요."

"생각할 시간을 주세요."

그녀는 침울하게 대답했다. 그러나 곧이어 고개를 한 번 내저었다.

"지금 대답하겠어요. 저는 가지 않겠어요."

"이것이 마지막 기회예요. 즉흥적으로 생각해서는 안 돼요. 당신은 왜 집안사람들을 위해 자신을 희생하려는 겁니까? 그들은 당신을 신경 쓰지 않아요. 그런데 왜 당신은 그들을 걱정하는 거예요?"

수프 그릇은 어느새 튀긴 생선 접시로 바뀌어 있었다. 그녀는 고개를 숙인 채 말이 없었다.

"수성, 잘 생각해봐요. 그처럼 헛되게 자신을 희생할 수는 없어요. 나와 함께 갑시다."

"그러면 우리 가족은 어떡해요?"

"그들도 스스로를 돌볼 수 있어요. 당신이 없는 게 그들에게도 좋지 않을까요? 당신이 피신하면 그들에게 적지 않은 보조금을 줄 수 있어요."

"그렇지만 그……."

그녀는 원래 '그가 병이 났다'고 말할 생각이었으나, '그'라는 말이 나오자 입을 다물었다. 그 누렇고 야윈 얼굴이 그녀의 입을 막았다. 그녀는 자기보다 두 살이나 어린 남자 앞에서 자신의 남편에 대해서 이야기하고 싶지 않았다. 그것은 너무 부끄러웠다.

"이런 때에 다른 사람을 생각하다니, 마음이 너무 좋군요. 그러나 마음이 고운 것이 무슨 소용이 있어요? 당신은 그저 헛되이 자신을 희생할 뿐이에요. 가치 없게!"

그의 이 말은 귀에 들어오지 않았다. 그녀는 냉정하게 말을 꺼냈다.

"피신하지 않는다고 반드시 죽으란 법은 없어요."

"수성, 당신은 모릅니다. 현재 전쟁 상황은 정말 위험해요. 당신과 농담하는 것이 아닙니다."

"나도 농담하는 게 아니에요."

그녀는 살며시 미소를 지었다.

"은행에는 많은 사람이 있는데, 당신은 왜 나에게만 신경을 쓰는 거죠?"

"왜냐하면 나는……."

그가 대답을 하자, 그녀는 그다음 말을 듣기가 두려웠다. 그녀는 벌써 그의 마음을 알고 있었기 때문에 얼굴이 붉어져서 황급히 화제를 바꾸어 그의 말을 막았다.

후식으로 나온 커피를 마실 때, 그들은 옆자리에서 들려오는 말소리를 들었다.

"나는 식구들과 함께 모두 시골로 옮기기로 했네. 자네는? 일찍 결정하지 않으면 안 돼."

"나는 간신히 여기까지 피난 왔다네. 벌써 진이 빠졌어. 무슨 방법이 있겠나? 우리 같은 발아래 사람들*은 도망가려 해도 갈 길이 없다네."

"그들의 말을 들어보세요! 시국이 얼마나 어수선한지 알겠지요? 나와 함께 도망치지 않으면 안 돼요."

"도망가려 해도 쉽지가 않네요. 나는 아직 끝내지 않은 일들이 있어요."

그녀는 되는 대로 대답을 했으나, 약간 두려워졌고 마음이 더욱 움직였다.

*당시 충칭(重慶) 사람들은 남쪽 지방 사람들을 이렇게 불렀다.

"이런 지경에도 일을 생각하다니! 더 생각할 필요도 없어요. 글피에 가도록 합시다."

"당신의 말을 들으면, 마치 강제로 나를 끌고 가려는 듯하군요."

"당연하죠. 나는 당신을 염려하고 있으니까."

그는 떨리는 목소리로 말을 하며 손을 내밀어 그녀의 손을 잡았다. 그녀는 고개를 숙인 채 아무런 말도 하지 않고 천천히 손을 움츠렸다. 이삼 분쯤 지난 후, 갑자기 일어서며 그녀가 나지막이 말했다.

"가겠어요."

"2분만 기다려요. 바래다줄게요."

그가 황급히 말했고, 그녀는 묵묵히 앉았다. 천 주임은 계산을 마치고 그녀를 아래층으로 인도했다. 그들이 건물 앞에 서자, 몇 대의 자동차가 앞의 공터에 일제히 멈추면서 경적을 울렸다. 사람들 소리가 시끌벅적했다. 잘 차려입은 숙녀, 귀부인과 건장한 외국 군관들이 차에서 내려와 물고기 떼처럼 옆에 있는 무도회장으로 들어갔다.

"지금 당장 도망가려는 모습들은 아니군요. 모두 유언비어인가 봐요."

"유언비어라고? 아직도 내 말을 믿지 못해요? 감히 말하지만, 일주일도 못 돼서 저 사람들은 모두 사라질 겁니다!"

그의 머릿속에는 이 도시의 앞날이 암흑으로 보였고, 멸망을 제외하고는 아무것도 보이지 않았다.

"그렇지만 도망가지 않는 사람도 많아요. 도망갈 수 있는 사람은 소수예요."

그녀는 남편이 매우 가련해져 감정이 북받쳤다.

"어쨌든 간에 도망갈 방법이 있는 사람은 가고 말겁니다."

그들은 천천히 자동차 중간의 틈을 비집고 골목을 나섰다.

"아직 집에 돌아가기엔 너무 이른데, 산책 좀 할까요?"

"저는 좀 일찍 들어가려고 해요."

"좀 늦어도 상관없잖아요. 반 시간쯤 늦게 간다고 해서 불편할 것도 없고요. 집은 매우 적막할 거예요."

한 마디 한 마디가 그녀의 상처를 건드려서, 그녀는 그의 제의를 거절하고, 자신의 집은 적막하지 않다고 변명하고 싶었으나, 입을 꽉 다물고 아무 말도 하지 않았다. 그녀의 발은 순순히 그의 발을 따라 걷고 있었다.

밤은 깊지 않았으나, 매우 처량했다. 가로등도 어둑어둑했고, 가게는 대부분 문을 닫았다. 몇몇 작은 음식점만이 장사를 하고 있었으나, 예전과 같은 활기는 없었다. 차가운 바람이 살며시 불어왔고, 길 가는 사람이나 자동차는 모두 추위를 겁내는 모습으로 총총히 내닫고 있었다.

"보세요. 모두 변했지요? 이틀만 지나면 더욱 황량할 겁니다."

그녀는 아무 말도 없이 고개를 숙이고 그와 발걸음을 맞추었다. 그녀 눈앞에는 승리 호텔 문 앞에 있던 숙녀들과 부인들의 모습이 아른거렸다. '그들은 나보다 행복할 거야.' 그녀는 불평했다. 그들이 그녀의 집이 있는 거리에 이르렀을 때도, 그녀는 집이 있는 쪽을 바라보는 것조차 잊어버렸다. 그들은 강가로 걸어갔다. 강변으로 가는 대로는 구불구불했다. 그들은 방향을 바꾸어서 중간쯤, 맞은편이 바라보이는 지점에 멈추었다. 그들은 돌난간에 기대어 맞은편 강가에서 반짝이는 등불을 바라보았다. 수면은 어두웠고, 등불이 높고 낮게 명멸하고 있어서 마치 무수한 눈빛이 반짝이고, 수많은 별들이 속삭이는 것 같았다.

그들로부터 스무 걸음쯤 떨어진 곳에서는 연인인 듯한 한 쌍의 남녀가 난간을 등지고 있었다. 두 사람은 무어라고 계속 이야기를 나누고 있었다.

"나는 이 망할 놈의 곳에 있을 만큼 있었어. 이제는 떠나야겠어."

그가 중얼거렸다.

"이곳에 있으면서 여기가 좋지 않다는 것을 알았군요. 하지만 다른 곳에 가더라도 어떨지 모르잖아요."

"그렇지만 어쨌든 이 망할 놈의 곳보다 나을 거예요. 란저우는 기후가 좋기로 이름 나 있으니."

"내가 만일 란저우로 간다고 하면, 문제될 게 아무것도 없나요?"

"문제될 게 없죠. 나한테 맡기세요. 그러면 결정한 겁니다!"

"아직 결정하지 않았어요."

한참 있다가 그녀가 대답했다. 그는 그녀의 말이 진짜인지 농담인지 알지 못했다.

"란저우로 가는 일은 내일 다시 얘기합시다. 오늘 저녁에는 이제 그 일을 꺼내지 말아요. 보세요. 밤이 얼마나 고요합니까. 정말이지 시를 쓰고 싶군요."

그의 마지막 말에 그녀는 웃음이 나오려고 했으나 애써 참았다. 그녀가 웃음을 머금으며 말했다.

"천 주임은 아직도 시를 쓰세요?"

"현대시나 고전시 모두 좋아하죠. 몰래 써보기도 했지만, 잘 쓰지는 못해요. 비웃을까 두렵군요."

그는 약간 당황한 듯했지만 그러면서도 우쭐한 것 같았다.

"천 주임이 시를 쓰는 줄은 몰랐어요. 시를 한번 읽어봐야겠네요."

"자꾸 천 주임이라고 부르지 마세요. 그냥 이름으로 부르세요. 펑광이라고요."

"천 주임이라고 부르는 게 습관이 돼서 바꾸는 것이 쉽지 않군요. 천 주임이 더 편해요."

그녀가 웃음을 띠며 말했다. 그녀는 약간 흥분해 있었고, 자신도 잘 모르는 환상을 꿈꾸고 있었다.

"이후로는 바꿀 수 있을 겁니다. 란저우에 가면 나는 사장이 됩니다."

그가 득의양양하게 뜸을 들이며 대답했다.

"우리가 나중에 란저우에 가면 어쩔 수 없이 사장에게 구걸해야만 할 테니, 그때 가서 얼굴을 바꾸고 거절하면 안 돼요."

"나중에? 글피에 가는 게 아니고요?"

그가 반 농담으로 웃으며 말했다.

몸이 조금씩 떨려왔다. 그녀는 그의 뜨거운 숨이 자신의 뺨에 다가오는 것을 느끼고 몸을 약간 떼었다.

"저는 그들은 버리고 혼자 갈 수가 없어요."

"당신은 비행기표를 포기할 수 없어요. 그리고 다른 사람을 위해서 자기를 희생해서도 안 됩니다. 당신이 먼저 떠나면 그들도 뒤따라 올 겁니다. 그리고……."

그가 초조하게 말했다. 갑자기 한 팔을 뻗어 가벼이 그녀의 허리를 안았다. 그녀는 피하려고 했지만 이미 늦어버렸다. 얼굴이 붉어졌고 가슴이 마구 뛰었다. 그녀는 이때의 자신의 심리를 분석할 수가 없었다. 그녀는 그의 말을 잘랐다.

"건너편을 보세요. 수면을 보고 주위를 보세요. 얼마나 고요해요. 평화롭고. 모두들 안온하게 있는데, 하필이면 우리는 걱정과 근심에 빠져 있죠? 당신은 임무가 있으니 당연히 가야 하지만, 나는 그렇게 빨리 가서 무엇을 하죠?"

"왜냐하면…… 왜냐하면 내가 당신을 사랑하기 때문입니다."

그가 용기를 내서 그녀의 귀에 속삭였다. 전혀 의외의 말은 아니었지만, 그녀는 놀랐다. 온몸에 열이 나고 가슴이 더욱 뛰었다. 형용할 수 없는 이상한 감정이었다. 그녀는 어떻게 대답해야 할지를 몰랐다. 그녀는 고개를 더욱 깊이 숙이고 어두운 수면을 바라보았다.

"이제 내 마음을 알았을 겁니다. 그래도 저와 함께 가지 않을 겁니까?"

울고 있는 남편의 병든 얼굴, 어머니의 증오스러운 표정, 아들의 무겁고 창백한 얼굴이 떠올라 그녀는 고개를 내저으며 고통스럽게 외쳤다.

"안 돼요! 안 돼요! 안 돼요!"

그는 그녀가 그와 함께 가고 싶어 하지 않는다는 것을 알았다. 그러나 그녀 자신도 이 세 번의 외침 속에 무슨 뜻이 숨어 있는지 알지 못했다.

"왜 '안 돼'라고 합니까? 아직도 나를 믿지 못하는 겁니까?"

그가 온화하게 물었다. 한 손은 여전히 그녀의 허리에 놓여 있었다. 그는 고개를 숙여 그녀의 얼굴 표정을 보려 했으나, 그녀의 얼굴에 가까이 다가가자 달콤한 화장품 냄새가 스며와 과감하게 그녀의 왼뺨에 입을 맞추며 허리를 더욱 꽉 껴안았다.

"안 돼요! 안 돼요!"

그녀가 놀라 자그맣게 소리를 지르며 그의 손을 풀고 두어 걸음 물러섰다. 얼굴이 새빨개진 채로, 그도 그녀를 따라 다가가며 말을 하려고 했다. 그가 '내가'라는 말을 꺼내자 그녀가 손을 흔들며 말했다.

"마음이 혼란스러워져요. 바래다주세요."

그녀는 부끄럽고, 흥분되고, 또 고통스러웠다. 게다가 당황했다. 마치 십자로에 서서 어디로 가야 할지 정하지 못한 사람 같았다.

"그렇지만 당신은 아직 나에게 대답하지 않았어요."

그가 낮은 소리로 재촉했다. 그녀는 말이 없었다. 얼굴은 여전히 뜨거웠고, 왼뺨이 더욱 뜨거웠다. 가슴도 더욱 세차게 뛰었다. 그녀는 정신이 없었다. 머리가 텅 빈 것 같았다. 수면에는 새하얀 안개가 가로놓여 있었으나, 그녀는 안개가 언제부터 짙어졌는지 알 수 없었다. 안개가 짙게 스며왔다. 질식시킬 듯한, 가슴을 채우는 듯한 기분이었다. 밤중에도 흰빛을 내며 강언덕을 천천히 거슬러 올라오고 있었다. 그 외에는 아무것도 보이지 않았다. 한 쌍의 남녀도 벌써 안개가 삼켜버렸다. 그녀는 약간 두려워졌다. 어디선가 익숙한 소리가 들리는 것 같았다. '내 너희들을 벌하리라.' 그녀는 소름이 끼쳤다.

"돌아가요."

그녀를 이끌었던 낭만적인 감정은 이미 사라져버렸다.

"시간이 아직 이른데! 다른 곳에 가서 좀 앉았다가 가면 안 됩니까?"

"저는 일찍 돌아가고 싶어요. 내일 아침 8시에 관생원에서 당신을 기다릴 게요."

"그러면 내일은 반드시 답을 해야 합니다."

그는 정중히 부탁했다. 그는 틀림없이 그녀가 그에게 만족 스러운 대답을 하리라는 생각이 들어 매우 기뻤다.

"내일, 좋아요."

그녀는 고개를 끄덕였다. 그녀는 왼팔을 그의 팔에 끼고 어깨에 기대어 안개가 자욱하게 긴 거리를 걸었다.

그들은 묵묵히 한참을 걸었다. 그가 갑자기 물었다.

"집에 무슨 일이 있어요? 오늘은 기분이 별로인 것 같은데."

"없어요."

그녀는 고개를 내저었다. 여전히 그의 팔을 잡고 안개 속을 걸었다. 그녀는 망연한 느낌이 들었다. 약간 두렵고, 고통스러 워서 무엇인가를 꽉 잡고 싶었다.

"당신이 이렇게 떠나면 나는 마음을 놓을 수가 없어요. 당신 은 여기서 잘 지낼 수가 없어요."

그의 말에 그녀는 다른 일이 떠올랐다. 가슴이 쓰려왔고, 불 만스런 감정이 생겨났다. 갑자기 떠올라서 그녀도 어찌할 수 가 없었다. 울고 싶었으나 애써 참았다. 따뜻함이라고는 하나 도 없는 집, 선량하나 유약하고 병든 남편, 극히 이기적이고 완 고하며 보수적인 어머니, 싸움과 질시, 적막과 빈곤, 전쟁 중에 사라진 청춘, 자신이 추구했으나 날아가 버린 행복, 어두운 앞 날, 이 모든 것이 그녀 가슴속에서 파도처럼 용솟음쳤다. 그는 진실을 말하고 있었다. '어떻게 살아갈까? 이제 서른네 살인데, 아직도 왕성한 활력이 있고, 행복을 추구할 권리도 있는데, 왜 잘 살 수 없단 말인가? 대항해야만 한다.' 그녀는 마침내 말을 꺼냈다.

"가는 것도 괜찮죠. 이런 정세가 오래 가지는 않을 테니."

소리가 매우 낮아서 자신에게 중얼거리는 것 같았다.

"그러면 이번 비행기를 타기로 결정한 거예요. 란저우에 이르면 모든 문제가 쉽게 해결될 겁니다."

"아니에요. 내일 대답하겠어요."

"내일? 오늘 저녁 시간만도 너무 긴데요."

그가 실망했다는 듯이 탄식했다.

"돌아가서 잘 생각해보겠어요. 이번에는 신중히 결정을 내리겠어요."

그녀는 행복을 받을지, 주어야 할지 알 수 없었다. 그녀는 하나의 길을 선택해야만 했다. 그러나 결정을 내리지 못했다.

"그러면 내일 거절해서는 안 됩니다. 내일 8시에 관생원에서 당신의 대답을 기다리겠습니다."

"내일은 가는 것으로 결정할 거예요. 이곳의 안개가, 사실 저는 견딜 수가 없어요. 마치 마음이 모두 썩어버릴 것만 같아요. 이 2년 동안 충분히 썩었어요."

마음이 어지러웠으나, 그녀는 반항하기로 했다. 그러나 그녀의 눈앞에는 망망하고 새하얀 안개뿐이었다. 미래는 하나도 보이지 않았다.

16

그녀는 집으로 돌아왔다. 대문에 들어서자 마치 다른 세계에 들어선 것 같았다. 모든 것이 익숙한 모습이었으나, 웬일인지 눈살이 찌푸려졌다. 그녀는 어떤 손이 자신을 방 안으로 밀어넣는 것만 같았다. 어머니 방에는 불이 켜져 있었으나 소리는 없었다. 남편은 조용히 침대에 누워 있었다. 그는 자지 않고 있다가 그녀가 돌아오는 것을 바라보았다.

"돌아왔군."

친숙한 목소리에 아무런 원망이 섞이지 않아 그녀는 부끄러움을 느꼈다.

침대 앞으로 걸어가서 그녀는 온화하게 말했다.

"아직 주무시지 않았어요?"

"당신이 돌아오기를 기다렸소."

"몸도 안 좋은데, 왜 나를 걱정하고 계세요."

"낮에 실컷 자서 저녁에는 잠이 안 오는데. 오늘 저녁에 장부인이 또 왔소. 우리 대문 앞에 보퉁이가 가득 쌓여 있는데,

구이양에서 피난 온 사람들 것이라고 하더군. 사람들이 구이양도 보장할 수 없다고 말했다는 거요. 그녀는 우리 보고 빨리 피난가라고 하던데, 당신이 보기엔 어떻소?"

"난 아무것도 보지 못했어요. 대문도 깨끗하던데요. 상황이 그렇게 나빠지지는 않았어요."

"나도 그렇게 생각해. 그렇게 빠를 수 있나. 사실 우리 같은 사람은 돈도 없고 권세도 없으니, 피난 갈 수도 없고, 불행을 만나도 깃털보다 가벼운 것에 지나지 않지. 살아 있다고 해도 죽은 것만 못하고. 이렇게 생각하니 마음이 안정되는군. 당신이 오기를 기다린 것은 이야기를 좀 나눌까 해서. 어머니와는 말이 통하지 않으니까 상의하기도 그렇고. 당신이 더 잘 알고 명확하니까, 당신이 오기를 기다렸지. 의논 좀 합시다."

"무슨 일을요? 피난 가는 일?"

"그렇소, 피난 가는 일이오."

그가 간절한 눈빛으로 그녀를 바라보며 대답했다.

"내 보기에 십중팔구는 문제가 있을 것 같아. 나는 움직일 수 없으니, 아무것도 두렵지 않소. 그러나 당신은 일찍 준비를 해두구려. 여기서 나를 지킬 필요는 없소. 샤오쉬안을 데리고 피난 가시오. 어머니께는 몸을 피할 만한 곳을 찾아주고. 그러면 나도 안심할 것 같소."

그의 목소리는 떨렸으나 감상적인 어조는 하나도 없었다.

"난 가지 않겠어요."

그녀는 간단하게 말했다. 남편의 이 말은 예상하지 못한 것이었다. 그의 이런 마음씨는 그녀의 양심에 책임감을 느끼게 했다. 그녀는 '천 주임은 나와 함께 가자고 하는데, 당신은 떠나라고 하는군요' 하고 속으로 생각했다.

"그때가 되면 당신은 가지 않으면 안 되오. 나를 생각할 필요가 없어요. 나는 언제라도 회사와 함께 갈 수 있으니, 남자들은 방법이 더 많은 법이오. 은행에서 당신을 란저우로 보낸다고 하지 않았소? 한참을 생각해봤는데, 가겠다고 하는 게 좋을 것 같소. 이건 얻기 힘든 기회니까 말이오."

"가고 싶지 않아요."

그녀는 여전히 간단하게 대답했다. 침대에 앉아 그의 간절한 표정을 보니, 그녀는 마음이 더욱 불편해서 고개를 숙이고 남편을 바라보지 않았다.

"수성, 내 뜻이 잘못된 것은 아니오. 평온한 마음으로 생각한 것이오."

"어머니와 무슨 이야기를 나누었어요?"

"나는 아무런 말도 한 적이 없다! 나는 뒤에서 험담하는 사람이 아니다."

뜻밖에도 어머니가 방에서 큰소리로 외쳤다. 수성은 아무말도 없이 입술을 힘껏 깨물었다. 남편이 큰 소리로 대답했다.

"어머니, 누가 험담했다고 그랬나요? 별 걱정을 다하세요."

"나는 안다. 다 알고 있어. 걔는 아마 여기 있지 않을 게다. 빨리 가라고 하는 게 더 나을 거야."

"내가 가지 않는다고 해서 무슨 방법이 있나요?"

수성이 화가 나서 말했지만, 소리가 작아서 어머니는 잘 알아듣지 못했다.

"어머니 성질이 그런 거니까, 당신은 너무 신경 쓸 것 없소. 그냥 말씀하시라고 놔둬요."

"몇 년 동안 충분히 겪었어요. 당신도 직접 보셨잖아요."

"그러면 당신이 먼저 피신하구려. 샤오쉬안을 데리고 갈 수 있다면 데리고 가고, 그럴 수 없다면 당신만 먼저 가요. 너무 섭섭하게 생각하지 말고."

그는 온화하고 분명하게 말했으나, 어머니가 듣지 못하도록 목소리를 낮췄다.

"정말 그렇게 결정하신 거예요?"

그녀는 자신도 감정을 드러내지 않으려고 일부러 냉정하게 물었다.

"그것이 가장 좋은 방법이오. 모두에게 좋지."

"일부러 나를 보내려는 건 아니에요? 왜 나 혼자만 먼저 가라는 거예요?"

"아니야, 천만에. 그런 뜻은 전혀 없어. 시국이 이처럼 나빠졌으니, 당신은 마땅히 당신 먼저 보살펴야지. 당신에게 기회가 왔는데 왜 져버리려고 하는 거요? 나도 방법이 있소. 우리는 곧 만날 수 있을 거요. 내 말대로 당신 먼저 가시오. 우리는 좀 있다가 바로 뒤따라 갈 테니까."

"뒤따라 온다고요? 만일 못 오게 되면?"

그녀는 여전히 감정을 드러내지 않았다. 남편은 잠시 있다가 나지막이 대답했다.

"최소한 당신은 살 수 있으니까."

그녀가 갑자기 얼굴을 그의 가슴에 묻었다. 눈물이 흘러내렸고, 마음이 무척 쓰려왔다. 그녀는 울고만 싶었다. 그러고 나서 주저 없이 결정을 내리고 싶었다.

"쉬안, 주무세요. 왜 당신은 언제나 자신을 생각하지 않는

156

거죠?"

"나는 중요하지 않아. 걱정할 게 없어."

"그렇지만 저는 그렇지 않아요. 가지 않겠어요. 간다면 모두 함께 가요."

그녀는 결정을 내렸다. 비록 그녀에게 즐거움을 주는 결정은 아니었지만.

다음 날 아침, 그녀는 '가지 않겠다'라는 대답을 가지고 천 주임을 만나러 갔다. 천 주임은 안색이 변했다. 잠시 있다가 억지로 웃음을 지으며 물었다.

"정말 그렇게 결정했습니까?"

"곰곰이 생각해보았어요. 저는 남기로 결정했어요."

몇 분의 시간이 흐른 후, 천 주임이 엄숙한 표정으로 나지막이 말했다.

"당신을 놀라게 하려는 것은 아니에요. 어젯밤 구이양에서 전보가 왔는데, 업무를 중지한다는 내용이었어요. 잘 생각해서 결정하세요."

"저는 이미 결정했어요."

"잘 고려해보세요. 오늘은 상황이 더욱 안 좋을 겁니다. 보세요, 여기서 아침을 먹는 사람도 다른 날보다 훨씬 적지 않습니까? 게다가 활기도 없고. 대재난이 눈앞에 닥쳤어요. 미룬다 해도 단 며칠뿐입니다."

"당신의 비행기표는 챙기셨나요?"

"아직, 오늘 오후에 다시 가서 물어봐야죠."

"일찍 가세요. 다른 사람이 가로챌까 두렵지 않나요?"

"다른 사람이 가로채도 좋아요. 나 혼자서는 가든 안 가든 별 상관이 없으니까요."

그는 일부러 수심이 가득한 눈빛으로 그녀를 바라보았다. 이때 그가 주문한 음식이 나와, 그는 고개를 숙이고 음식을 먹기 시작했다. 그녀는 할 말이 없어서 찻잔을 들었다. 그녀는 그의 눈을 바라보았다. 그가 거짓을 꾸미고 있다고는 생각하지 않았다. 그녀는 그의 고통과 실망이 진짜라는 것을 믿었다. 그를 동정하기 시작했고, 자신의 결정이 불합리하다는 회의가 들기 시작했다. '내가 그와 함께 간다고 대답하면, 어떤 결과가 나올까?' 하고 그녀는 생각했다. 결심이 흔들리기 시작했다.

"먼저 가세요. 앞으로 또 만날지도 모르니까요."

"앞으로? 나는 기다릴 수 없어요!"

그녀가 그를 위안하려고 되는 대로 말을 꺼내자, 그는 마치 그녀에게 책임을 묻듯이 두 눈을 부릅뜨고 바라보았다. 그의 말에 그녀는 반감이 일어났다.

"그러면 나중에 돌아와서 우리 시체나 수습해주세요."

"가지 않겠습니다."

"가지 않는다고요? 그 자리는 오랫동안 당신이 생각했던 것이잖아요? 비행기표도 준비해놓았고."

"처음부터 당신도 갈 거라고 생각해서 준비해놓았던 겁니다."

그가 이 한 마디를 꺼내자 그녀의 얼굴이 붉어졌다. 그녀는 그의 뜻을 완전히 알았다. 그의 이런 말을 듣고 싶지는 않았으나 결국은 그녀가 의도적이든 아니든 간에 그가 이 말을 하도록 강요한 셈이었다. 그녀는 더 이상 말을 꺼내기가 힘들었다. 그녀의 결심은 완전히 굳어진 상태가 아니었기에, 그가 그녀의 마음을 혼란시킬까 두려웠다. 그도 입을 열지 않고 묵묵히 그녀를 바라보고 있었다. 무겁게 감도는 침묵과 자신을 바라보는 그의 눈길을, 그녀는 견디기 힘들었다. 불과 같은 그의 눈빛이 그녀의 뺨을 사르는 것 같아서 참을 수가 없었다. 한참 후에 그녀가 입을 열었다.

"그만 가지요."

그녀 자신도 움직이지 않았지만, 그도 그녀의 말을 듣지 못한 듯했다. 다시 그녀가 입을 열었다.

"만약 은행에서 발령하는 거라면, 가겠어요."

그녀는 양보를 했지만, 그는 느끼지 못한 듯했고, 그녀 자신도 이를 깨닫지 못했다. 그들은 관생원에서 나왔다. 그는 그녀를 은행 입구까지 바래다주고는 곧 가버렸다. 그녀는 그가 항공회사에 가는 거라고 생각했다. 그는 어디로 가야 할지도 모르고 있다가 끝내 커피숍에 가서 시간을 보내기로 결정했다.

그녀가 은행에 들어서자, 책상, 유리받침, 주판, 장부, 사람들이 어제와 다름없이 모두 눈에 들어왔으나, 오히려 적막감을 느꼈다. 뛰어나가서 그를 부르고 싶었으나 문 쪽으로 향하지도 않았고, 그녀 자신도 그를 찾아서 무엇을 할지 알지 못했다. 묵묵히 자기 자리로 가서 앉았다. 새로 부임한 회계주임은 벌써 와 있었다. 쉰 살쯤 된 노인으로 나무판자 같은 인상이었다. 그는 기괴한 눈빛으로 그녀를 몇 번 바라보더니 살며시 고개를 내저었다.

책상에 앉았으나 공허했다. 일할 시간은 벌써 지났으나, 예전같이 평온하고 유쾌한 분위기는 이미 사라져버렸다. 동료들도 황급히 들락거리거나 머리를 맞대고 귀엣말을 속삭이면서 작업 시간을 지키지 않고 있었다. 그녀는 두 자리가 비어 있는 것을 발견했으나, 어디로 갔는지는 알지 못했다. 그때 평소에 은행과 자주 왕래가 있는 손님이 뛰어 들어와서 소리쳤다.

"구이양이 이미 함락됐답니다!"

구이양은 이곳과 기차로 이틀 거리였다. 몇몇 동료가 비명을 질렀다. 그녀는 '유언비어'라고 속으로 말했다.

"그러면 우리는 어떡하지?"

예금을 담당하는 직원이 두려움에 떨며 물었다.

"당신은 이곳 사람이면서 뭐가 두렵소? 나는 도망가지 않기로 했소. 가도 끝이고 안 가도 끝이니, 도망가지 않는 게 더 낫지."

"나는 내일 식구들을 보낼 작정이오."

"만약 적군이 정말 이렇게 빨리 쳐들어온다면, 도망간다고 해도 늦겠군."

그녀는 '유언비어야'라고 마음속으로 반박했으나, 사람들은 계속해서 이 말을 퍼뜨렸다. 오전 내내 은행은 이 소식으로 소란스러웠다. 사장과 주임들은 곳곳으로 전보를 쳐서 소식을 알아보았다. 그들이 들은 소식은 서로 모순되어 꼭 믿을 만한 것이 못 되었으나, 사람들은 어떤 소식이든 귀 기울여 들었다. 아무도 일할 마음이 나지 않았고, 무슨 소리만 들리면 경계경보를 기억했다.

그녀는 이런 분위기를 견딜 수가 없었다. 집과 남편, 아들이 떠올랐다. 그녀는 즉시 아들에게 결석계를 내고 집으로 돌아오라고 편지를 썼다. 편지를 부쳐달라고 심부름하는 아이에게 부탁하고 나자, 마음이 더욱 혼란스러워져 앉아 있을 수가 없었

다. 조퇴를 신청했으나, 아무도 상관하지 않았다. 거리에 나서
자 모든 것이 예전과 다르게 느껴져 마치 꿈만 같았고, 과거와
현재가 모두 모호해졌다. '나는 지금 무엇을 하고 있는 거지?
왜 집으로 돌아가야 하지? 집은 도대체 어디 있는 걸까? 내가
이처럼 황망하게 걷고 있는 것은 대체 무엇 때문이지? 내가 결
정한 일이던가? 왜 나는 결정할 수가 없었지? 어떻게 해야 하
나?' 하고 그녀는 스스로에게 물었다.

그녀는 짧은 시간 내에 답변을 구할 수가 없었다. 벌써 집에
다다랐다. 대문 입구에는 사람들이 모여서 시국을 토론하고 있
었다. 짐꾼들이 가죽가방을 거리로 나르고 있었다. 누군가가
이사를 가는 것인지, 아니면 이 도시를 떠나는 것인지 알 수 없
었다. 그녀는 초조해져서 황급히 위로 올라갔다. 3층에서도 쟁
론이 벌어지고 있었다. 자기들은 방법이 없다고 말했던 장 부
인 일가족은 새벽에 벌써 사라졌는데, 방문이 굳게 채워져 있
었고, 어디로 갔는지는 알 수 없었다. 평소에 열려 있던 문이
오늘은 꽉 잠겨 있었다. 그녀는 문을 밀지 않고 몇 번 두드렸
다. 어머니가 나와 문을 열었다. 들어서자마자 남편의 침대가
비어 있는 것이 제일 먼저 눈에 들어왔다.

"어머니, 그이는 어디 갔나요?"

"출근했다."

"병이 아직 다 낫지도 않았는데, 왜 오늘 출근한 거죠?"

"아범이 간다는데, 내가 무슨 방법으로 막는단 말이냐?"

어머니는 무뚝뚝하게 대답했다. 혼란스러워진 수성은 말없
이 한참 있다가 "출근하면 안 되는데, 몸이 더 나빠질 텐데" 하
고 중얼거렸다. 그녀는 뜨거운 마음으로 집으로 돌아왔으나,

지금은 완전히 얼어붙었다. 며느리의 얼굴과 어투를 보고 어머니는 불쾌해졌다. 안 그래도 아들을 쉬게 하지 못한 것이 내내 마음에 걸렸는데, 자신을 질책하는 듯한 며느리의 말투에 화가 났다.

"그러면 너는 왜 더 일찍 들어와서 아범을 붙잡지 않았느냐? 이제 와서 그런 말이나 하고! 오늘 그렇게 일찍 나간 건 도대체 무슨 일이 있어서 그런 게냐?"

어머니는 얼굴을 붉히고 며느리의 얼굴에 삿대질을 했다.

"친구를 만나러 갔어요. 그게 어머니와 무슨 상관이죠?"

"내가 상관해야지. 너는 내 며느리야. 그러니 내가 상관해야지. 내 기어코 네 일을 간섭할 게다!"

두 여인은 다투기 시작했다.

17

왕원쉬안은 사무실에서 일을 하고 있었다. 그는 집에서 일어난 일은 꿈에도 생각하지 못했다. 아내가 아침 일찍 나간 후에 그는 자리에서 일어났고, 아침을 먹은 후 출근 준비를 했다. 이런 모습을 본 어머니는 걱정스러워하며 출근을 만류했다.

"걱정 마세요. 벌써 많이 좋아졌어요. 오랫동안 병가를 신청할 수는 없어요. 다시 일하러 가지 않으면 밥 먹는 것조차 힘들어질 겁니다. 우리 식구가 수성 한 사람에게 매달려 먹고살 수는 없잖아요. 며칠 동안 쓴 약값이나 진료비도 모두 수성이 지불했어요."

그는 이런 말로 어머니를 설득했다. 어머니는 반박할 말을 찾지 못했다. 사실 그녀도 '굶어 죽더라도, 모든 고통을 감내하더라도, 개가 벌어다주는 것으로 살고 싶지는 않다'고 생각했다.

"내가 나가서 일을 하면 어떻겠니? 나이가 많아도 할 수 있는 일이 있을 게다."

끝내 어머니는 이런 말까지 했다. 어머니는 연민의 눈빛으로 아들을 바라보았고, 이내 눈가가 붉어졌다.

"어머니, 어째서 그런 말씀을 하세요? 어머니처럼 배우신 분이 어떻게 그런 일을 할 수 있습니까?"

"당초 내가 공부를 한 것이 후회스럽다. 더욱이 아범에게 공부를 시킨 것도 후회스럽고. 내가 아범의 일생을 망쳤구나. 나자신도 망치고. 사실, 나는 어미 자격도 없다."

"이런 시대에는 누구라도 방법은 있어요. 단지 우리 같은 사람만 쓸모가 없을 뿐이지요. 난 은행의 잡일꾼보다 못하니, 어머니는 더 그렇지요."

그는 화가 나서 탄식을 하고는 밖으로 나갔다. 어머니가 그를 막으려고 쫓아오며 불렀으나, 그는 뒤도 돌아보지 않고 아래로 내려갔다.

회사에 이르자 아래층은 평소보다 더욱 조용했다. 출근부도 이미 사라져버렸다. 쫑라오가 그에게 미소를 지었다. 그는 위층으로 올라갔다. 2층 사무실에도 몇 개의 빈자리가 있었다. 우과장이 막 전화를 끝내고 불쾌한 시선으로 그를 한 번 째려보더니 담담하게 물었다.

"병은 다 나았나?"

"예, 고맙습니다."

"보아하니 몸이 많이 축난 것 같은데, 오래 쉬어야겠어."

그는 우 과장이 어떤 속셈인지는 알지 못했다. 그때 작은방에서 저우 주임의 기침 소리가 들렸다. 그는 흐릿하게 대답하고는 자기 자리로 갔다.

자리에 앉자, 동료가 초교지를 그의 앞에 가져왔다.

"우 과장이 이 교정은 매우 급하대요. 오늘 다 해야 한다나요."

그는 '시국이 이처럼 어지럽고, 동료 중에는 나오지 않은 사람도 있는 것 같은데 왜 나에게만 두 배의 일을 시킬까? 만약 내가 오늘 나오지 않았다면? 당신들이 나를 속이려 드는군!' 하고 생각했다. 그러나 그는 비웃지도 못하고 온화하게 고개를 끄덕였다.

"우 과장이 오늘 끝내래요."

옆에서 동료가 다시 한 번 재촉했다. 그는 고개를 들고 성난 표정을 감추며 온화하게 대답했다. 그는 묵묵히 원고와 초교지를 뒤적였다. 자신의 눈썹이 찌푸려진 것을 스스로도 몰랐다. 그것은 당(黨)의 결의안으로, 앞에는 당과 국가 요인들의 머리말이 4호 크기의 글자로 배열되어 있었다. 그는 고개를 숙이고 낮은 소리로 서문을 읽고, 다시 본문을 읽었다. 심장이 어디로 사라졌는지 모를 정도로 머리가 어지러웠고 사지가 무력했다. 그러나 그는 억지로 교정지를 읽어 내려갔다. 작업을 하는 중간에 저우 주임과 우 과장이 밖으로 나가자, 동료들이 큰 소리로 이야기를 나누기 시작했다. 그들은 전쟁에 관한 소식을 교환했다. 모두들 우울한 표정으로 일에는 몰두하지 않았다. 오직 그만이 고개를 파묻고 있었다. '오늘 끝내야 합니다'라는 거친 목소리가 끊임없이 귓가에 울려왔다. 그는 참지 못하고 '뭡박하지 마라. 내 목숨을 맡기면 되잖아' 하고 속으로 생각했다.

12시가 되자 식사시간을 알리는 종이 울렸다. 마치 구원의 별을 만난 듯 그는 자리를 떠났다. 식욕은 여전히 없었지만, 억지로 한 공기를 다 먹었다. 그는 동료들이 경멸과 연민의 눈빛으로 자신을 바라보며 일부러 전쟁에 관한 위협적인 말들로 겁주고 있다고 생각했다.

"이봐, 왕. 오래지 않아 자네는 월급이 오르겠군. 이런 때에도 여전히 고개를 박고 일을 하니, 연말에는 포상금을 받겠어."

한 동료가 그를 비웃었다. 그는 대답도 하지 않고 위층으로 올라와 책상으로 갔다. 담배를 피지도 않고, 교정지를 보지도 않으면서 무료히 의자에 앉아서 창문을 바라보며 졸기 시작했다. 얼마나 시간이 흘렀는지 몰랐으나, 누군가 그를 불러서 깜짝 놀랐다. 몸을 일으켜보니 교정지를 가지고 왔던 동료가 앞에 서 있었다.

"누가 쪽지를 보내왔어요. 즉시 오라던데요."

책상 위에 놓인 쪽지에는 수성의 글씨가 적혀 있었다.

원쉬안, 당신과 의논할 일이 있어요. 지금 당장 커피숍으로 와주세요.
                                                                수성

깜짝 놀란 그는 무슨 일일까 생각하며 총총히 아래층으로 내려갔다.

"왕, 어딜 가나?"

쫑라오의 물음에 아무렇게나 대답하고 그는 서둘러 커피숍으로 향했다. 커피숍 안에는 손님의 거의 없어서 탁자는 대부분 비어 있었다. 수성은 둥근 탁자에 앉아 있었다. 화장한 얼굴에는 분노가 서려 있었다. 그를 보고 일어났다가 바로 주저앉았다.

"쪽지를 받자마자 바로 달려왔어. 무슨 일이야?"

"당신과 이혼하겠어요!"

166

그녀는 눈을 부릅뜨고 입을 굳게 다물었다. 그는 자신의 귀를 의심했다. 그러나 그녀의 표정을 보고 무슨 일이 있음을 알아차렸다. 그는 틀림없이 무슨 일이 일어난 것이라고 짐작했다. 그러나 다시 물을 용기가 없어서 그저 고개를 숙였다.

"더 이상 당신 어머니와 살 수가 없어요. 오늘 결심했어요. 어머니와 나는 한곳에서는 절대 같이 살 수 없어요. 일주일 내내 참았지만 정말 죽어버릴 것 같아요."

그는 한숨을 내쉬고 고개를 들었다. 그는 특별한 일이 아니라 늘 있는 문제라는 것을 알았다. 그는 변명을 하든가, 어머니를 대신해 빌 수도 있었다. 그녀의 분노는 천천히 가라앉았다.

"무슨 일이야? 먼저 정확히 말을 해봐. 어머니의 성격은 당신도 잘 알잖아. 보수적인 사고방식에, 아는 것도 없고 좀 거칠지만 사람은 좋아요."

"무슨 일? 당신을 위한 일이죠. 일찍 조퇴하고 집에 갔더니, 당신은 출근을 했더군요. 어머니가 마땅히 못 가게 말렸어야죠. 몇 마디 했더니 오히려 나를 나무라며 싸움을 걸어오시고!"

"내가 잘못했어. 어머니도 나를 못 가게 했어. 내가 우겨서 간 거야. 오랫동안 쉬면 회사에서 싫어할 것 같아서. 당신도 우리 회사의 저우 주임과 우 과장이 각박한 사람들이라는 걸 알잖아. 그들한테 밥을 빌어먹으려면 자유가 없을 수밖에."

"그렇지만 당신은 피를 토했잖아요. 병이 생겼는데도 병가를 신청하지 못한단 말이에요? 그들이 당신의 목숨까지 산 것은 아니잖아요!"

"회사가 자선단체인가, 어디서 그렇게 잘해주나. 보아하니 우 과장은 병가를 핑계로 사직해줬으면 하는 눈치던데."

"사직, 사직하면 되죠! 당신이 일을 하지 않아도 내가 벌어 오잖아요!"

그는 얼굴이 붉어져서 고개를 숙이고 말을 더듬었다.

"그렇지만……."

"그래요, 알아요. 당신 어머니죠. 어머니가 원하지 않을 거예요. 어머니는 날 보기 싫어 하시니까요. 어머니는 날 증오하시죠!"

"아니야, 오해야. 증오하다니, 이 일은 어머니와는 상관없어."

"어머니는 날 증오해요. 얕보고 있다고요. 조금 전에도 내게 이렇게 말씀하시더군요. 당신과 정식으로 결혼한 것도 아니니 나는 당신의 아내가 아니라 정부에 불과하다고요. 내게 염치도 없다고 욕을 하고 창녀보다도 못하다고 욕을 했어요. 난 어머니가 불쌍해서 싸우고 싶지 않아요. 당신과 농담하고 있는 게 아니란 말이에요. 만약 당신이 어머니를 다른 곳에 모셔놓지 않는다면, 당신과 이혼하겠어요! 우리 셋이서 함께 살면 평생토록 불행해질 거예요. 어머니는 당신이 내게 잘해주는 꼴을 보지 못해요. 그런 어머니가 있었다면 당신은 결혼해서는 안 되는 거였어요."

그녀는 말을 하면 할수록 화가 치밀어서 얼굴이 온통 새빨개졌고, 두 눈에서 불꽃이 타올랐다.

"수성, 조금만 참구려. 항일전에 승리하면, 어머니는 쿤밍(昆明)으로 가실 거야."

"전쟁에 승리한다고요? 정말 꿈꾸고 있군요! 일본군이 벌써 구이양을 함락했는데, 당신은 아직도 승리하기를 기다려요?"

"그럼 모두들 어떻게 고통을 참고 있겠소? 서로 조금씩 인내하는 게 좋지 않겠소?"

"인내! 인내! 나에게는 언제나 인내만을 말하죠! 얼마나 더 인내하란 말이에요?"

"상황이 조금 나아지면 서로 잘 지낼 수 있을 거요."

"상황이 나아지길 기다린다고, 그 말을 당신으로부터 몇 년 동안 들었어요. 상황은 나날이 나빠져 가는데 당신과 함께 고생하는 것은 두렵지 않아요. 당신과 결혼한 건 내가 선택한 거니까요. 그렇지만 매일 당신 어머니로부터 욕을 먹어야 한다면, 그건 죽어도 못하겠어요."

"그러면 내 얼굴을 봐서라도 어머니를 용서해주구려. 이 몇 해 동안 어머니도 고생 많았잖아."

"그건 당연하죠. 당신과 같은 보배로운 아들을 낳았으니!"

그녀는 안색이 변했다. 화가 난 그녀는 핸드백에서 100위안짜리 지폐 석 장을 꺼내서 탁자 위에 놓고, 아무 말도 없이 일어나더니 밖으로 나가버렸다. 그는 멍하니 의자에 앉아 있었다. 잠시 있다가 아내 뒤를 쫓아갔다. 온통 사람들 천지여서 그녀가 어디로 갔는지 알 수 없었다. 사방을 둘러보았으나 그녀는 그림자도 없었다. 그는 틀림없이 은행으로 갔으리라 여기고, 그쪽 방향으로 걸어갔다. 성큼성큼 걷자 열이 나고 땀이 솟았다. 길을 반쯤 걸어서야 그녀의 뒷모습이 보였다. 그가 소리쳐 불렀으나, 그녀는 듣지 못한 것 같았다. 그는 용기를 내서 앞으로 뛰어갔다. 가까이 다가가서 다시 그녀를 부르자, 멈춰 서더니 뒤돌아서 그를 바라보았다. 그는 급히 뛰어가서 그녀의 어깨를 잡았다.

"수성, 모두가 당신을 위해서요."

그의 이마에는 땀방울이 돋았다. 뺨도 발갛게 상기되었고, 입에서는 무기력한 숨이 쏟아졌다.

"무슨 고생이에요! 왜 집에 가서 쉬지 않아요? 병이 아직 낫지도 않았는데, 일을 할 수 있어요?"

"당신에게 사실을 말해야겠소. 내가 출근한 것은 돈을 좀 빌려볼까 해서요."

"내가 말했잖아요. 돈이 필요하면 내가 드린다고요. 일하러 갈 필요 없어요."

"물건을 좀 사려고…… 모레가 당신 생일이니까…… 선물을 좀 하려고…… 하다못해 케이크라도 살까 해서……."

그는 더듬더듬 말을 하면서 부끄러운 표정으로 고개를 숙였다. 그녀는 깜짝 놀랐다. 전혀 생각하지 못한 일이었다. 연민에 찬 표정이던 그녀의 얼굴이 점차 감동에 찬 사랑스런 표정으로 바뀌었다.

"그럴 생각이었어요?"

"그렇지만 아직 돈을 빌리지는 못했소."

"왜 일찍 말하지 않았어요?"

"말하면 당신이 못 가게 할 것 같아서."

그의 긴장된 표정이 점차 풀리며 웃음이 떠올랐다.

"아직도 내 생일을 기억하는군요. 나도 잊어버렸는데. 정말 고마워요."

"그러면 이제 다시는 화를 내지 않을 거요?"

"처음부터 당신에게 화를 낸 건 아니었어요."

"우리를 떠나지 않을 거요?"

"난 원래 당신을 떠날 생각이 없었어요. 걱정 마세요. 다른 뜻은 없어요. 그렇지만 당신 어머니는……."

그녀는 그의 얼굴에 안심하는 표정이 떠오르는 것을 보고 입을 다물었다가 말을 바꾸었다.

"그래도 집에 일찍 들어가서 쉬세요. 다시 회사로 가지 말고요."

"그냥 가서 물건만 정리하고 곧 돌아갈 거요."

그는 회사로 돌아왔다. 벌써 근무시간이 넘었다. 정신은 비교적 상쾌했지만, 몸이 무척 피곤했다. 그는 앉아서 다시 일을 시작했다. 무척 힘들었으나 애써 표를 내지 않았다. 집에 돌아가 쉬고 싶었으나 '오늘 해야 합니다'라는 말이 생각나서 감히 떠날 수가 없었다.

교정지를 한 장씩 넘겼다. 그는 자기가 보는 것이 무슨 문장인지도 알 수 없었다. 가슴이 뛰고 머리는 마치 딱딱한 다른 물건으로 변해버린 것 같았다. 눈이 흐릿해지고 종이 위의 검은 글자가 보이지 않았다. 그는 은밀히 저우 주임의 그 흉악한 눈길을 살폈다. '이 지경인데도 날 놓아주지 않나? 나보다 돈도 많고 권세도 있으면서.' 그는 마음속으로 화를 냈다. 어찌된 까닭인지 모르나, 그는 기침을 했다. 연이어 두 번 계속하니 가래를 뱉고 싶어졌다. 그는 가래를 뱉는 항아리가 있는 곳으로 10분 동안 두 번이나 갔다. 우 과장이 불쾌하다는 듯이 코웃음을 쳤다. 그는 다시 가기가 두려웠다. 그는 가래를 삼키고 남아 있는 10장의 교정지를 참고 참으면서 다 보았다.

잠시 후에 다시 목이 간질간질하기 시작했다. 그는 소리를 내지 않으려고 참았으나, 가슴이 터질 듯하여 끝내는 기침이 폭발하고 말았다. 가래가 교정지 위로 떨어졌다. 새빨간 피였다. 그는 비린내 나는 그것을 망연히 바라보았다. 자존심, 인내, 최후의 항거 등이 일시에 사라졌다.

'이제 도무지 만회할 수가 없게 되었군' 하고 그는 고통스럽게 생각했다. 갑자기 저우 주임의 기침 소리가 들려왔다. 그는 그의 두 눈이 자기를 바라보고 있는 것 같아 급히 휴지로 피를 닦아냈다. 다 닦아내자 다시 기침이 나왔다. 그는 가래를 뱉는 항아리로 가서 몸을 굽히고 가래를 쏟아냈다. 목이 말라 차를 마시고 싶었지만 아무도 그를 돌아보지 않았다. 저우 주임이 그를 작은 사무실로 불렀다.

"왕, 오늘은 일하지 말게. 일찍 돌아가 쉬게나. 보아하니 몸도 안 좋은 것 같은데……."

저우 주임은 회전의자에 앉아서 천천히 웃음을 띠고 있었다. 그는 애써 평온한 음색으로 대답했다.

"걱정 마십시오. 아직 괜찮습니다."

그러나 그는 몸을 지탱할 수가 없다고 생각했다. 머리가 어지럽고 사지가 무력해서 갑자기 몸이 흔들렸다.

"왕, 몸이 좋지 않으니 빨리 쉬도록. 병이 심해지면 오히려 약값이 더 드네."

'가는 건 가는 거고, 당신의 밥을 먹지 않으면 굶어 죽을 판이오' 하며 화를 터뜨리고 싶었으나, 입에서는 전혀 다른 목소리가 나왔다.

"그럼 반나절만 쉬겠습니다."

"반나절로는 안 될 것 같은데. 어쨌든 좋아. 우선 돌아가서 쉬게나."

저우 주임은 조소하는 표정으로 말하고는 곧 책상으로 고개를 숙였다. 그는 아무 말도 없이 그 두려운 장소에서 즉시 나오고 싶었다. 그러나 얼굴을 두껍게 하고 저우 주임에게 요구했다.

"돈을 좀 가불하고 싶은데요. 한 달 치만, 주임께서……."

주임은 그가 이유를 다 설명하기도 전에 그의 말을 잘랐다. 귀찮다는 듯이 손을 휘저었다.

"반달 치. 회계과에 가서 찾아가게."

그는 다음 말은 하지도 못하고 회계과에 가서 염치를 무릅쓰고 3500위안을 빌렸다. 그는 '이 돈으로 무엇을 하나' 하고 쓴 웃음을 지으며 돈을 품에 넣었다.

교정을 끝낸 원고를 제출한 후에 그는 아래층으로 내려왔다. 아무도 그를 상관치 않았으나, 연민의 눈빛들이 그의 뒤를 따라왔다. 아래층에 내려온 그는 쫑라오로부터 위안의 말을 듣게 되기를 간절히 바랐다. 마음이 너무나 차가워서 온기가 필요했다. 그러나 아래에는 쫑라오의 그림자도 없었다.

하늘은 비가 올 듯 흐릿했다. 집으로 가는 익숙한 길이 길게만 느껴졌고, 울퉁불퉁해서 걷기 힘들었다. 주위의 뭇사람들은 모두 왕성한 생명력을 지니고 있었고, 그는 그들과는 아무런 관련도 없었다. 그는 허리를 구부리고 걸음을 끌면서 천천히 죽음을 향해 걸었다.

18

그가 집에 도착했을 때, 문은 반쯤 열려 있었다. 문을 밀고 들어가자 어머니가 빨래를 하고 있었다. 그의 저고리가 세숫대야에 담겨 있었다.

"돌아왔구나."

"무척 피곤해요. 어머니, 아직도 제 옷을 빠세요? 세탁해주는 아주머니께 맡기라고 제가 말했잖아요!"

"그럼 한 달에 세탁비만 800위안이 든다. 너무 비싸! 게다가 난 집에서 할 일도 없고. 수성과 날 비교할 수 있겠니? 걘 밖에서 돈을 버는데."

"집에 돌아왔어요?"

"미친 듯이 화를 내고는 나가버렸다. 갈수록 말이 안 되는 짓만 하는구나. 그 아일 좀 잘 타일러라. 그런 성격의 애는, 난 볼 수 없다. 네가 몸이 나으면 난 쿤밍으로 돌아갈 생각이다. 윈난(雲南)을 떠나온 지가 벌써 20년이나 되는구나. 둘째 오빠 식구들이 어떻게 변했을지 모르겠다."

어머니의 눈에 눈물이 비쳤다. 어머니의 눈물을 보자 그는 심란해져서 자기도 울고 싶어졌다.

"어머니, 상심마세요. 저는 지금 수성을 역성드는 게 아니에요. 전 어머니의 아들이잖아요."

"그렇지. 그 아이는 아범의 정부에 불과하다. 사실 그 아이는 떠나는 게 더 나아. 걔가 가버리면 내가 더 좋은 여자를 데려오마."

"우리 같은 집에 무슨 돈이 있어서 결혼을 하겠습니까? 우리도 살기 힘든데 누가 딸을 시집보내겠어요!"

"살기 어렵다 해도, 무엇이 겁나는 게냐? 이런 세월에 양심 있는 사람이 살아갈 수 있다더냐? 기어도 좋고, 굴러도 좋다. 어쨌든 살아야지. 돈이 없다고 해서 아내나 자식도 없어야 한단 말이냐!"

"그렇지만 전 수성과 헤어질 수 없어요. 이미 14년이나 같이 살았고, 우리는 서로 잘 이해하고 있어요……."

그는 고통스럽게 말을 이었지만, 말을 채 끝내기도 전에 현기증이 나서 탁자에 머리를 묻었다. 마치 잠든 것처럼 한참 동안 아무런 기척 없이 엎드려 있었다. 어머니가 곁으로 다가와 자애롭고 애처로운 눈길로 그를 바라보았다.

"아범은 정말 마음이 넓구나."

어머니는 어찌할 수 없다는 듯이 머리를 내저으며 나지막이 속삭였다.

"침대에 가서 누워라. 걘 돌아올 거다. 그렇게 괴로워할 것 없다."

"전 수성을 위해 그러는 게 아니에요. 돌아올 겁니다. 전 알아요. 아낼 만났어요."

"만났다고? 회사로 찾아왔더냐? 정말 염치도 좋지. 무슨 좋은 일이라고……. 아범에게 고자질하러 간 게로구나!"

어머니는 얼굴이 붉어지더니 한 걸음 물러나며 큰 소리로 말했다. 그녀는 화가 나서 '도대체 그년은 어떻게 생겨 먹은 년인고?' 하고 생각했다. 그는 고통스러운 눈빛으로 어머니를 바라보며 눈썹을 찌푸렸다.

"수성은 아무 말도 하지 않았어요. 그녀는…… 그저 시국이 아주…… 좋지 않다고 말했을 뿐이에요."

"시국이 좋든 안 좋든, 개와 무슨 상관이란 말이냐! 가려거든 저 혼자 갈 것이지, 뭐 한다고 험담을 지껄이러 거길 갔단 말이냐!"

"어머니!"

그는 참지 못하고 소리를 질렀다. '너무 지나치십니다! 왜 그렇게 수성을 미워하시나요? 왜 같은 여자이면서 서로를 이해하지 못하시는 거죠?' 하고 소리치고 싶었다.

"어머니, 그녀는 가지 않아요. 그녀가 그렇게 말했어요. 곧 돌아올 겁니다."

"돌아와? 날 볼 염치가 있다더냐?"

"제가 돌아오라고 했습니다."

"돌아오길 원했다고? 아범은 모른다. 아범은 몰라!"

어머니는 방 안을 서성이다가 침대에 걸터앉더니 손으로 얼굴을 가렸다. 손을 다시 내리더니 일어섰다.

"나는 어떤 고생이라도 다 참을 수 있다. 그 아이의 성격만 빼고는. 내가 죽을망정 모두 다 죽더라도, 다시는 걔를 보고 싶지 않다!"

어머니는 마치 아내의 살을 씹듯이 이를 악물었다. 그러고
는 말없이 방으로 들어가버렸다. 그의 머릿속에는 갖가지 목소
리가 난무했다. 그는 마치 꿈꾸듯이 멍하니 어머니를 바라보다
가 일어나서 어머니 방으로 들어갔다. 어머니는 침대에 누워서
벽을 향해 흐느끼고 있었다.

"어머니!"

그가 큰 소리로 부르자, 몸을 돌려 일어나 앉았는데 눈물이
떨어졌다.

"또 무슨 할 말이 있느냐?"

"어머니, 힘들어 하지 마세요. 제가 그녀를 돌아오지 못하게
할게요."

손수건으로 눈물을 훔치는 어머니의 얼굴에 화색이 돌았다.

"아범, 그게 정말이냐?"

"그럼요, 정말입니다."

"정말이지?"

그의 대답이 건성이었다고 느낀 어머니는 재차 물었다.

"예, 그러니 걱정 마세요."

어머니의 고통스러운 얼굴을 보고 그는 마음이 약해져 그렇
게 대답했다. 그는 자신의 병도, 자기 자신도, 과거와 미래도
모두 잊어버렸다.

"아범이 그렇게 말했으니, 나는 두 번 다시 수성을 보지 않
겠다. 난 어떤 고통도 다 견딜 수 있고, 어떤 세월도 다 이겨낼
수 있다. 그 아이 걱정은 하지 마라. 아마 그 무슨 주임이라는
놈하고 란저우로 가버릴 테니."

그녀는 득의만만하게 자신이 승리했다고 여겼고 분노와 고통도 모두 잊어버렸다. 마음이 진정되자 방에서 나와 거칠게 변한 손을 다시 세숫대야의 찬물 속에 집어넣었다. 그는 쓴웃음을 지으며 어머니가 빨래하는 모습을 바라보았다. 갑자기 현기증이 나고 눈앞이 캄캄해져서 바닥에 쓰러질 것 같아, 그는 벽에 기대어 정신을 가다듬었다. 어머니는 고개를 숙이고 있어 아들에게 무슨 일이 일어났는지 알지 못했다. 어머니는 여전히 아들에게 말을 걸었다.

"집에 개가 없으면 모든 일이 다 해결될 거다. 샤오쉬안도 이번 주에는 틀림없이 돌아올 테고. 정말 가련하지, 애 엄마가 아이를 돌본 적이 없으니……. 오늘 밖에서는 별소리가 다 떠돌아다니더구나. 인심도 흉흉하고. 큰 재난이 닥칠 것 같은 분위기야. 난 상관하지 않는다. 요 몇 해 동안 우린 안 겪어본 일이 없잖니! 설마 그보다 더 힘든 일이 있으려고. 그건 그렇고, 회사에서는 아무 말도 없는 게냐?"

"없습니다."

"그러면 란저우로 옮기지는 않겠구나."

"옮길 것도 같고, 안 옮길 것도 같고, 잘 모르겠어요."

그는 다시 기침을 했다.

"왜 또 기침을 하는 게냐? 얼른 가서 쉬어라. 가서 누워. 안색이 너무 좋지 않구나. 간신히 병이 나았는데, 다시 도질까 무섭구나."

그는 입술을 깨물고 참고 있었다. 그러나 어머니의 말을 듣고 나서는 정신이 곧 허물어져서 비틀비틀 침대로 와서 드러누웠다. 신음 소리가 새어나왔다.

"무슨 일이냐? 왜 그래?"

어머니가 황급히 침대로 달려왔다.

"자려고요."

"조심하거라. 시국이 이처럼 어수선한데, 아범까지 병이 도저 누워버리면 나는 어떻게 하겠느냐?"

"아프지 않아요. 전 괜찮다니까요."

어머니의 울먹이는 목소리에, 그는 무기력하게 대답했다. 다시 기침이 나왔다.

"아직도 병이 아니라고 그러느냐? 쉬려고도 하지 않고. 다시 드러눕게 되면 어쩌려고 그러니?"

"어머니, 걱정 마세요. 전 죽지 않아요. 우리같이 이렇게 천한 사람은 쉽게 죽지 않는 법이에요."

그는 힘겹게 말을 이었다. 그러나 사실은 '죽음'이라는 말을 생각하고 있었다. 이 말에 그는 비참해졌고 견디기가 힘들었다.

"말하지 말거라. 어서 눈 좀 붙이렴."

어머니는 비통한 마음을 애써 감추며 이불을 덮어주었다.

"사실 죽어도 좋죠. 이 세상에는 우리가 살 곳이 없어요."

"그런 생각하면 못 쓴다. 우리는 도둑도 아니고 살인자도 아니다. 더구나 남을 해치지도 않았고. 그런데 어찌 살 수 없단 말이냐?"

이때 갑자기 방문이 열리며 수성이 들어왔다.

"아니, 여보. 또 어디가 안 좋은 건가요?"

그녀의 목소리는 맑았고 얼굴에는 미소를 머금고 있었다.

"피곤해서 지금 막 누웠소."

그는 황급히 몸을 일으키며 대답했다. 어머니는 수성이 들어오는 것을 보고 얼굴이 새빨개지더니 한동안 말을 하지 못했다. 수치와 분노가 그녀를 억눌렀다.

"주무세요. 일어날 필요 없어요. 좋은 소식을 가져왔어요. 두산을 탈환했대요."

그녀는 쥐고 있던 석간신문을 그에게 건네주었다.

"우린 이제 피난 가지 않아도 되겠군."

그는 신문기사를 읽고 안심했다. 침대에서 내려오려고 다리를 드는 순간, 온몸이 아래로 허물어졌다. 그는 탄식을 했다. 어머니는 아무 말도 하지 않고 굳은 얼굴로 방으로 들어갔다. 그가 침대에서 소리쳐 불렀으나 뒤도 돌아보지 않았다.

"그냥 놔두세요."

아내가 손을 내저으며 나직이 말했다.

"그러면 안 돼. 내 체면을 봐서라도 좀 겸손하게 굴어요. 화해하면 되잖아."

"어머니는 늘 나만 원망하고 계신데, 어떻게 화해를 해요."

"그렇지만 나에겐 어머니나 당신이나 모두 소중한데, 늘 이처럼 다투면 난 중간에서 어쩌란 말이오?"

"그러면 우리 둘 중에 하나가 나가면 되잖아요. 누가 남고 누가 나가든지. 그러면 공평하잖아요."

수성은 여전히 즐거운 표정으로, 반은 화난 듯 반은 농담하듯 말을 했다.

"당신에게는 그것이 공평하겠지만, 나에게 그런 말을 하면 어쩌란 말이오?"

"당신에게 불공평할 건 또 뭐예요? 나는 진심이에요. 당신은 두 사람 모두 놓치기 싫어하는데, 그러면 그럴수록 당신만 힘들어질 뿐이에요."

"그렇지만 나는 차라리 내가 고통스러운 게 낫소."

그는 참지 못하고 기침을 터뜨렸다. 기침 소리는 그들의 말소리보다 컸다. 아내가 급히 그의 곁으로 달려왔고, 어머니도 방에서 달려왔다.

"또 기침을 하는 거예요?"

그는 몸을 숙이고 계속 기침을 했다. 가래가 목에 걸려서 견디기 어려웠다.

"차를 좀 마시겠어요?"

아내가 물어서 그는 고개를 끄덕였다. 어머니가 차를 가져왔다. 아내는 어머니를 힐끗 보더니 아무 말도 하지 않았다. 가래를 두세 번 뱉어내자 숨이 편해져서 찻잔을 들었다.

"죽을 것 같아."

"무슨 말이에요. 그런 말 마세요. 며칠 있으면 나을 거예요."

"난 두렵지 않아요. 난 나을 수 없다는 것을 알고 있소. 입에 온통 비린내요. 또 피를 토했소."

아내가 침대 머리맡의 항아리를 살펴보고는 깜짝 놀랐다.

"피를 토하는 것은 별 상관이 없어요. 저번에도 피를 토했지만 약을 먹고 곧 낫지 않았나요?"

"난 한의사를 믿지 않아. 내 병이 아무렇게나 약 몇 첩 먹는다고 나을 것 같소?"

어머니는 고개를 숙여 눈물을 닦았고, 아내는 진정을 하고 그를 위로했다.

"폐병은 잘 요양하면 돼요."

"요양? 돈이 어디 있어서 요양을 하겠소? 우리같이 가난한 사람에게 그건 사치일 뿐이오. 요양하려면 적어도 사오 년은 있어야 하는데. 어디서 그런 돈이 나오겠소? 지금 모두들 고생하는데, 어떻게 내가 멋대로 돈을 쓸 수 있겠소."

"내게 방법이 있어요. 당신이 안심하고 요양하겠다고만 하면, 돈은 어떻게든 구할 수 있어요."

아내는 침울하지만 간절하게 말하면서 한편으로는 생각에 빠졌다. 그녀는 눈을 깜빡이면서 천 주임이 전에 한 말을 떠올렸다.

"당신만 안심하고 요양하겠다면 돈은 문제가 안 돼요."

"난 더 이상 당신의 신세를 지고 싶지 않소. 당신 수입도 얼마 안 된다는 걸 알고 있어요. 쓸 곳도 많고. 당신이 돈을 구해 온다고 해도 내가 어떻게 갚겠소. 당신에게 빚만 남기는 것 같아 싫소."

"당신 몸이 돈보다 중요해요. 돈 때문에 치료를 포기할 수는 없어요."

"만일 내가 또다시 당신의 돈을 쓰고도 살 수 없게 된다면, 그것이야말로 헛된 낭비 아니오. 그러니 좋을 게 뭐란 말이오."

"그렇지만 생명은 돈보다 중요해요. 어떤 집에서는 개나 고양이가 아파도 치료를 하는데, 하물며 사람을!"

"잘 판단해야 하오. 이런 시대에는 사람의 가치가 가장 적소. 더욱이 우리같이 양심적인 인텔리는 더욱 그렇소. 당연히 우리 같은 사람은 쓸모가 없소. 어찌보면, 죽는 게 더 나을 것 같소."

그는 다시 기침을 시작했다. 그다지 심하지는 않았으나 매우 고통스러웠다.

"더 이상 말 걸지 마라. 저렇게 기침을 심하게 하는데, 얼마나 가슴이 아프겠냐?"

어머니가 갑자기 고개를 들어 굳은 얼굴로 수성을 책망했다. 수성은 얼굴이 붉어지더니 한참을 멍하니 있었다.

"저렇게 기침을 하는데, 아직도 쉬지 못하게 한단 말이냐! 도대체 무슨 심사로 그러는 게냐?"

"저는 남이라 이거군요! 그렇게 말씀하시면 좋으세요?"

아내는 냉소를 지었다.

"난 진즉 네가 견딜 수 없으리라는 걸 알았다. 너 같은 계집은!"

어머니는 '네년이 드디어 본색을 드러내는구나!'라고 생각하며 거만하게 말했다.

"저는 어머니와 비할 수 없을 만큼 천하군요."

"흥! 나와 비교를 하다니! 넌 내 아들의 정부일 뿐이야. 나는 정식으로 혼인을 해서 이 집안에 들어왔다."

어머니는 자신의 말이 상대방에게 충분히 상처가 될 것이라는 것을 확신하면서 의기양양하게 말했다. 이 말을 들은 수성의 안색이 변했다. 상처를 받은 수성은 어떤 말로 되갚아줄까 생각하는 듯했다.

이 모습을 보는 그의 마음은 심란하기만 했다. '두 사람은 도대체 왜 끊임없이 다투기만 할까? 가족도 몇 안 되는데 왜 화목하게 지내지 못하는 것일까? 왜 내가 사랑하는 두 여인은 서로 공격하고 물고 싸우며 원수처럼 지내는 것일까?' 이 오래된 문제가 그를 괴롭혔다. 두 사람의 다투는 소리와 날카로운 목소리가 귀를 찔렀다. 머리가 아프고 지끈거렸다. '친절하고 사랑스러운 언어들은 어디로 사라졌단 말인가! 오직 증오와 경멸의 눈빛만 가득하고, 나는 안중에도 없군. 이 싸움은 언제까지 계속될 것인가. 언제가 되어야 비로소 휴식을 얻을 수 있을까.'

"어머니, 수성. 모두 그만두세요. 모두 한집안 사람이면서. 서로 조금씩 양보하시면 되잖아요. 모두 아무 일도 아닌데, 도대체 왜 그러는 겁니까? 날 가련히 여긴다면 제발 좀 쉴 수 있게 해주세요."

"어머니가 먼저 싸움을 걸잖아요. 직접 보았죠? 내가 무슨 잘못을 했나요? 왜 날 정부라고 욕하는 거예요? 무슨 이유로? 난 설명을 들어야겠어요!"

"넌 아범의 정부야. 누가 모를 줄 아니! 그럼 내 한 가지만 묻겠다. 넌 언제 아범과 결혼한 게냐? 누가 중매를 섰지?"

그는 절망하여 이불을 뒤집어썼다.

"그건 어머니가 상관하실 일이 아니에요. 그건 우리 둘의 일이에요."

"넌 내 며느리니까 내게는 상관할 권리가 있어. 상관해야 하고 말고!"

"그럼 똑똑히 일러드리죠. 지금은 1944년이에요. 청나라 때가 아니라고요. 전 전족을 하지도 않았고, 스스로 남편을 골랐으니 중매도 필요 없었어요."

"너, 내가 전족을 했다고 비웃는구나. 내가 전족을 한 게 어떻단 말이냐? 어찌되었든 나는 원쉬안의 어미이고, 너보다 어른이다. 난 너 같은 여자는 본 적이 없다. 네가 아주 날 욕보이려고 작정을 했구나!"

그는 참을 수가 없었다. 머리가 터질 것 같았다. 그는 고통스럽게 비명을 지르며 이불을 박차고 일어나서 발광한 듯이 자기 주먹으로 머리를 내리쳤다.

"내가 죽어야지!"

"왜 그러세요? 무슨 일이에요?"

아내가 놀라 소리치며 침대로 달려왔다.

"아범아, 왜 그러는 거냐?"

"다투지 마세요."

그는 얼굴을 가리고 울기 시작했다.

"그러지 마라. 이제는 다투지 않으마."

"또 다투실 거예요. 틀림없어요."

아내는 묵묵히 그를 바라보다가 입술을 깨물고 생각에 잠겼다. 좀 있다가 입을 열었다.

"정말이에요. 여보, 이제 정말 다시는 다투지 않을게요."

그는 손을 내리고 눈물에 젖은 눈으로 어머니와 아내를 바라보았다.

"난 아마도 오래 살지 못할 거예요. 그러니 좀 조용히 지내게 해주세요."

"아범아, 그게 무슨 말이냐? 안심하고 몸에나 신경 쓰거라."

"안심하세요."

"두 사람이 다투지만 않는다면, 내 병은 더 빨리 나을 거예요."

그가 잠이 들자 어머니는 의사를 부르러 갔고, 아내는 혼자 창가에 서서 밖을 내다보았다. 수성은 무엇인가가 자신의 마음을 괴롭혀서 편안하지가 않았다. '이런 생활이 도대체 나에게 무엇을 줄 수 있을까? 난 뭐지? 내가 얻는 게 뭐지?' 하는 의문이 떠올랐다. 그녀는 명확한 해답을 원했으나, 생각은 가시나무

숲에 갇힌 것처럼 한참을 헤매다가 비로소 출구를 찾았다.

'없다! 정신적으로나 물질적으로나, 나는 하나도 만족스럽지가 않아! 그렇다고 나의 이상을 희생해야만 하는 걸까? 어떤 대가가 있어서? 그 후에는? 희망이 있긴 할까?'

자문을 해봐도 돌아오는 것은 회의적인 한숨뿐이었다. 머릿속에는 몇 해 동안 쌓여온 고통과 불만이 가득했다. 귓가에는 남편의 피곤하고 비탄에 찬 소리와 시어머니의 조소와 독설이 들려와, 점점 그녀의 생각은 하나의 좁은 길로 빠져나갔다. 그때 퍼뜩 한줄기 섬광 같은 소리가 들려왔다. '나가자!'

그녀는 가볍게 한숨을 내쉬었다. 고개를 돌려 침대를 힐끗 바라보았다. 그의 얼굴은 더러운 담황색이었고, 두 뺨은 패였으며, 호흡은 무겁고 빨랐다. 그에게는 어떤 활기나 생명의 흔적이 없었다. '죽음의 잠!' 그녀는 두려워져 급히 창밖으로 시선을 돌렸다.

'왜 아직도 그를 지켜야만 하는 거지? 왜 아직도 그 여자와 그를 놓고 다투어야 하지? 나가자! 좋아! 당신이 모두 가져요. 나는 더 이상 필요 없어요. 천 주임이 현명했어. 나는 좀 더 일찍 생각을 정했어야 했어. 아직도 늦진 않았어. 아주 늦진 않았어!' 하고 그녀는 생각했다. 가슴이 마구 뛰고 얼굴이 달아오르기 시작했다.

'어떻게 하나? 나가자! 그래 잘 생각했어! 나는 나의 길을 가야 해! 상관하지 마. 왜 이렇게 꾸물대는 거야? 나약해지면 안 되지. 또다시 주저해서는 안 돼. 마음을 굳게 먹고. 나를 위해서, 행복을 위해서.'

'다시 행복해질 수 있을까? 난 행복을 원하고, 행복을 얻을

수 있는데.'

갑자기 눈앞에 아이의 얼굴이 떠올랐다. 어른 같은 표정의 아이 얼굴이었다. '샤오쉬안!' 그녀는 소리 내어 아들의 이름을 부를 뻔했다.

'아이를 위해서……'

'내가 없더라도 잘 지낼 수 있을 거야. 나를 그다지 좋아하는 아이도 아니고. 후에 도와줄 수도 있으니. 나의 길을 가는 데 장애가 될 수는 없어. 남편도 그렇고.'

그녀는 고개를 돌려 침대 위에서 자고 있는 사람을 보았다. 그는 지금 그녀가 어떤 생각에 빠져 있는지 알지 못한 채 깊이 잠들어 있었다.

'내가 정말 그와 헤어져야 하나. 아니면 나의 행복을 희생하고 그와 함께 있어야 하나. 치료를 받지 않으면 큰일 날 수도 있는데. 그를 구할 수 있을까? 그의 어머니가 날 원망하지 않도록 할 수 있을까? 화목한 가정을 이룰 수 있을까?'

한참 생각 후에 '할 수 없다'는 대답이 나왔다. '쓸데없는 짓이야. 난 나를 구해야만 하겠어.'

비행기 소리가 그녀의 생각을 방해했다. 소리가 상당히 컸다. 중국 전투기가 낮게 날아가고 있었다. 그녀는 결론을 내렸다. '천 주임을 찾아가자. 그는 내가 이 두려운 곳에서 벗어날 수 있도록 도와줄 수 있을 거야.'

그녀는 흥분한 얼굴로 고개를 들었다. 온몸에 땀이 흘렀고, 가슴이 마구 뛰었다. 그러나 용기가 넘쳤고, 주저하지도 않았다. 서랍에서 핸드백을 꺼내 문을 나섰다. 문밖을 나서 돌아다니다가 아무도 없는 집에 그만 홀로 누워 있다는 사실이 떠올

랐다. 그녀는 다시 집으로 돌아와 그가 잘 자고 있는지 살펴보
았다. 침대로 다가가자 그는 꿈이라도 꾸는 듯 그녀의 이름을
애타게 불렀다. 그녀는 놀라서 그를 깨웠다.

"무슨 일이에요?"

그가 몸을 뒤척이더니 손을 내밀어 그녀의 손을 잡았다. 그
는 손을 꽉 쥐었다. 낮은 소리로 신음하더니 좀 있다가 눈을 떴
다. 눈길은 그녀의 얼굴을 맴돌았다.

"옆에 있었군. 가지 않았소?"

"어디를 가요?"

"란저우로. 꿈에 당신이 나를 버리고 란저우로 갔어. 나 혼
자 병원에 있는데, 어찌나 외롭고 무섭던지."

그녀는 소름이 끼쳐서 한 마디도 꺼내지 못했다.

"다행히 꿈이었어. 날 버리고 가지는 않겠지? 우리가 함께
있을 날도 사실 얼마 남지 않았어. 난 내 병이 나을 수 없다는
것을 알고 있소."

"가지 않을 거예요. 안심하세요."

그녀의 마음이 얼어붙었다. 조금 전의 결심은 이 순간, 완전
히 무너져 내렸다.

"난 당신이 갈 수 없다는 것을 알고 있었소. 어머니는 늘 당
신보고 떠나라고 하지만. 어머니를 용서하구려. 나이 먹은 사
람은 언제나 괴팍하지."

'어머니'라는 말이 들려오자 그녀의 얼굴이 굳어졌고, 뺨이
조금씩 떨렸다.

"고맙소, 고마워. 난 당신을 오랫동안 묶어둘 수가 없소. 그
러나 샤오쉬안이 있으니……. 사실 미안하오. 아버지 역할을

잘하지도 못하고."

"그만두세요."

그녀는 손을 빼면서 말을 막았다. 그의 말은 일부러 그녀를 괴롭히려고 하는 것 같아서 더 이상 참을 수가 없었다. 그녀는 조용한 곳에 가서 한바탕 울고 싶었다.

그는 한동안 말이 없더니 한숨을 내쉬었다.

"수성, 사실 당신은 가는 게 낫소. 곰곰이 생각해보았는데, 집에서 이런 나날을 보내게 하다니. 정말 미안하오. 어머니의 성격이 고쳐질 리도 없고……, 또 어머니는 마음이 좁아서…… 이후의 나날을…… 난 생각하기 싫소……. 내 어찌 당신을 또 바라겠소. 그저 방법이 없어서…… 이런 몸으로……. 당신은 아직도 날 수가 있는데."

그의 목이 다시 막히는지 목소리가 나오지 않았다.

"좀 더 주무세요. 이것저것 생각한들 무슨 소용이 있어요. 치료에나 열중하세요."

그가 기침을 터뜨렸다. 가래가 목에 걸린 듯 계속 기침을 했다. 가래를 뱉으려고 하는 것 같았으나, 얼굴만 상기될 뿐 가래는 나오지는 않았다. 그녀는 그의 등을 가벼이 두드려주고 뜨거운 물을 가져왔다. 그는 물을 두 모금 마시고는 다시 기침을 하며 가래를 뱉었다. 약간의 피가 섞여 있었으나, 그녀가 보지 못하도록 그는 얼른 그것을 숨겼다.

"의사가 곧 올 거예요."

"또 의사가 온단 말이오? 또 돈을 써야 하는군."

"당신은 별 걱정을 다 하는군요. 근심도 많고. 어머니를 위해서라도 치료를 받으세요. 입원을 해야죠. 돈이 문제예요? 몸이 더 중요하지! 이런다고 주변에 도움이 될 것 같아요? 치료를 받지 않겠다는 건, 당신을 해치고, 다른 사람까지 해치는 일이에요."

발소리가 그녀를 방해했다. 어머니가 의사를 모시고 왔다. 의사는 여전히 세상사에 통달한 듯한 온화한 얼굴이었고, 진료는 여전히 두루뭉술했다.

"걱정 마세요. 걱정 안 하셔도 됩니다. 약 두 첩만 먹으면 곧 나을 겁니다."

"제가 보기엔 폐병 같은데요."

"아닙니다, 아니에요. 폐병은 아닙니다. 간에 열이 많아서 그렇지요. 약을 먹고 푹 쉬면 나을 거요."

"고맙습니다."

어머니는 의사를 배웅하며 인사를 했으나, 수성은 아무 말도 하지 않았다.

"어머니, 저는 약을 먹어도 소용 없을 것 같아요."

"아니 왜?"

"약을 먹어도 마찬가지이니, 제 병은 약으로 좋아질 게 아닌가 봐요."

"약을 먹어도 좋아지지 않는다니, 그 말이 무슨 뜻이냐?"

"제가 가서 약을 지어올게요."

아내가 핸드백을 들고 밖으로 나가려고 했다.

"돈은 있소?"

"있어요."

"나도 있다."

어머니는 수성 쪽을 바라보지 않고 그에게 말했다. 아내는 얼굴이 붉어졌고, 눈썹을 찌푸리더니 코웃음을 치고 창문 앞으로 갔다.

"어머니, 여기 1000위안이 있으니 가지고 가보세요. 오늘 가불을 했어요."

그가 호주머니에서 돈을 꺼냈다.

"돈을 아껴두세요. 모아놓아야지요. 조금 전에 진료비도 내셨잖아요."

"걱정 마라. 돈은 있다. 나도 돈을 구할 수 있단다."

"어머니가 어디서 돈을 구해요. 전 알아요. 금반지를 파셨죠?"

"난 이미 늙은이다. 금반지가 무슨 소용이란 말이냐."

"그건 아버님께서 주신 거잖아요. 저 때문에 그걸 팔다니."

"너희 아버지와 만날 날도 머지않았는데, 새삼 그런 게 무슨 소용이란 말이냐."

"그렇지만 어머니께 남은 유일한 귀중품이잖아요. 그것마저 파시면 어떡해요. 이게 모두 저 때문이에요. 죄송합니다."

"이미 끝난 일이다. 이제 와서 말해 무엇하느냐. 몸이나 잘 챙기거라. 아범만 괜찮아지면 난 다 괜찮다."

어머니는 말을 끝내고 총총히 밖으로 나갔다. 아내는 여전히 창 앞에 서 있었다. 방 안에는 쥐가 나무를 갉는 소리만 들렸다. 그는 뒤척이며 생각에 잠겼다. 머릿속에 수많은 생각이 뒤섞여 잘 수가 없었다.

"어머니도 고생이시지. 나를 위해서 마지막 남은 귀중품까지 팔아버리셨으니."

그는 아내에게 들리도록 소리를 높였으나, 아내는 묵묵히 창가에 서서 돌아보지도 않았다.

19

그다음 날 저녁, 천 주임이 사람을 통해 편지를 보냈다.

제 비행기표에 문제가 생겨서 출발을 일주일 동안 연기하게 되었습니다. 그러나 다음 주 수요일에는 틀림없이 갈 수 있습니다. 당신의 일도 이미 다 처리해놓았습니다. 이번 주 안에 발령통지서가 갈 것입니다. 내일 아침 8시에 관생원에서 기다리겠습니다.

수성은 편지를 다 읽고 고개를 들다가 우연히 어머니와 시선이 마주쳤다. 어머니는 증오와 조소를 보내며, 마치 '나는 다 알고 있다. 네가 그렇고 그런 짓을 하고 있다는 것을' 하는 눈빛을 하고 있었다. '어머니가 무슨 상관이세요!'라고 답하듯 수성은 가볍게 기침을 했다. 그녀들은 그때 저녁을 먹고 있었는데, 어머니가 먼저 그릇을 내려놓고 일어섰다.

그는 침대에 누워 계속 기침을 했다. 점차 기침 소리에 익숙해졌다. 그는 늘 손으로 가슴을 문질렀다. 속에 무슨 병이 있는지 매우 아팠고, 숨 쉬기도 불편했다. 손으로 문지르면 조금 편해졌다. 때때로 목에 가래가 끓어 간지러웠으나, 뱉어내려 하면 나오지 않았다. 너무 힘을 쓰면 가슴이 아팠고, 이 고통은 참을 수가 없어서 신음하지 않으려고 했지만 모두 허사였다. 그는 두 사람이 자신의 고통을 알지 못하도록 감추는 데 애를 쓰는 한편, 그녀들의 말과 행동에 극히 세밀히 주의를 기울였다.

"은행에서 편지가 온 모양인데, 무슨 급한 일이 있소?"

그가 기침을 멈추고 물었으나, 아내는 대답이 없었다. 어머니가 그를 바라보았으나, 무슨 말인지 잘 알아듣지 못한 듯 다시 물었다.

"아범아, 왜 그러느냐?"

"아무것도 아니에요. 수성에게 물었어요. 편지에 급한 일이 있는지 해서요."

"동료가 편지를 보냈어요. 급한 일은 아니에요."

"내가 보기엔 천 주임이 보낸 모양인데."

"그래요."

"그는 란저우로 가지 않았소? 왜 아직 가직 않았지?"

"원래 내일 간다고 했어요. 비행기표에 문제가 생겼나 봐요. 일주일 연기한대요."

아내는 여전히 쌀쌀맞게 대답했다. 좀 있다 아내가 일어나서 식탁의 그릇을 치웠다. 어머니는 뜨거운 물을 가지러 밖으로 나갔다.

"내 기억엔 전에 당신이 란저우로 발령 날 것 같다고 말했던 것 같은데, 왜 아무런 소식이 없소?"

아내는 고개를 돌려 의아한 눈으로 그를 보고는 일부러 아무렇지도 않다는 듯이 말했다.

"그건 그냥 말일 뿐이에요. 그럴 리가 없어요."

마침 그때 어머니가 물주전자를 들고 들어왔다. 그녀는 수성의 말을 듣고 콧방귀를 뀌고는, '네가 거짓말을 하는구나!' 하는 눈으로 수성을 바라보았다. 수성은 얼굴이 조금 상기되면서 입술이 움찔거렸으나, 아무 말 없이 눈을 내리깔았다.

"만일 은행에서 정말로 당신을 발령 낸다면, 당신은 갈 거요?"

"가지 않겠어요."

"발령을 냈는데 가지 않으면 은행에서 쫓겨날 텐데."

"그러면 사직하지요."

"사직? 어떻게! 나는 병으로 몸져누워 있고, 샤오쉬안은 학교를 다녀야 하는데, 우리가 어떻게 살아갈 방도가 있겠소?"

"그러면 물건도 팔고 빚도 얻지요. 설마 굶어 죽기야 하겠어요."

수성은 시어머니가 들으라고 소리를 높였다. 그녀는 오늘 어머니로부터 너무나 많은 핍박을 받았기 때문에 이 기회를 이용해 어머니를 공격했다. 그는 쓴웃음을 지었다.

"여보, 우리가 무슨 값나가는 물건이 있소? 최근 몇 년 동안 모두 팔아먹었는데. 어디서 돈을 빌린단 말이오? 당신에겐 몇몇 갑부 친구가 있긴 하지만……."

"말하지 마세요. 그만두세요. 아픈데 말을 많이 하면 안 돼요. 주무시는 게 나아요."

"잠이 오질 않아. 눈을 감으면 마치 영화를 보고 있는 것 같소. 머리가 쉬려고 하질 않으니."

"생각이 너무 많아서 그래요. 아무 걱정 말고 안정을 취하세요."

"내가 어찌 생각을 안 할 수 있겠소? 서른넷에 이런 병에 걸리다니, 나을지 안 나을지도 모르는 판에."

"초조해할 것 없다. 반드시 나을 거다. 의사가 약을 먹고 보름만 요양하면 반드시 좋아진다고 했다."

어머니가 끼어들었다.

"병원에 가서 한번 검사를 해봅시다. 사진을 찍어보는 게 제일 정확할 거예요. 그거라면 좀 믿을 수 있잖아요."

아내가 정색을 하고 말했으나, 그가 말을 잘랐다.

"만일 검사해서 위독한 폐병이라고 하면 어떻게 하란 말이오?"

"그러면 폐병 치료법에 따라 치료하면 되지요."

"그건 사치야. 치료가 아니라 요양에 가까울 텐데. 돈이 얼마나 많이 들겠소."

"그러면 가난한 사람은 병이 나면 죽어야 하나요? 걱정 마세요. 나한테 다 방법이 있어요. 치료비는 별 문제 없어요."

"그렇지만 난 당신 돈을 헛되이 낭비하기 싫소."

그는 고개를 내저었으나, 결심은 그녀의 말에 의해 조금씩 흔들리기 시작했다. 더 말하려고 했으나, 가슴이 무엇에 짓눌린 듯 아프고 숨이 가빴다. 그는 가쁘게 숨을 내쉬었고, 호흡이 거칠어졌다.

"그만 쉬게 해라."

어머니가 수성을 쩌려보았다. 그리고 즉시 침대로 다가가서 애처로운 눈빛으로 아들을 내려다보았다.

"말을 많이 하지 마라. 말을 하면 정신이 피곤하고 병이 도
진다. 어서 자거라."

그는 대답을 하고 가벼이 한숨을 내쉬고는 눈을 감았다.

수성은 정신이 번쩍 들며 기분이 언짢아졌고, 얼굴이 달아
올라 발작이 일어날 것 같았다. 그러나 그녀는 차분히 생각했
다. '이처럼 단조로운 다툼을 반복하며 무얼 얻겠다는 거지?
영원히 결말이 나지 않을 텐데. 이렇게 의미 없는 이야기를 반
복하고, 증오스런 눈빛으로 서로를 주시해 본들 무슨 소용이
있나. 화해도 없고, 결렬도 없고, 그도 나와 어머니를 함께 끌어
갈 방법은 없어. 둘 중 하나를 선택할 결단력도 없는데 영원히
우유부단할 뿐이지. 그에게도 달리 방법이 없을 거야. 지금은
아파서 침대에 누워 있는데 도대체 무엇을 해줄 수 있을까? 위
안? 격려? 한숨만 쉬고 있을 뿐이지. 지금은 그의 어머니가 한
숨을 쉬어야 할 때인데. 나는 내 청춘을 이 음울하고 차가운 방
안에서 희생하고, 그것을 증오와 우유부단과 바꾸어야 하나?'
그녀는 자신의 인내력이 곧 한계에 다다를 것임을 깨달았다.

'그를 원망할 수도 있지. 좋아, 그를 귀하게 여기지 않아도
괜찮아.' 그녀는 마음속으로 자신을 꾸짖고 냉소를 지었다. 천
천히 창가로 다가가 유리창을 통해 거리를 내다보았다.

밤은 상당히 추웠다. 한기가 그녀의 얼굴에 스며들었다. 깜
깜한 어둠 속에 몇몇 등불이 희미하게 흔들리고 있었다. 이 집
을 경계로 구역이 나뉘어져 있었는데, 다른 구역은 정전으로
아주 캄캄했다. 그녀는 소름이 끼쳐 어깨를 움츠렸다. "왜 또
정전인 거야?" 하고 중얼거렸으나, 아무도 상관하지 않았다.

이 집에서 그녀는 누구에게도 대우받지 못하는 사람이었다. 고독감에 휩싸인 그녀는 몸을 돌려 등불을 바라보았다. 전등은 환자의 눈처럼 그녀에게 아무런 온기도 불러일으키지 못했다. 시선을 침대로 향하자, 그가 눈을 감고 깊은 숨을 내쉬고 있었다. 그는 점점 야위어가는 것 같았다. 어머니는 집을 비웠다. 그녀는 침대로 가서 이불을 가볍게 끌어 그에게 덮어주었다. 갑자기 그가 눈을 뜨고 그녀를 바라보았다. 마치 그녀를 알지 못하겠다는 듯한 시선이 그녀의 얼굴에 꽂혔다. 그녀는 가슴이 마구 뛰었다.

"이불이 내려와서 다시 덮어주는 참이에요."

"그랬소? 어머니는 주무시나? 당신은 쉬지 않소?"

"아직 일러요. 먼저 주무세요."

"잠이 안 와. 어찌 또 잔단 말이오. 할 말이 있소. 내일이 당신의 생일인데……."

"나도 잊어버렸는데……, 지금 그 일을 생각해서 무엇해요."

"여기 1600위안이 있소. 나 대신 케이크를 맞추시오. 내일 쓰게. 어머니를 귀찮게 하기 싫으니까, 당신이 직접 가서 맞추도록 해요. 정말 미안하구려……."

그는 떨리는 손으로 돈을 내밀었다.

"생일이라고 마음 편하게 지낼 수 있는 줄 아세요? 내가? 살 필요 없어요."

"가서 맞추라니까…… 나 대신 가서…… 꼭…… 내가 갈 수 없으니…… 정말 미안하군. 자, 돈 받아……."

그때 누군가가 문을 두드려서, 그녀는 '또 그가 편지를 보냈나?' 하고 생각했다.

"들어오세요."

뜻밖에도 들어온 사람은 그의 회사 동료인 쭝라오였다.

"좋아요. 정말 고마워요."

그녀는 작은 소리로 말하고는 남편이 건네주는 돈을 받았다.

"이봐, 왕, 어떤가? 자는가?"

"아, 쭝 선생님, 앉으세요."

"아니 어떻게 여기까지 오셨어요? 괜찮은데. 곧 나을 겁니다. 미안하게 됐어요. 여러모로 수고를 끼쳐서. 오늘은 일찍 출근하려 했는데 머리가 너무 아파서 또 잠이 들어버렸지 뭐예요. 지금까지 계속 잠만 잤다니까요."

"자게나. 자라고. 난 조금 앉았다가 갈 거야."

"괜찮아요. 앉아 있을 만해요."

"날씨가 추운데 누워 있게나. 누워서 얘기해도 되니 말이야."

"쭝 선생님, 앉으세요. 여기 차 좀 드세요."

"고맙습니다."

"좀 전에 석간을 보았는데, 리우차이(六寨)도 탈환했다네. 좋은 소식이지."

"그래요? 그러면 회사를 이전하지 않아도 되겠군요."

"당연하지. 란저우로 간다는 것은 말뿐이지. 지금은 피난 갈 필요가 없지."

"그럼 나 대신 내일 하루 병가를 좀 신청해주세요. 하루만 더 쉬고 나가야겠어요. 더 쉬면 월급이 깎일 테니까요."

"그럴 필요 없네. 집에서 며칠 더 쉬어도 되네. 회사 일보다는 자네 몸이 더 소중하지."

"그렇지만 저우 주임이나 우 과장의 성격을 잘 알지 않습니까. 그들 밑에서 일하려면 참아야지 별수 없잖아요. 참, 어제 내가 나온 후에 그들이 뭐라 하지는 않던가요?"

"나야 아래층에 있으니 들을 수 있겠나? 그런데……."

쫑라오는 품에서 한 묶음의 지폐를 꺼내더니 침대로 다가와 그 돈을 머리맡에 놓았다.

"여기 1만 500위안일세. 자네의 한 달 반 치 월급일세. 저우 주임이 나보고 가져다주라더군."

"한 달 반 치 월급이라니요! 그걸 나에게 가져다주라고요? 왜요? 내가 잘리기라도 했다는 건가요?"

"그가 말하기를……."

"내가 무슨 잘못을 했는데요? 아무런 이유도 없이 이렇게 쫓을 수는 없어요."

그는 화가 나서 피가 솟구치고 머리끝까지 열이 났다. 왼쪽 가슴이 아파왔고 기침이 나기 시작했다.

"나는 매일 회사에서 규정대로 일했어요. 아무런 불평도 하지 않고 말입니다. 이미 참을 만큼 참았어요. 무슨 소리를 들어도 다 참았는데……."

"이봐, 화내지 말게. 그게 자넬 쫓아내는 게 아니야. 저우 주임은 자네가 틀림없이 폐병이라는 거야. 병세가 위중한 듯하니 반년 정도 쉬라고 권한 걸세."

쫑라오는 용기를 내어 말을 이었다.

"물론 그것은 그의 독단적 결정이지. 내 보기에 자넨 폐병이 아니네. 영양실조 기미가 있을 뿐이지. 평소에 너무 피곤해하니 한 달 정도 쉬면 곧 나을 거야. 그러나 저우 주임은 그렇게 생각하질 않네. 그는 자네가 더 쉬어야 한다고 하더군. 그가 두 달 치 월급을 주라고 했는데, 자네가 반달 치를 가불해가서 여기 한 달 반 치만 가져왔네. 그래도 좋지 않은가. 며칠 쉬고 나서 몸이 나으면 다른 일을 찾게나. 오히려 통쾌할 거야."

그는 고개를 떨어뜨리고 말이 없었다.

"이런 법이 어디 있어요! 2년 동안이나 마소처럼 부려먹고는 아프다니까 그냥 버리다니! 여보, 쫑 선생님 말이 맞아요. 병이 나으면 다른 일을 찾아봐요."

아내가 끼어들었다.

"지금은 일을 구하기가 쉽지 않아."

"내가 사람들에게 부탁해볼게요. 지금과 같은 일을 구하지는 않을 거예요."

"제수씨 말이 맞습니다. 사실 우리 회사는 관청이자 상점이고, 상점이자 관청 조직이라 형편없어요. 왕 형이 그곳 일을 그만두더라도 애석해 할 건 없어요."

"저이는 사람이 너무 좋아요. 밖에서 일을 하면 쉽사리 손해를 보죠. 이 몇 해 동안 쫑 선생님이 보살펴주지 않았다면 아마 벌써 무슨 일이 생겼을 거예요."

"제수씨, 무슨 말씀을 그렇게 하세요. 저는 아무것도 도와주지 못했습니다. 오히려 제가 도움을 받았지요. 전 평소 원쉬안의 인간됨을 존경했어요. 회사에서는 모두들 저와 원쉬안이 제일 친하다고 하지요. 그래서 저우 주임도 절 보낸 거고요."

"저도 알고 있어요. 쫑 선생님의 뜻을 잘 알겠어요. 저우 주임의 그런 의사를 알았으니까, 저이도 사직할 겁니다. 그렇죠? 여보?"

"응, 응."

"제수씨 말이 맞아요. 회사엔 미래가 없어요. 남아 있을 가치가 없지요. 우선 몸을 잘 챙기고, 나아진 다음 다른 일을 찾으면……. 방해가 되지 않았는지 모르겠습니다. 다음에 다시 오지요. 윈쉬안, 몸조리 잘하시게. 이런 때는 몸이 보배라네."

쫑라오는 말을 하다가 자리에서 일어나 작별인사를 건넸다.

"좀 더 있다 가지 그러세요. 어차피 바쁜 일도 없을 텐데요."

그가 만류했다. 손님이 오니 공기가 조금 달라진 것 같았다. 집 안에 생기와 온기가 좀 도는 듯했다.

"가셨어?"

"가셨어요."

집 안에는 온기라곤 하나도 없었다. 언제나 병색이 짙은 누런 전등 빛과 낡아빠진 가구들뿐이었다. 그는 반쯤 죽은 듯한 모습이었다. 그녀는 참을 수가 없었다. 그녀는 자기 혼자만 산 사람 같아서, 또 다른 살아 있는 사람 보기를 갈망했다.

"이 돈은 당신이 대신 가지고 있구려. 내 목숨을 판 돈이군."

뒷부분의 얘기는 소리가 작아서 들리지 않았다. 그녀는 침대 곁으로 다가가려다가, 뒤로 물러서더니 온화하게 속삭였다.

"어머니께 드리세요. 나중에 아시면 언짢아하실 거예요."

그는 가벼이 한숨을 내쉬고 아무 말도 하지 않았다. 밖에서 어머니의 발소리가 들려왔다.

"어머니, 어딜 다녀오세요?"

그의 목소리는 음울한 방 안에 적막하게 울렸다.

"의사에게 좀 다녀왔다. 마음이 안 놓여서 도대체 아범 병이 무슨 병인지 물어보고 왔다. 괜찮다더라. 폐병은 아니라니까. 약만 먹으면 곧 낫는다더라."

"예, 괜찮습니다. 저도 그렇게 느껴져요. 밖에 나가실 필요 없어요. 밖은 추울 텐데, 하루 종일 힘드시잖아요. 정말 어머니께 죄송해요."

"아범은 몸이나 신경 쓰려무나. 이런 일에는 신경 쓰지 말고. 난 이미 살 만큼 살았다."

수성은 탁자 앞에 서서 모자의 대화를 듣고 있었다. 어머니가 침대 곁으로 다가갔다.

"의사가 말하길 이곳의 겨울 안개는 아범에게 좋지 않다며 다른 곳으로 옮기는 게 낫겠다고 하는구나."

"옮기라고요? 어디로 가지요? 당장 이사 할 돈도 없는데."

생명은 이처럼 평범하게 조금씩 소모되어 가고 있었다. 수성의 인내력은 한계에 달했다. '나는 아무런 잘못도 없는데 왜 벌을 받아야 하지? 이곳은 생명을 갉아먹는 감옥이야. 나는 날아야 해. 날아야만 해. 아직 날개가 있을 때, 왜 가지 못하는 거지? 그들과 나는 아무런 공통점도 없는데. 그들과 함께 희생될 수는 없지. 나를 구할 수 있는 건 나 자신밖에 없어'라는 생각이 그녀의 머릿속에 떠올랐다.

어머니는 아직도 이야기를 하고 있었다. 목소리가 마치 화살처럼 날아와 그녀의 가슴에 꽂혔다. '쏠 테면 쏘아봐. 난 두렵지 않아. 난 당신과 다투며 내 인생을 허비하고 싶지 않아' 하고 그녀는 자신만만하게 생각했다. 그러자 마음이 편안해졌다.

20

토요일 오후, 수성은 발령통지서를 가지고 집으로 돌아왔다. 그녀는 기쁘기도 하고 고통스럽기도 한 모순된 마음으로 계단을 올라 집으로 들어왔다. 샤오쉬안은 탁자 앞의 등나무 의자에 앉아 책을 보고 있었고, 어머니는 탁자 옆에 앉아 있었으며, 그는 여전히 침대에 누워 있었다. 그들은 이야기를 나누고 있었다. 샤오쉬안은 그녀가 돌아오는 것을 보자마자 자리에서 일어나 "엄마" 하고 외쳤다. 창백한 얼굴에 억지로 웃음을 띠었다. 그녀는 대답을 하고 곧 물었다.

"내가 보낸 편지는 받았니?"

"받았어요. 학과 공부가 너무 어려워서 몇몇 친구들은 따라가지도 못해요."

샤오쉬안은 딱딱한 얼굴로 여러 날 집에 돌아오지 못한 이유를 댔다. 그녀는 샤오쉬안을 주의 깊게 바라보았다. 빈혈기, 조숙, 냉정한 모습에 가려져 아들에게는 영원히 청춘이 없을 것만 같았다. 아직 열세 살밖에 안 됐는데 벌써 늙어버린 것 같았다. 그녀는 눈썹을 찌푸리고 피하듯 눈길을 돌리고는 침대로 다가갔다.

"오늘은 좀 괜찮아요?"

"괜찮아."

이런 문답은 일종의 '형식적인 행사'였다. 매일 그녀는 이렇게 물었고, 그도 대답했지만 병은 조금도 나아질 기미를 보이지 않았다. 그녀는 그가 기침하는 것을 보고 베개 옆에 있는 가래통을 들여다보고는 천천히 그것을 내려놓았다. 그의 두 뺨은 더욱 야위어서, 그녀는 두려운 눈빛으로 그를 바라보았다.

"약은 먹었어요?"

그가 천천히 고개를 끄덕였는데, 무척 고통스러워 보였다.

"내 생각엔 병원에 한번 가보는 게 좋을 거 같아요."

"며칠 있다가 다시 의논해보지."

"왜 당장은 안 되나요? 병이 더 심해지면 안 되는데."

"아직 견딜 만하오. 기침이 나는 것 외에 아픈 데는 없소."

"기침하는 게 바로 병이에요. 게다가 매일 열이 나잖아요."

"당신 말은 내가 폐병이라는 거요?"

그녀는 대답을 하지 않았다. 얼굴에는 곤란하다는 기색이 떠올랐다. 그녀는 그와 이야기한 것을 후회했다.

"사실 검사할 필요가 없소. 나도 내가 폐병이라는 것을 알고 있고. 그러나 안다고 해서 무슨 소용이 있겠소. 내가 검사하러 가는 것은 살인자가 사형선고를 들으러 가는 거나 마찬가지라오."

그는 심란해져서 더 이상 말을 하고 싶지 않았다. 그녀는 묵묵히 그를 바라보았다. 그녀는 '그는 모든 것을 알고 있구나.

심지어 잔혹한 진실까지도. 내가 권고해본들 무슨 소용이 있을까? 침대에 누워서 지낼 수밖에. 빠르든 늦든 간에 그는 죽을 수밖에 없는데 내가 무슨 방법으로 그를 구할 수 있겠어? 없지. 그는 내 말을 듣지 않을 거고. 열심히 병을 치료하려고도 하지 않고. 그저 기적을 바랄 수밖에. 아니면…… 아니면 먼저 나 자신부터 구하든가' 하는 모순된 생각이 떠올랐다. 그녀는 남몰래 눈물을 흘리면서 한편으로는 암암리에 희망을 품었다.

"그렇지 않아요. 폐병도 치료하면 나아요. 돈은 걱정하지 마세요. 내가 말했잖아요. 내게 방법이 있어요."

그녀는 눈물을 참으면서 마지막으로 그에게 권고했다.

"아범아, 말을 많이 하면 좋지 않다. 그만 자거라. 좀 있다가 약 먹어야지."

어머니가 참지 못하고 간섭했다. 수성은 암암리에 어머니를 노려보았다. 그녀는 탁자 앞으로 가서 앉았다. 그녀는 자신이 무엇을 해야 좋을지 몰랐다. 아무도 그녀를 상관하지 않았다. 아들조차도 그녀와 말을 하려 하지 않았다. 그녀는 어찌할 바를 몰랐다. 지금은 눈길 줄 곳도 마땅하지 않아서 그저 무료하게 한참 동안 앉아 있었다. '여기 앉아서 어머니가 밥을 해올 때까지 기다려야 하나? 밥 먹을 때도 냉기가 감돌 것은 뻔한 이치인데. 먹고 나면 더 썰렁할 테고.' 회황색의 등불, 단조롭고 생기 없는 대화, 병색의 얼굴들, 이 모든 것을 그녀는 견딜 수 없었다. 그녀는 자신의 청춘의 마지막을 이처럼 헛되이 소진할 수는 없었다. 다른 사람을 구하기 전에 먼저 자신을 구해야만 했다. 그렇지 않으면 그녀는 틀림없이 이곳에서, 이 방에서 죽을 것만 같았다.

그녀는 벌떡 일어났다. 결심을 굳혔으므로 더 이상 망설일 필요가 없었다. 발령통지서는 여전히 그녀의 핸드백 안에 있었다. '왜 이 기회를 차버린단 말인가?'

"샤오쉬안아, 엄마하고 좀 나가자."

"밥도 안 먹고요?"

"우리는 밖에 나가서 먹자."

"할머니는 같이 안 가나요?"

아들의 목소리가 조금 높아졌고, 그녀는 이 말에 화가 났다.

"안 가는 게 낫겠다."

그녀는 생각을 바꿨다. 샤오쉬안은 의아한 듯이 그녀를 바라보고 물었다.

"엄마도 안 가기로 했어요?"

"그래."

샤오쉬안은 수성을 힐끗 보고는 아무 말 없이 책으로 고개를 돌렸다. '저 아인 꼭 내 아이가 아닌 것 같아.' 이런 생각이 뇌리를 스쳤다. 그녀는 아들 뒤에서 몇 차례 시선을 보냈으나, 샤오쉬안은 조금도 느끼지 못하는 것 같았다. 아들은 희곡을 읽고 있었다. 햇빛이 점점 사라지고 전등불이 켜졌으나, 여전히 어두웠다. 그래서 아들은 고개를 더 숙이고 있었다. '눈을 더 버리겠군.' 그녀는 아들이 애처로워졌다.

"샤오쉬안, 좀 쉬어라. 그렇게 열심히 할 필요 없어."

샤오쉬안은 고개를 들고 이상하다는 듯이 수성을 바라보았다. 눈을 계속 깜빡이는 걸 보니 좀 쑤시는 것 같았다. 샤오쉬안이 책을 덮고 천천히 일어났다.

"아니, 넌 웃지도 않고, 행동도 느리고, 전혀 어린애 같지 않구나. 네 아버지와 너무나 닮았어."

샤오쉬안은 천천히 침대로 가 아버지를 바라보았다. '저 녀석은 나에겐 조금도 관심을 갖지 않는구나. 내가 마치 계모라도 되는 듯 말이야' 하는 생각이 들어 그녀는 고통스러웠다. 그녀는 아들이 일어난 등의자에 앉았다.

어머니가 침대 옆에 앉아 남편과 이야기를 나누고 있었고, 샤오쉬안은 옆에서 그 이야기를 조용히 듣고 있었다. 그들은 매우 친밀한 듯이 이야기를 나누고 있었다. '나는 그이하고 말도 못하게 하고는 자기는 자기 아들을 쉬지도 못하게 하는군. 저런 자기만 아는 노인네 같으니라고!' 그녀는 화가 났다. 그녀는 무의식중에 샤오쉬안이 보고 있던 책을 집어 들었다. '저 여자는 날 증오하지! 내가 원수나 되는 것처럼. 샤오쉬안이 나에게 냉담한 것도 틀림없이 저 여자가 중간에서 이간질을 했기때문일 거야. 원쉬안도 자기 어머니만 싸고돌고. 아니야, 그는 나보다 저 여자를 더 사랑하고 있어!' 계속 이런 생각이 들자 더욱 심란해졌다. 그녀는 이 적막과 냉담을 참을 수 없었다. 그녀는 다른 곳에 신경을 쓰고 싶었다. 그녀는 책으로 시선을 돌렸다. '위안예(原野)'라는 붉은 글씨가 눈에 들어왔다. 이것은 차오위(曹愚)*가 쓴 극본으로, 그녀는 이 연극을 본 적이 있다. 그러나 후에는 공연이 금지되었다는 소식이 있었는데, 그 이유는 알지 못했다. 그 희곡에도 시어머니가 며느리를 증오하는 내용이 있었는데 남편은 그 중간에서 두 종류의 사랑에 고통을 받

---

*중국의 저명한 현대 극작가. 대표작으로는 〈뇌우〉, 〈일출〉 등이 있다. 강렬한 반봉건 의식과 뚜렷한 성격 묘사로 높은 평가를 받았다.

고 있었다. '정말 공교롭군. 결말이 어떻게 되었더라? 아, 무서워! 나는 그런 결말을 맞을 순 없어. 나는 그런 여자가 되어서는 안 돼. 아직 여기에는 많은 여자가 있으니까. 달아날 기회가 있잖아. 발령통지서도 아직 있고, 왜 이런 기회를 내버려? 아니야. 일은 이미 결정되었어. 은행에서 다른 사람을 파견하지는 않을 거야. 내가 사직을 하지 않는 한. 사직할 수야 없지. 은행을 떠나서는 다른 직장을 구할 수도 없을걸. 게다가 적지 않은 돈을 빌렸고, 몇 달 동안 천 주임과 매점매석해서 돈도 좀 벌었고.'

'날아라, 날아!' 어떤 목소리가 그녀의 귓가에서 맴돌았다. 발령통지서가 눈앞에서 점점 확대되었다. '란저우!' 이 두 글자가 비행기처럼 뇌리를 맴돌았다. 그녀는 점점 즐거워졌다. 자신에게 용기가 있음을 느끼고, 경멸하는 시선으로 어머니를 바라보았다. '당신들이 함께 작당해서 날 대해도 겁날 게 없어. 나는 나의 길이 있고, 난 날아갈 거니까.'

21

그는 무서운 꿈을 꾸었다. 아내는 그를 버리고 다른 남자와 떠
나버렸고, 어머니는 어디에선가 돌아가신 것 같았다. 그는 꿈속
에서 계속 울면서 눈물을 흘렸다. 심장 소리가 쿵쿵 울렸다. 눈
을 뜨고 소리를 질렀으나, 어둠 속에서 아무것도 찾지 못했다.

　깨어 보니 방 안은 검은 장막을 두른 듯 온통 새카맣기만 했
다. 호흡이 가빠서 기분이 좋지 않았고, 가슴이 조금씩 아팠다.
눈을 감았다가 바로 다시 떴다. 그 흉측한 꿈이 다시 떠올랐기
때문이다.

　'나는 도대체 어디에 있는 걸까? 살았나, 죽었나?' 주변은
조용했다.

　'나 혼자군.'

　그는 적막감이 밀려와 눈물이 나왔다.

　'정말 갈 사람은 가고, 죽을 사람은 죽었나?' 자문을 해보았
지만, 아무런 대답도 없었다. 이리저리 뒤척이면서 '정말 꿈을
꾸는 건가?' 하고 생각했다. 뺨에 흘러내린 눈물을 문지르자

기침이 나왔다.

그는 이불을 걷어차고 침대에서 내려왔다. 전등을 켜자 방 안이 밝아졌다. 불빛이 눈처럼 새하얗게 그의 눈을 찔렀다. 옷을 입고 탁자 앞에 섰다. 아내가 침대에서 자고 있는 모습이 가장 먼저 눈에 들어왔다. 이불이 얼굴의 반을 덮었는데, 짙은 속 눈썹이 마치 눈을 뜨고 있는 것처럼 보였다. 아내의 뺨에는 주름살이 하나도 없었다. 나이보다 10년은 젊어 보였다. 그는 자신을 돌아보았다. 빛바랜 옷, 온 마디가 쑤시는 몸, 두통, 간지러운 목구멍, 자신은 그녀와 동시대의 사람이 아닌 것 같았다. '난 변했어.' 이것이 새로운 발견은 아니었지만, 가슴에 커다란 충격으로 다가온 것만은 사실이었다. 몸이 휘청거려서 그는 탁자를 붙잡고 섰다. 온몸에 소름이 끼쳤다. 자신도 모르게 몸을 움츠렸다. 방은 여전히 밝았고, 쥐들은 부지런히 판자를 갉고 있었다.

그는 어머니 방문을 바라보았다. 문은 닫혀 있었고 샤오쉬 안의 코 고는 소리가, 그리 크지는 않았으나 밖으로 새어나왔다. '저 아이도 불쌍하지. 하필이면 이런 집에 태어나서. 어머니도 가련하시지, 늙도록 고생만 하고. 그렇지만 그들은 이 생활에 만족하니까.' 이 생각이 그에게 조그만 위안이 되었다. 또 다시 기침이 나왔다. 목에 가래가 끓어서 뱉어내려고 애썼다. 큰 소리를 내서 아내와 어머니를 깨울까 두려웠다. 그는 천천히 가슴을 쓸어내렸다. 손수건으로 입을 막고 책상 앞으로 가서 등의자에 앉았다. 몇 번 기침을 하자 가래가 밖으로 나왔다. 바닥에 뱉으려고 했지만 입가와 혀에 붙어서 떨어지려고 하질 않았다. '이걸 뱉어낼 힘도 없군.' 그는 고통스러웠다.

가래를 뱉어낸 후에도 계속 목이 간질거려 차를 마시려고 자리에서 일어났다. 일어나는데 책상 위의 검은 물건이 바닥으로 떨어졌다. 그는 몸을 굽혀 그 물건을 바라보았다. 아내의 핸드백이었다. 들어 올리는데 가방이 열리더니 몇 장의 종이와 립스틱이 떨어졌다. 쏟아진 것들을 주우면서 그는 발령통지서를 보았다. 통지서를 집어 들고 의자에 앉아 자세히 읽었다. 글자들이 선명하지는 않았지만, 몇 차례 반복해서 읽었다. 마치 차가운 동굴에 떨어진 것처럼 온몸이 떨려왔다.

'아내가 날 속였군.' 그는 계속해서 질문이 떠올랐다. '왜 날 속이려 할까? 내가 그녀를 방해하지도 않을 텐데.' 그는 자신이 팔려간 것 같은 분노와 고통을 느꼈다. 천천히 가슴을 문질렀다. 생각이 꽉 막혀서 묵묵히 입술을 깨물었다. 가슴이 계속 쑤셨다. '병균이 내 폐를 갉아먹는군. 좋지, 먹어라 먹어. 오히려 통쾌하구나.'

'정말 떠나려고 할까?' 다시 고개를 숙이고 발령통지서를 들여다보았다. 더 이상 의문이 솟아나지 않았다. 발령통지서는 그녀가 가리라는 것을 말해주고 있었다. '가도 괜찮아. 그녀도 마땅히 자신을 위해 좋은 곳을 찾아야 하니까. 내가 그녀를 이곳에 있도록 하는 것은 그녀를 망치게 하는 거야' 하고 그는 스스로를 위로했다. 고개를 숙이고 아내를 바라보았다. 그녀는 벽 쪽을 향하고 있어서 검은 머리카락만 볼 수 있었다. "잘도 자는군." 그는 등을 의자에 기대며 나지막이 중얼거렸다. 통지서는 여전히 그의 손 안에 있었다. 그러나 방이 너무 밝고, 조용하고, 차가워서 다시 눈을 떴다. 다시 고개를 돌려 아내를 바라보니, 여전히 자고 있었으나 몸을 뒤척여서 그가 있는 쪽을 향하고 있었다. 오른쪽 어깨가 이불 밖으로 드러났다. 풍만하고 새하얀 어깨였다. '춥겠지.' 그는 침대로 다가가 가만히 아내의 팔을 들고 이불을 덮어주었다. 갑자기 아내가 깨어났다.

"아직 안 주무세요? 아니, 침대에서 내려오셨어요?"

"어깨가 나와서 추울 것 같더군."

그녀는 감격스럽게 웃어 보이더니 천천히 시선을 다른 곳으로 옮겼다. 시선이 통지서로 향했다.

"그걸 왜 당신이 들고 있어요? 어디서 찾은 거예요?"

그녀는 놀라서 일어나 앉으며 잠옷의 허리띠를 졸라맸다.

"우연히 보게 됐소. 핸드백이 떨어져서 열리는 바람에."

그의 얼굴이 붉어졌다.

"오늘에야 그걸 받았어요. 어떻게 해야 할지 아직도 모르겠어요."

그녀는 자신이 부주의하게 핸드백을 책상 위에 놓았다는 걸 떠올렸다. 오싹하는 한기가 끼쳐 그녀는 이불로 몸을 감쌌다.

"가요. 나는 괜찮소."

"난 가지 않으려고 했어요. 그러나 그러면 우리 식구는 어떻게 살아갈까……."

"알고 있소."

"천 주임이 비행기표를 예약해준다고 했어요. 다음 주 수요일에 갈 거예요."

"그랬소?"

"짐은 필요 없을 거예요. 시베이 상회에 가서 옷이나 몇 벌 할까 해요."

"응, 그 집이 좀 싸지."

"은행에서 여비를 줄 거예요. 돈을 좀 가불해서 집에 5만 위안을 놓고 갈게요."

"좋지."

"몸조리 잘하세요. 그곳에 가면 승진할 테니까, 월급도 더 많이 받을 거고 집에도 좀 더 부칠 수 있을 거예요. 당신은 그저 안심하고 몸이나 신경 쓰세요."

"난 자겠소."

그는 통지서를 그녀의 핸드백에 넣고 침대로 돌아가 이불을 덮어쓰고 울기 시작했다. 그녀는 눈을 감고 그의 울음소리를 들었다. 흥분되고 유쾌했던 마음이 순식간에 가라앉았다. 어디서부터 오는지 알 수 없는 수많은 바늘들이 가슴을 마구 찔렀다. 그녀가 남편을 불렀으나, 아무런 대답이 없었다. 다시 불러도 마찬가지였다. 그러나 울음소리는 조금 더 커졌다. 그녀도 자신의 감정을 제어할 수 없었다. 이불을 걷고 일어나 그의 이불을 걷었다. 두 팔로 그를 껴안았으나, 그가 어떻게 피했는지 얼굴만이 안겨졌다. 그녀는 눈물을 흘리며 흐느꼈다.

"나도 가고 싶지 않아요. 당신 어머님과 식구들 생활만 아니면……. 정말 괴로워요…… 나는……."

22

이날 밤부터 그는 더 많은 꿈을 꾸기 시작했다. 꿈은 그를 괴롭혔다. 매일 저녁 그는 잠을 잘 수가 없었다. 하나를 꾸면 뒤이어 다른 꿈이 따라왔다. 꿈속에서 그는 그녀와 끊임없이 헤어졌는데, 그녀는 란저우로 또는 다른 곳으로 떠나거나, 심지어는 어머니와 다투고 잔뜩 화가 난 채 떠나곤 했다. 깨어나면 온몸은 땀으로 흠뻑 젖어 있었다. 그는 어찌할 줄 모르고 탄식을 했다. 자신의 병이 이미 상당히 깊어졌음을 그는 알았다.

저녁에 아내는 그의 곁에서 잠을 잤으나, 그는 자신의 병 때문에 아내와 얼굴을 맞대고 자는 것은 피했다. 비록 같이 자기는 했지만 마음은 더욱 멀어졌다. 아내는 아침 일찍 나가서 밤늦게야 돌아왔다. 그녀가 돌아올 때면 어머니는 같이 있다가도 자신의 방으로 돌아가 버렸다. 아내는 침대 곁이나 의자에 앉아서 그날의 일을 소소히 이야기해주었다. 그녀는 평소보다 말이 많아졌고, 그는 더 말이 없어졌다. 그는 항상 멍하니 그녀를 바라보았는데, 속으로는 헤어진 후에 다시 만날 기회가 있을지

214

없을지 생각하고 있었다.

꿈을 꾸지 않을 때면 그는 그들이 이후에 다시 만날 날과 시간을 계산하고 있었다. 시간과 날짜는 갈수록 줄어갔고, 그의 고통은 갈수록 늘어갔다. 그녀를 보낼 것인가, 아니면 붙잡을 것인가. 그녀의 행복을 위할 것인가, 아니면 함께 심연으로 빠질 것인가, 그녀가 떠난 후에도 그를 생각할 것인가 하는 것들은 그가 늘 생각하는 질문들이었지만, 감히 물어보지는 못했다.

5만 위안이 전해졌다. 현금으로 2만 위안, 나머지는 통장에 입금되었다. 아내는 그에게 정기예금으로 보름마다 청구를 하면 은행에서 7푼의 이자를 지불할 것이라고 말했다. 아내가 그보다 잘 처리하고 있는 셈이었다. 아내의 짐도 꾸렸다. 갑자기 아내가 희소식을 가지고 왔다. 비행기표를 2주일 정도 연기할 수 있다는 것이었다. 그녀도 이 소식에 기뻐했다. 그에게도 이보다 더 기쁜 소식은 없었다. 그는 그녀를 잡을 순 없었지만, 조금이라도 더 아내를, 그녀의 충만한 생명력과 아름다운 얼굴을 볼 수 있기를 바랐다. 그러나 이러한 것들도 그에게는 모두 고통이었다. 그녀의 마음은 날마다 더 먼 곳으로 떠나는 것이 느껴졌다. 그와의 이별이 그녀에게는 그다지 고통스러운 일이 아닌 듯했다. 그녀는 미소를 띠며 '삼사 개월이 지난 뒤에 당신을 보러 올게요. 천 주임이 아는 사람이 항공회사에 있으니까 표를 쉽게 구할 수 있을 거예요. 게다가 오고가기도 편리하고요'라고 말했고, 그는 그저 아무렇게나 대답했다. 그러나 마음속으로는 '당신이 돌아오기를 기다리는 동안 내가 여기 있을지 없을지 어떻게 아나' 하고 생각했다. 그는 한바탕 울어야 마음이 풀릴 것 같았다. 그러나 가래가 목에 걸렸고 기침을 하려고 하면 왼쪽 가슴이 아파왔다. 그는 그저 아픈 가슴을 가만히 쓸어내릴 뿐이었다. 그녀도 이런 행동엔 이미 익숙해져 있었지만, 여전히 애처로운 시선과 관심을 쏟았다.

그는 일어나서 방 안을 자유롭게 걸어 다녔다. 병색과 기침, 그리고 약간의 동작을 제외하고는 다른 사람들은 그가 아픈지 알지 못할 정도였다. 한약은 아직도 먹고 있으나 그다지 열심히 먹지는 않았다. 어머니도 이제는 병원에 가서 검사를 하자거나 엑스레이를 찍어보자는 말들을 꺼냈다. 그러나 그는 자신의 생각을 바꾸지 않았다. 그는 돈을 아끼고자 한약 먹기를 원했고, 약효가 어떻든 간에 계속해서 먹는 것만으로도 큰 위안과 희망이 되었다. 어떤 때는 책을 보았다. 겨울밤은 길어서 밤동안 실컷 자고 나면 낮에는 눈을 붙일 수가 없었고, 또 적막했기 때문이었다. 그는 책을 읽기도 하고 조금씩 움직이거나 대화하기를 즐겼다. 그러면 자신의 증세가 중하지 않은 것 같았고, 심지어는 자신이 환자라는 것을 잊어버리기도 했다. 그러나 어머니는 이런 행위를 모두 금지시키고자 했다. 어머니는 때때로 그가 아직 환자이며, 정상인과 같은 생활을 할 수는 없다고 그를 깨우쳤다.

낮에 아무것도 하지 않고 침대에 누워 이것저것 생각하면 심란해졌다. 그는 어떻게 정상인처럼 살아갈 수 있을까 하는 문제를 두고 심사숙고했다. 그는 매일 계산을 했다. 돈을 조금만 쓰고 나머지를 모두 저축한다면, 비록 돈은 조금뿐이고 물가는 계속 오르겠지만, 그가 지닌 돈과 아내가 남겨준 돈, 그리고 이자를 합해서 얼마나 오랫동안 버틸 수 있을까 하는 것이 주된 관심사였다. 그는 마치 돈을 매일 물 쓰듯이 쓰면서도 자신은 속수무책으로 어쩔 수가 없는 것처럼 느껴졌다. 자신의 수입은 전혀 없고 써야 할 곳은 무궁무진하고……. 생각할 때마다 두려웠고 맥이 풀렸다.

한번은 어머니가 그를 위해 닭을 사서 요리해주었다. 점심을 먹은 지 얼마 되지도 않았을 때였다. 그는 며칠 동안 입맛이 더 없었다.

"아범이 좋아한다면 매일 요리를 할 수 있단다."

"어머니, 낭비예요. 우리 살림에 어떻게 그렇게 먹을 수 있어요!"

그는 수심이 가득한 얼굴로 대답을 했지만, 그릇을 물리지는 않았다.

"싸게 샀단다. 1000위안 정도야. 먹고 몸을 보충해야지."

"그렇지만 우리는 돈이 없어요. 저는 몸이 아픈 게 아니에요. 직업이 없을 뿐이죠. 그냥 앉아서 산만 바라보고 있잖아요. 어떻게 하겠어요."

"걱정할 것 없다. 지금은 방법이 없잖니. 몸이 좋아지면 다시 얘기하자."

"물건 값은 매일 오르고, 돈은 매일 없어지죠. 수성이 아직 가지도 않았는데, 그녀가 준 돈을 벌써부터 쓸 수는 없잖아요."

어머니는 고개를 숙이고 어쩔 줄 몰라했다. 어머니는 고통스럽고 초조하게 말했다.

"빨리 먹어라. 식기 전에."

그는 수저나 젓가락을 집지도 않은 채 불안한 모습으로 그릇을 들고 있었다. 어머니는 낮은 한숨을 뱉었다. 며느리의 득의만만한 얼굴을 떠올리자, 그녀는 얼굴이 달아올라 고개를 들

수가 없었다. 그러나 아들이 먹는 소리가 그녀의 주의를 끌었다. 그는 맛이 좋다고 칭찬하면서 게걸스럽게 먹기 시작했다.

"어머니도 좀 드세요."

"난 괜찮다."

"전 병이 아니에요. 영양부족이죠. 몸도 이제는 점차 나을 거예요."

"그럼. 점점 나아질 게다."

그는 마치 이전에는 이런 음식을 먹어본 적이 없는 사람처럼 열심히 닭고기를 먹었다. "평소에 좀 잘 먹었더라면 이런 병에 걸리지 않았을 텐데." 그는 혼자 중얼거리며 먹기에 열중했고, 어머니는 옆에서 미소를 짓고 있었다.

"아마 몸이 점점 나아지는 모양이구나. 이렇게 먹을 수 있다는 것은 좋은 일이야."

"어머니도 좀 드세요. 맛이 아주 좋아요. 사람에게는 영양가 있는 음식이 필요하죠."

"그래, 나도 먹지."

그러나 속으로는 이처럼 작은 닭은 혼자 먹기도 부족하다고 여겨, 빈 그릇을 들고 밖으로 나갔다. 어머니가 다시 돌아왔을 때, 그는 등의자에 기대 잠들어 있었다. 어머니는 살며시 다가가 아들의 몸을 덮어주려고 했다. 어머니가 바로 앞에 다가갔을 때 갑자기 아들이 눈을 떴다.

"수성."

그는 어머니의 손을 잡았다.

"왜 그러느냐?"

그는 사방을 둘러보았다.

"수성은 아직 안 왔어요?"

"안 왔다. 그림자도 안 보여."

"제가 꿈을 꿨나보네요."

"침대에 가서 자려무나."

"너무 많이 자요. 온몸에 잠귀신이 붙었나, 그만 자야겠어요."

"수성은 정말 바쁘군. 그녀가 란저우로 가면 돌아와도 이틀 이상은 우리와 함께 있을 수 없을 거야."

그는 혼잣말을 하더니 천천히 창가로 걸어가 창문을 열었다.

"조심하렴. 바람 쐬지 말고."

어머니는 아들이 며느리의 이름을 불러서 기분이 좋지 않았다.

"방 안 공기가 너무 탁해서 신선한 공기 좀 쐬려고요."

그러나 차가운 바깥 공기 속에는 석탄 냄새가 섞여 있었고 하늘은 잿빛에 공기도 침울했다. 길은 암담한 회색이었고, 사람들은 고개를 움츠리고 걷고 있었다.

"좀 더 자거라. 무료히 있지 말고."

그는 창문을 닫고 돌아서서 자신의 침대를 바라보았다. 그는 침대로 가고 싶기도 하고 두렵기도 했다.

"시간이 정말 느리군."

그는 천천히 침대로 가서 드러누웠다.

어머니는 등의자에 앉아 눈을 감고 정신을 가다듬었다. 그가 뒤척이는 소리가 들렸다. 그녀는 아들이 무슨 생각을 하는지 알 수 없었다. 그녀는 비분한 감정이 들었다.

"아범아, 너무 깊이 생각하지 마라. 걱정 말고 자거라."

"아무것도 생각하지 않아요."

"이 어미를 속일 수는 없다. 지금도 수성의 일을 생각하고 있잖니!"

"그건 제가 권한 일이었어요. 그녀는 원래 가지 않으려 했어요. 환경을 바꾸는 것도 좋을 거예요. 이곳에 너무 질렸으니까요. 란저우에 가면 승진한다니까, 대우도 좋을 거고."

"알고 있다. 알고 있어. 그렇지만 아범은 늘 그 아이 생각뿐이잖니. 왜 아범 자신을 생각하지 않는 게야. 왜 다른 사람만 생각해?"

"저요? 저는 아주 좋아요. 병도 거의 나아가고, 그녀는 란저우에 가더라도 저를 도와줄 거예요."

"걔? 아범은 그 아이를 믿는 게냐? 그 아이는 들새다. 아범이 놓아주면 다시는 거두어들일 수 없어."

"어머니, 다른 사람에게는 잘 대해주시면서 왜 수성에게는 그렇게 가혹하세요? 그녀는 그런 여자가 아니에요. 그리고 그녀는 우리 식구를 위해서 란저우로 가겠다고 한 거예요."

그는 흥분해서 자리에서 일어나 앉았다. 어머니는 멍하니 바라보다가 안색이 변해 참지 못하고 소리쳤다.

"그래, 아범 말을 믿지……. 그럼 이제 자거라. 말을 많이 하면 안 좋다. 병이 도져."

그는 대답 없이 고개를 묻고 무엇인가를 생각하고 있었다. 어머니는 가련한 눈빛으로 그를 바라보며, '넌 왜 사실을 알지 못하냐' 하고 원망했다.

"아범아, 자거라. 그러고 있으면 찬바람 쐰다."

"어머니, 저 좀 나갔다 올게요."

"나간다고? 무엇하러?"

"일이 있어요."

"무슨 일? 회사도 사직했는데. 밖은 많이 춥단다, 몸도 안 좋으면서."

그는 구두끈을 매고 일어섰다. 흥분하여 얼굴이 상기되었다.

"걱정 마세요. 나갔다 오겠어요."

그는 벽에 걸려 있던 남색 상의를 내려 입었다.

"가지 마라. 가면 안 돼! 일이 있으면 쪽지를 쓰거라. 내가 전해줄 테니."

"걱정 마세요. 곧 돌아올 겁니다. 가까워요."

그는 그렇게 말하고는 나가버렸다. 어머니는 어찌된 영문인지를 알지 못했다. 이리저리 생각해보다가 방 안을 정리하기 시작했다. 바닥에는 먼지가 너무 많았고, 군데군데 가래의 흔적도 남아 있었다. 그녀는 눈썹을 찌푸리고 방 안을 쓸기 시작했다. 탁자에는 먼지가 쌓여 있었다. 이 방은 길가 쪽이라 먼지가 많이 들어왔다.

걸레로 방을 다 닦고 난 후, 그녀는 의자에 앉아 쉬었다. 허리가 아파왔다. '나도 벌써 늙은이가 다 되었군.' 그녀는 절망스러운 한숨을 내쉬었다. 눈앞에 한 남자의 얼굴이 아른거렸다. '또 그이가 생각나는군.' 그녀는 자신을 비웃었다. '나도 어쩔 수 없지. 내 팔자가 이런 건 그렇다쳐도 왜 당신 아들을 보호해주지 않는 거죠? 아들에게 이런 나날을 보내게 해서는 안 되잖아요?' 그녀는 상심하여 눈물을 흘렸다.

오래지 않아 집으로 돌아온 그는 어머니가 눈물을 닦고 있는 것을 보았다.

"어머니, 무슨 일이세요? 왜 우시는 거예요?"

"먼지가 눈에 들어가서 그런다."

"제 침대를 청소하셨군요."

"나는 일이 없으면 심심해서 견디질 못한다. 어딜 다녀온 게냐?"

"쫑라오를 보러 다녀왔어요."

"무슨 일로? 회사에 다녀온 게냐?"

"그에게 제 일거리를 좀 찾아달라고 했어요."

"일거리를? 병도 다 낫지 않았는데, 뭘 그리 서두르는 게냐? 무엇보다 자신의 몸이 가장 소중한 법이다."

"우리 중국인들의 몸은 대부분 그래요. 병이 있다고 말하면서, 몇 십년간 아무런 문제도 없어요. 제가 느끼기엔 지금 제 몸은 좋아졌어요. 쫑라오도 이전보다 좋아졌다고 하더군요. 그가 찾아보겠다고 했어요."

"아니, 그렇게 급할 게 무어야! 우리가 아직 밥을 못 먹는 것도 아닌데."

"그렇지만 하루 종일 자면서 어머님이 일하는 것을 볼 수가 없어요. 매일 빈둥빈둥 놀면서 밥을 먹을 순 없잖아요."

"아범은 내 아들이다. 나는 아범밖에 없어. 아범이 몸을 아끼지 않는다면, 앞으로 나는 누구를 의지하고 살겠니?"

그는 왼손 엄지를 꽉 깨물었다. 그러나 가슴의 통증이 너무 심해서 손가락은 아프지도 않았다. 한참 후에 그는 손을 내리고 묵묵히 앉아 있는 어머니를 바라보았다. 그는 애처로운 눈으로 어머니를 바라보며, '나의 꿈, 희망은 모두 사라져버렸어요' 하고 생각했다. 그는 '미래'라는 것이 마치 흉악한 귀신이나 두려운 이빨로 보였다. 두 사람은 아무 말도, 아무런 행동도 하지 않았다. 정적은 두렵고 피를 말렸다. 방 안에는 단 한 점의 생기도 없었다. 차 소리, 사람 소리도 이 정적을 몰아내지 못했다. 어머니와 아들은 서로 자신들의 생각에 잠겨 있었다. 두 사람의 생각은 각자 다른 길로 가고 있다가 어느 한 지점에서 만났는데, 그것은 '죽음'이라는 글자였다.

"어머니, 걱정 마세요. 샤오쉬안이 있잖아요. 그 아이의 미래는 틀림없이 저보다 나을 거예요."

"샤오쉬안은 아범 어릴 때하고 꼭 같더구나. 너무나 닮았어."

어머니는 아들의 마음을 알아차리고 더욱 가슴이 아팠다. 그녀는 자신의 고통을 드러내 보이고 싶지 않았으나, 그는 이 말을 듣고 그녀의 적막한 일생이 더욱 명료하게 투시되는 것을 느꼈다. 샤오쉬안은 그와 아주 닮아서 샤오쉬안도 그와 마찬가지로 희망이 없다고 말할 수도 있었다. '그러면 어머니는 도대체 무엇에 의지해야 하나.' 그는 망연해졌다. 때때로 자신이 샤오쉬안에게 기탁했던 희망도 허망한 것이었다.

"그 아이는 아직 나이가 어리니까, 점점 나아질 겁니다. 사실 나는 정말 샤오쉬안에게 미안해요. 한 번도 잘 보살펴준 적이 없으니."

"사실 그것은 아범 잘못도 아니다. 너는 평생토록 쉬지도 못하고 고생만 했지 않니……."

어머니는 다시 감정이 북받치는지, 일어나서 밖으로 나가버렸다. 그는 묵묵히 창가로 다가가 창문을 열었다. 하늘은 창백한 얼굴로 그를 대했다. 회색빛 구름은 찌푸린 눈썹 같았다. 그는 한기가 들었다. 마치 차가운 물체가 뺨에 닿은 것처럼.

"비가 오려나."

그가 혼잣소리로 중얼거리는데, 뒤에서 발소리가 나더니 아내가 들어왔다.

"윈쉬안, 저 내일 가요."

"내일? 왜 그렇게 빨리? 다음 주라고 말하지 않았소?"

"내일 비행기가 있대요. 표도 벌써 구했어요. 당신과 함께 새해를 맞이하려고 했는데, 정말 미안해요. 그리고 오늘 저녁 식사에 초대받았어요."

"정말 내일 가는 거요?"

"내일 아침 6시 이전에 비행장에 가야만 해요. 날이 밝기 전에 일어나야 되죠."

"그러면 오늘 저녁에 먼저 차를 예약해놓구려. 그렇지 않으면 늦을지도 모르니."

"걱정 마세요. 천 주임이 회사 차를 빌려서 저를 데리러 오겠다고 했어요. 전 지금부터 짐을 좀 꾸려야겠어요. 아직 가방도 꾸리질 못했으니."

"내가 도와주지."

아내는 침대 밑에서 가방을 꺼냈다. 그리고 쭈그려 앉아 가방 속에 옷들을 정리하기 시작했다. 그녀는 옷과 화장품, 다른 물건들을 가방에 넣었다. 그도 그녀의 물건을 날라주었다.

"고마워요. 그만두세요. 제가 할게요."

그녀가 그를 만류했다. 그때 어머니가 밖에서 들어왔다. 문 앞에 서서 차가운 눈길로 그들의 행동을 바라보고는 아무런 말도 하지 않았다. 어머니의 가슴에는 원한과 분노가 가득했다.

"어머니, 수성이 내일 아침에 떠난대요."

"갈 테면 가라지. 나와 무슨 상관이냐!"

수성은 벌써 일어나 있었다. 그녀는 몇 마디 좋은 말을 건네려고 했지만, 어머니의 말을 듣고는 묵묵히 다시 앉으며 얼굴이 붉어진 채 콧방귀를 뀌었다.

어머니는 화를 내며 자기 방으로 들어갔다. 수성은 가방을 닫고서 일어났다. 그는 아무 말 없이 애원하는 시선을 아내에게 보냈다.

"보세요. 당신 어머니는 늘 나에게 저러지요. 날 증오하세요."

"모두 오해야. 어머니도 점점 아시게 될 거야. 너무 원망하지 마."

"난 원망하지 않아요. 당신의 체면을 봐서."

"고맙소. 내일 아침에 내가 배웅하러 가지."

"나올 필요 없어요! 몸이 견디지 못할 거예요. 대신 천 주임이 잘 도와줄 거예요."

"그러면 우리는 이 방에서 작별해야 한단 말이오?"

"괜찮아요. 아직 내가 여기 있잖아요. 오늘 저녁에는 좀 일찍 들어와서 당신과 이야기를 나눌게요."

그는 고개를 끄덕였다.

"주무세요. 서 있으면 피곤해져요. 병이 아직 완전히 낫지 않았는데. 내가 침대에 좀 앉아 있을게요."

그는 아내 말대로 침대에 누웠다. 아내는 그에게 이불을 덮어주고 침대에 걸터앉았다.

"내일 이맘때는 어떻게 되어 있을지 모르겠군요. 사실 난 가고 싶지 않은데. 내 마음을 나도 모르겠어요. 당신이 날 붙잡으면 난 아마 안 갈 거예요."

"걱정 마오. 이미 결정한 일이고, 또 잘못된 일도 아니잖소."

"사실 이번에 란저우에 가는 것이 좋은 일인지 나쁜 일인지 모르겠어요. 나는 누구와 의논할 사람도 없어요. 당신은 병에 거려 줄곧 아팠지, 어머니는 하루라도 빨리 내가 당신 곁을 떠나길 바라시지."

'병'이라는 말이 그의 뇌리에 박혔다. 그녀는 그가 자신의 병을 잊지 못하도록 한 셈이었다. 자신을 언제나 환자로 보고 있는 것이다. 그는 한숨을 내쉬었다. 마치 그녀와 동등한 위치에서 자기만 떨어져 내린 것 같았다. 최후의 실낱같던 희망도 사라져버렸다.

"그렇지. 그럼."

"당신 안색이 여전히 안 좋아요. 더 쉬세요. 돈 문제는 쉽게 해결될 거예요. 안심하고 병만 치료하세요. 매월 당신에게 돈을 부칠게요."

"알겠소."

"샤오쉬안에게도 오늘 편지를 보냈어요."

그녀가 말을 다 끝내기도 전에 길가에서 자동차 경적소리가 울렸다. 그녀는 약간 당황한 듯 고개를 돌려 그쪽을 바라보았다. 경적소리가 계속 울렸다.

"난 이만 가야겠어요. 그들이 차를 가지고 데리러 왔어요."

그녀는 옷매무새를 고치고 핸드백에서 거울, 립스틱, 콤팩트 등을 꺼내 화장을 시작했다. 그는 침대 아래로 내려왔다.

"다녀올게요. 일찍 돌아올 테니 걱정 마세요."

아내는 그에게 미소를 짓고는 총총히 나가버렸다. 방 안의 차가운 공기 속에는 그녀의 화장품 냄새가 섞여 있었다. 그러나 그녀는 맑은 웃음소리와 말소리를 가지고 가버렸다. 그는 탁자 앞에 서서 그녀가 사라진 방향을 정신 나간 것처럼 바라보고 있었다. '떠나지 마, 떠나지 말라고.' 그는 마음의 소리를 들었다. 그러나 가벼운 발소리는 벌써 사라져버렸다.

"아범아, 괴롭겠구나. 그러나 너희는 진작 헤어져야 했다. 아범 같은 가난한 지식인이 어떻게 그런 년을 데리고 살 수 있겠냐!"

어머니가 방에서 나와 애처롭게 그를 바라보았다.

그는 자신의 몸을 살펴보았다. 비쩍 야위고, 누렇게 뜬 몸이었다. 팔소매를 걷어보니 가느다란 팔이 나왔다. 살이라고는 한 점도 없었다. 그는 온몸이 떨려서 멍하니 자신을 내려다보았다. 좀 전에 사형선고를 받은 죄수 같은 느낌이었다. 그에게는 그녀를 머물게 할 어떤 권리도 이유도 없었다. 문제는 그녀가 아니라 자신에게 있는 것이었다. 그는 이것을 명확히 깨달았다. 어머니가 전등을 켜자 방 안이 밝아졌다. 그는 묵묵히 책상으로 가서 이별을 고하는 시선으로 물건들을 바라본 후, 쓰러지듯 등의자에 주저앉았다. 두 손으로 얼굴을 쓸었다. 그는 아무것도 보기 싫었다. 모든 것을 포기하고 싶었다. 자신의 내면까지도.

"애야, 괜찮다. 여자는 많아. 병이 나으면 더 나은 사람을 구할 수 있다."

그는 고통스러운 신음 소리를 내며 망연히 어머니를 바라보았다. '왜 어머니는 내게 이런 말씀을 하시는 걸까? 이 사형수에게 새로운 세상을 보여주려고? 나는 벌써 나의 운명을 감수할 준비가 다 되어 있는데, 왜 허망한 꿈으로 나를 유혹하실까? 수성은 사랑과 그 밖의 모든 것을 가져가버렸는데, 대학

시절의 꿈, 결혼 생활의 달콤함, 교육사업……. 모든 게 사라지고, 끝나버렸는데.'

"빨리 침대에 가서 누우렴. 좋지 않은 것 같구나. 의사를 모셔올까?"

"아니에요. 의사는 필요 없어요. 좀 있으면 나을 거예요."

"무슨 소리냐? 내가 부축해주마."

"어머니, 걱정 마세요. 아무렇지도 않아요."

그는 마치 꿈에서 깨어난 듯, 어머니의 부축을 뿌리치고 사방을 둘러보았다. 어두컴컴한 등불, 조잡한 가구들, 냉기를 발하고 있는 물건들이 눈에 들어왔다. 갑자기 경계경보가 울리고 전등이 꺼졌다.

"촛불을 켜야겠다. 그렇지 않으면 너무나 처량할 것 같구나."

어머니는 어제 쓰고 남은 초를 찾아 불을 댕겼다. 촛불이 흔들렸다. 어디에서 바람이 불어오는지, 심지가 한쪽으로 쏠렸다. 촛농이 초를 받치고 있는 접시를 타고 넘었다. 어머니가 가위를 가지고 와 심지를 잘랐다. 심지가 좀 안정되었다.

"지금 밥 먹으련? 내가 닭죽을 데워올 테니."

"좋습니다."

그는 억지로 대답했다. 몇 시간 전의 식욕과 흥취는 완전히 사라져버렸다. 그가 대답한 것은 그저 어머니를 위안하기 위해서였다. '왜 자꾸 어머니는 나에게 먹으라고만 하실까? 배가 아직 부른데.' 그는 이렇게 생각하며 망연히 어머니를 바라보았다. 어머니는 손가락 크기만큼 초를 잘라서 밖으로 가지고 나가려고 하고 있었다.

"어머니, 이 긴 것을 가지고 가세요. 이게 편해요. 전 불이 필요 없어요."

"괜찮다. 이거면 됐어."

"또 하루가 지난 셈이군. 얼마나 살아 있을는지."

아무도 답을 하지 않았다. 벽에 비친 자신의 그림자가 흔들렸다. 그는 서 있을까 앉을까, 잠을 잘까 말까 망설였다. 자신이 무슨 일을 해야 좋을지 알 수가 없었다. 그는 탁자 앞에 서 있었고, 차가운 바람이 옷섶을 헤집고 들어와 조금씩 몸이 떨렸다.

'겨우 서른네 살인데, 할 일이 없다니. 이젠 다 끝났어.' 대학 시절의 포부가 주마등처럼 눈앞을 스쳐갔다. 캠퍼스의 정경, 젊은 얼굴들, 자신 있는 말들…… 그때는 어찌 오늘의 일을 상상이나 했을까? 정말 어리석었지. 내가 이상적인 학교를 세울 수 있을 거라고만 생각했으니. 그는 쓴웃음을 지었다. 어머니가 들어왔다. '또 먹어야 하나, 나는 죽은 거나 마찬가지인데, 무슨 의미가 있을까!' 그는 고통스러웠다.

"자, 닭죽을 가져왔다. 뜨거울 때 먹어라."

어머니는 불을 켜고 만면에 미소를 띠었다.

"그러죠."

그는 탁자에 앉았다. 뜨거운 기운이 얼굴에 밀려왔다. 촛불 밑에 드러난 어머니 얼굴이 더 늙어보였다. '어머니도 고생이시지.' 그는 울고 싶었으나, 정신을 차리고 수저를 들었다.

"빨리 먹어라, 식을라."

23

밥을 먹고 그는 아내를 기다렸다. 밤이 깊었는데도 아내는 돌아오지 않았다. 시간은 천천히 흘러갔다. 그는 등의자에 앉았다가, 침대에 누웠다 하며 안절부절못했다. 그의 낡은 시계는 망가진 지 벌써 며칠이 되었지만, 수리비가 적지 않을 것 같아 그냥 베개 밑에 쑤셔놓았다. 그는 어머니에게 계속 시간을 물어보았다. 7시…… 8시…… 9시……. 시간은 일부러 그를 애먹이는 듯했다. 기다림이 피를 말렸다. 그러나 그는 최대한의 인내력을 발휘했다.

마침내 10시가 되었다. 어머니가 손에서 시계를 내려놓고, 안경을 벗은 다음 눈을 비볐다.

"아범아, 옷 벗고 자거라. 기다리지 말고."

"잠이 안 와요, 어머니. 가서 주무세요."

"이처럼 늦었는데도 아직 안 돌아오니, 어찌 집에 있는 사람이 안심이 되겠니? 내일 새벽에 출발한다면 일찍 돌아와 집 식구들과 함께 있는 것이 도리지."

"접대하느라 바쁠 거예요, 일도 많고. 그녀를 탓할 것은 아니에요."

"접대한다고? 누구를 접대해? 접대는 말뿐이고 그 천 주임인가 하는 놈하고 춤추고 있을 거다."

"아니에요, 아닙니다."

"아범은 늘 그 아이를 감싸는구나. 내가 일부러 험담하는 게 아니다. 걔가 천 주임하고 그랬는지 아닌지……. 아범은 이 지경인데 아직 걔를 믿는 게냐? 충직하기도 하지. 아범은 속고 있는 게다."

"어머니는 아직도 그녀를 잘 모르고 계세요. 그녀도 그녀만의 고충이 있어요. 밖에서 일을 하면 접대도 해야 하고, 그녀도 체면이 있어요. 그녀는 천 주임을 좋아하는 게 아니에요. 나는 그녀를 믿어요."

"그러면 내가 없는 말을 지어내서 그 아이를 모략한다는 게냐?"

놀란 그는 어머니를 바라보았다. 잠시 후, 어머니의 안색이 온화해지고 노기가 가라앉았다. 어머니는 자기의 말을 후회하는 듯 아들에게 연민의 눈빛을 보냈다.

"걱정 마라. 사람이 늙으면 성질이 나빠지지. 사실 이렇게 다투어서 무슨 득이 있겠냐! 걔가 왜 날 그렇게 보는지 나도 잘 모르겠다. 어쨌든 나는 아범의 어미가 아니냐."

"어머니, 그녀를 오해하지 마세요. 그녀는 지금까지 어머니에 대해 나쁜 말을 한 적이 없어요. 원래 그녀는 어머니에게 잘했잖아요."

그는 용기를 내서 둘 사이의 오해를 해소시킬 기회라고 생각했다. 어머니는 탄식을 했다.

"아범은 너무 사람이 좋아서 탈이야. 걔가 어찌 아범에게 속내를 드러내겠니? 내 보기엔 내가 아범보다 그 아이를 더 잘 아는 것 같구나. 그것이 경제력이 없는 나를 얕보는 게지."

"어머니, 정말 수성을 오해하고 계시군요. 그녀는 그렇게 생각하지 않아요."

"그걸 아범이 어떻게 아느냐!"

이때 전등이 켜졌다. 온 방이 밝아졌고, 책상 위의 양초는 마치 한 송이 꽃처럼 타올랐다. 어머니가 촛불을 껐다.

"10시 반이다. 아직도 안 돌아오다니! 보거라, 걔 안중에 우리가 있기는 하냐!"

그는 천천히 한숨을 내쉬었다. 또 가슴이 아파오기 시작했다. 그는 여전히 어머니가 그녀를 오해하고 있다고 여겼으나, 더 이상 말을 꺼내지는 않았다.

"어머니, 가서 주무세요. 어머니는 기다릴 필요가 없으시잖아요."

"그럼 너는?"

"저도 잘 겁니다. 잘 거예요."

그는 일부러 눈을 감고 하품을 했다.

"그런데 왜 아직 옷을 벗지 않니?"

"좀 있다가 벗을게요. 먼저 잘게요. 어머니 불 좀 꺼주세요."

"그래, 먼저 자거라. 옷 벗는 것 잊지 말고."

어머니는 불을 끄고 살며시 의자를 들고 문 앞에 걸쳐놓았다. 그리고 자신의 방으로 건너갔다. 어머니 방의 등불이 밝아졌다.

그는 잠이 오지 않았다. 생각은 머릿속 이곳저곳을 떠돌고 있었다. 그는 눈을 뜨고 방문, 탁자, 의자, 그녀가 앉던 곳, 쓰던 물건들을 바라보았다. '내일 아침이면 모든 것이 변하겠지. 이 방에서 다시는 그녀를 볼 수 없겠지' 하고 생각했다.

"수성!"

그는 이불로 얼굴을 가리고 울음을 터뜨리며 그녀의 이름을 불렀다. 그는 자신에게 다가와 이불을 걸고 부드러운 목소리로 '원쉬안, 저 여기 있어요' 하는 목소리를 듣고 싶었다. 그러나 아무런 일도 일어나지 않았다. 어머니가 몇 번 기침을 하더니 이내 조용해졌다.

"수성, 정말 이처럼 떠나갈 생각이오?" 그는 '아니에요. 전 영원히 당신을 떠나지 않아요'라는 대답을 듣고 싶어 다시 물어보았다. 아무런 소리도 없었다. 그저 창밖에서 "설탕과자"라고 외치는 소리만 들려왔다. 극히 처량하고 적막하고 쇠약한 목소리였다. 그는 마치 자기의 그림자를 보는 것 같았다. 고개를 움츠리고 양손은 소매에 넣고서 차가운 바람도 막지 못하는 때에 찌든 낡은 외투를 걸치고, 길거리를 돌아다니며 외롭게 외치고 다니는 병약한 자신의 모습이 떠올랐다. 그는 다시 이불 속에서 울음을 터뜨렸다. 다행히 어머니는 울음소리를 듣지 못했고, 아무도 그를 위로하러 오지 않았다. 그는 천천히 울음을 멈추었다. 계단을 올라오는 발소리가 들려왔다. 그는 흥분해서 얼굴을 내밀었다. 그는 눈물 자국을 닦는 것조차 잊어버리고 그녀가 문을 열기를 기다렸다. 그러고는 황급히 눈물을 닦고, 그녀가 등불을 켠 후에도 자신의 얼굴을 보지 못하게 침대에 엎드렸다.

아내는 방으로 들어와 등불을 켰다. 제일 먼저 침대가 눈에 들어왔으나, 그가 자고 있다고 여겼다. 그녀는 신을 벗고 살며시 탁자로 걸어가서 등의자에 앉아 신발을 바꿔 신었다. 그리고 서랍에서 거울을 꺼내 머리를 매만진 후에 가방을 꺼내서 서랍 속의 모든 물건을 그 안에 쏟아 넣었다. 그녀는 아무 소리도 나지 않도록 극히 조심했다. 그녀는 그의 잠을 깨우고 싶지 않았다. 그러나 가방을 정리하는 도중에 갑자기 한 가지 일이 생각나서 손을 멈추고 침대로 다가왔다.

그는 자고 있지 않았다. 그녀가 내는 작은 소리를 통해 그는 그녀의 일거일동을 모두 보고 있는 듯했다. 그는 아내가 침대로 다가왔다는 것을 알았다. 그는 그녀가 곧 침대를 떠나리라고 생각했으나, 그녀는 뜻밖에도 한참을 서 있었다. 그녀가 무엇을 하는지 알 수 없었다. 그는 참지 못하고 기침을 했다. 그는 그녀가 나지막이 자신의 이름을 부르는 것을 들었다. 방금 깨어난 것처럼 기지개를 켜고 눈을 떴다.

"원쉬안, 좀 늦었어요. 많이 주무셨어요?"

"자지 않으려고 했는데, 언제 잠들었는지 모르겠군."

"일찍 돌아오려고 했는데 식사가 그렇게 길어질 줄은 꿈에도 몰랐어요. 식사가 끝나니까 또 커피 마시러 가지고 잡아서……. 집에 가야 한다고 말했지만 놓아주지를 않았어요."

"알고 있소. 당신네 동료들도 당신과 헤어지기가 아쉬웠을 거요."

"내가 늦게 돌아왔다고 탓하는 것은 아니죠? 당신을 속이는 게 아니에요. 밖에서 밥은 먹었지만, 마음으로는 줄곧 당신 생각만 했어요. 우리는 헤어져야 하고, 나는 당신과 조금이라도 더 같이 있고 싶고, 정말이에요. 나는 그저……."

"알고 있소. 난 당신을 탓하지 않소. 짐은 다 꾸렸소?"

"거의 다요."

"그러면 서두르시오. 곧 11시라오. 일찍 자야 내일 일찍 일어나지."

"급할 거 없어요. 천 주임이 차를 가지고 맞이하러 올 거예요. 차는 이미 빌려놓았어요."

"그렇지만 당신도 일찍 일어나야지. 늦으면 안 되잖아."

"그러면 당신은……."

그녀는 마음이 어지러워서 더 이상 말을 꺼내지 못했다.

"나는 자겠소."

그는 일부러 하품을 했다.

"그러죠. 주무세요. 내가 갈 때 일어나실 필요 없어요. 너무 이르니까요. 찬바람을 쐬면 안 좋아요. 이제 막 병이 낫기 시작했으니, 조심해야지요."

"응, 알고 있소. 안심해요."

그는 거짓으로 미소를 지었다. 그녀가 몸을 돌려 짐을 꾸리러 가자 그는 고개를 묻고 이불 속에서 눈물을 흘렸다.

그녀는 거의 한 시간 동안 바삐 움직였다. 그녀는 그가 벌써 잠들었을 거라고 여겼다. 그러나 그는 깨어 있었다. 그의 생각은 시공을 초월하여 오락가락했으나, 그 끝에는 언제나 한 여인이 있었다. 바로 그녀였다. 그녀는 지금 가까이 있었지만 그는 그녀가 놀랄까 두려워 숨도 못 쉬고 기침도 하지 못했다. 행복한 추억, 젊은 시절, 심지어 고통스러웠던 다툼이나 서로를 괴롭혔던 시간도 다 멀어졌다. 지금 그에게 남은 것은 곧 닥쳐

올 이별과 그 이후의 적막뿐이었다. 그리고 자신의 병이 남아 있었다. 가슴이 다시 살며시 아파왔다. '그녀가 돌아올까? 아니, 그녀가 돌아올 그날까지 내가 살아 있을까.' 그 이상은 생각하기가 두려웠다. 얼굴은 벽 쪽으로 향한 채, 그는 묵묵히 눈물을 흘렸다. 그리고 조금씩 잠이 들기 시작했다. 그녀도 침대에 누워 잠이 들었다.

그는 한밤중에 깨어났다. 온몸이 땀투성이였고, 속옷도 흠뻑 젖었다. 방은 칠흑 같았고, 밖을 바라보았으나 머리가 어지러워 아무것도 제대로 볼 수 없었다. 어머니 방에서는 아무런 소리도 없었고, 귀를 기울여보니 아내가 고르게 숨을 내쉬고 있었다. '몇 시나 되었을까? 아내가 혹시 늦잠을 자는 게 아닐까? 아직 이르지. 하늘이 저렇게 어두운데, 천 주임이 데리러 온다고 했으니.' 그는 '천 주임'이 떠오르자 머리를 얻어맞은 듯 한동안 정신이 없었다. 가슴속에서 불이 타올라 얼굴과 이마가 뜨거워졌다. '그놈은 나보다 무엇이든지 강하니까.' 이런 생각에 그는 질투심이 솟구쳤다.

다시 천천히 조금씩 그는 잠이 들었다. 그러나 그녀는 갑자기 깨어났다. 침대에서 내려와 옷을 입고 등불을 켜고 시계를 보았다.

"앗!"

그녀는 급히 화장을 하기 시작했다. 밖에서 경적소리가 울렸다. '그가 왔군. 서둘러야지.' 그녀는 자신을 재촉했다. 서둘러 화장을 마치고 침대를 바라보았다. 그는 잠들어 있었다. '깨우지 말고 자도록 두자'고 생각한 그녀는 어머니 방을 바라보았다. 방문은 굳게 닫혀 있었다. "다시 봐요." 그녀는 작은 소리로 말하고는 작은 두 개의 가방을 들었다가 다시 내려놓고 급히 침대로 가서 그를 바라보았다. 그는 코를 골고 있었다. 한동안 멍하니 그를 바라보는데, 밖에서 다시 경적소리가 울렸다. 그녀는 온화한 목소리로 나지막이 속삭였다. "여보, 다시 만나요. 내가 당신을 떠난다고 생각하지는 마세요." 그녀는 마음이 아파서 입술을 깨물고 침대를 떠났다가, 다시 뒤를 돌아보았다. 그녀는 망설였다. 책상으로 가서 종이에 몇 자 쓴 다음 잉크병으로 종이를 눌러놓고 가방을 들고 밖으로 나갔다.

그녀가 계단을 내려갈 때, 그는 꿈속에서 누군가가 부르는 소리를 듣고 깨어났다. 그는 그녀의 이름을 불렀다. 소리는 작았으나, 처량했다. 꿈에서 그녀는 그를 떠나고 있었고, 그는 돌아오라고 소리치고 있었다. 그는 즉시 그녀를 찾았다. 문은 열려 있었고, 방은 무섭도록 밝았다. 그녀는 그림자도 보이지 않았고, 방 가운데는 가방이 하나 놓여 있었다. 그는 재빨리 상황을 알아차렸다. 일어나서 급히 옷을 입고 허리띠를 조이지도 않은 채 그 가방을 들고 밖으로 나갔다.

계단 입구에 이르기도 전에 그는 어깨가 아프고 다리가 무거워졌으나, 있는 힘껏 계단을 내려갔다. 계단에는 등불도 없고, 조이지 않은 옷자락이 다리를 휘감아서 빨리 걸을 수가 없었다. 2층 모퉁이에 이르렀을 때, 두 사람이 급히 위로 올라왔다.

그는 손전등 불빛을 피하고자 눈을 깜빡거렸다.

"원쉬안, 일어났군요!"

익숙한 목소리가 기쁘게 말을 했고, 손전등 불빛이 그의 몸을 비췄다.

"아니, 가방을 들고 내려왔군요."

그녀는 황급히 옆으로 다가와 가방을 받으려 했다.

"괜찮아, 내가 들 수 있소."

"제가 들지요."

남자의 목소리였다. 젊고 힘 있는 목소리였다. 그는 놀라서 남자를 바라보았다. 잠깐 사이에 그는 건장하고 기세가 당당한 상대방에 비해 자신이 너무 왜소하다고 느꼈다. 그는 순순히 그의 손에 가방을 건네주었다.

"천 주임, 먼저 내려가세요. 저도 곧 내려갈게요."

"빨리 오세요."

발소리가 울리더니 곧 조용해졌다. 그는 묵묵히 계단에 서 있었고, 그녀도 마찬가지였다. 그녀의 손전등 불이 꺼졌다. 두 사람은 어둠과 한기 속에서 서로의 숨소리를 듣고 있었다. 경적소리가 두 차례 울렸다. 그녀는 꿈에서 깨어난 듯 몸을 움찔했다.

"원쉬안, 올라가서 주무세요. 정말 몸을 조심해야죠. 우리 여기서 헤어져요. 배웅할 필요 없어요. 대신 편지를 남겨 놓았어요."

그녀는 그의 손을 잡았다. 그녀는 그의 손이 야위었고 딱딱하다는 것을 느꼈지만, 감정을 억눌렀다.

"안녕히 계세요."

"언제 다시 볼 수 있소? 언제 돌아올 거요?"

"나도 잘 모르겠어요. 그러나 방법을 생각해서 빨리 돌아오도록 할게요. 초조해하지 마세요. 그곳에 도착하면 바로 편지할게요."

"그래, 편지 기다리겠소."

그녀가 가볍게 그를 안았다. 그는 급히 한 걸음 뒤로 물러났다.

"가까이 오지 마오. 난 폐병이라 전염이 되오."

그녀는 그를 떠나지 않고 오히려 그를 꽉 껴안고 붉은 입술을 그의 마른 입술에 대고 열렬히 키스를 했다. 귀찮은 경적소리가 또 들렸다.

"난 당신의 그 병을 정말로 내게 옮기고 싶어요. 그러면 떠나지 않아도 될 텐데."

그녀는 손수건으로 눈물을 훔쳤다.

"어머니께는 당신이 말해주세요. 난 어머니를 놀라게 하기가 무서워요."

그녀는 손전등을 켜고 황급히 내려갔다. 그는 멍하니 서 있다가 계단을 내려갔다. 어둠 속에서 무엇인가에 걸려 넘어졌으나, 급히 대문으로 달려갔다. 자동차는 막 떠나버렸다. 그는 아내의 이름을 불렀으나, 목이 메어 나오지 않았다. 그녀가 유리창 안에서 눈물을 흘리고 있는 것 같았으나, 차는 계속 앞으로 나아갔다. 그는 이름을 부르며 쫓아갔다. 자동차는 쏜살같이 안개 속으로 사라졌고, 그는 따라갈 수가 없어서 멈추어 서서 기침을 토했다. 절망 속에 그는 집으로 돌아왔다. 대문에는 보름달 같은 전등이 외롭게 인도를 비추고 있었다. 문 옆 담장에는 사람이 엎드려 있었다. 자세히 보니 열 살쯤으로 보이는 두 명의 아이가 서로 껴안고 마치 한 덩어리처럼 누워 있었다. 새까만 얼굴, 다 헤진 솜옷, 온몸은 부스럼투성이였다. 그들은 깊이 잠 들어 있었고, 전등은 따뜻하게 그들의 얼굴을 매만지고 있었다.

그들을 바라보고 있는 동안 그의 온몸이 떨려오기 시작했다. 무섭게 차가운 밤이었다. 두 아이는 자고 있었고, 그만이 홀로 깨어 있었다. 그는 아이들을 깨워 집으로 데리고 가고 싶기도 했고, 겉옷을 벗어서 덮어주고 싶기도 했으나, 모두 생각뿐이었다. "탕바이칭도 이처럼 잠들었지." 그는 중얼거리며 옛 동창을 생각해냈다. 그리고 얼굴을 가리고 역병을 피하듯이 안으로 들어갔다.

방에 돌아오니 책상 위에 그녀가 남기고 간 편지가 있었다.

원쉬안

난 갑니다. 곤하게 주무셔서 깨우지를 못하겠어요. 힘들어 하지 마세요. 그곳에 도착하면 편지를 드리겠어요. 모든 것은 천 주임이 처리해줄 테니, 안심하세요. 한 가지 당부가 있어요. 몸을 잘 보살피고 열심히 치료받으세요.

어머니께는 당신이 잘 말해주세요.

아내가

그는 편지를 읽으면서 눈물을 흘렸다. 마지막의 '아내가'라는 말이 감동을 자아냈다. 그는 편지를 들고 한참 동안 서 있었다. 온몸이 떨려오고 다리가 얼어붙기 시작했다. 견디지 못하고 침대로 가서 겉옷을 벗고 누웠다.

계속 뒤척이며 잠을 이루지 못했다. 눈을 감았으나 정신은 더욱 맑아졌다. 두려운 꿈이 그를 기다리고 있는 것 같아서 잠을 이루고 싶지 않았다. 열이 나서 머리가 어지러웠고, 귀가 울렸다. 날이 막 샐 무렵, 그는 비행기 소리를 들었다. '그녀가 가는구나, 멀리. 영원히 보지 못하겠지.' 그는 쪽지를 손에 쥐고 베개에 머리를 묻은 채 낮은 소리로 울기 시작했다. '이 우직한 놈아, 그저 울 줄만 아냐!' 하는 어머니의 말이 생각났으나, 그는 더욱 상심하여 울었다.

24

아내가 간 다음 날, 그는 병이 도졌다. 병을 앓고 있는 가운데 그는 아내로부터 세 통의 편지를 받았다.

원쉬안

란저우에 도착했어요. 모든 게 낯설지만, 공기가 좋군요. 날씨가 춥지만 그래서 더욱 상쾌해요. 은행 건물이 아직 수리중이라서 우리는 여관에 머물고 있어요. 천 주임이 잘해주시니 걱정하지 마세요. 처음 온 곳이라 아직 낯설고 안정되진 않았지만, 이삼 일 후에는 긴 편지를 보내겠어요.

어머니는 아직도 노여워하시나요? 집에 있을 때는 나의 모든 걸 보기 싫어하셨는데, 내가 없어도 여전하신가요?

건강에 유의하세요. 영양가 많은 음식을 드시고요. 돈 아낄 생각하지 말고요. 매달 돈을 보내드릴게요.

아내가

편지에는 부친 곳의 주소는 없었으나, 그는 '천 주임'이라는 세 글자만 제외하고는 짧은 내용에도 만족했다. 오래 기다리지 않아, 3일 후에 두 번째 편지가 왔다. 그다지 길다고는 할 수 없었지만, 매우 간절했고 그에게 건강 조심하라고 전하는 내용 위주였다. 그리고 관인의원에 가서 내과 주임 띵 의사를 찾으라는 소개서가 하나 들어 있었다. 소개서 끝의 서명은 '천평광'이었다. 그는 이것이 천 주임의 이름임을 알고서 얼굴이 상기되었다.

"수성이 절 보고 관인의원에 가서 진찰을 받으라는군요. 천 주임의 소개서를 보냈어요."

어머니는 쌀쌀맞게 대답했다.

"흥, 누가 저더러 소개해 달랬나?"

그는 더 이상 말을 못하고, 이후로는 아무 말도 꺼내지 않았다. 그는 세 번째 편지를 고대했다. 그는 두 번째 편지보다 더 긴 내용일 거라고 믿었다. 일주일이 지나서 세 번째 편지가 도착했다. 매우 짧은 편지였다. 은행 개점 준비에 바빠서 편지를 길게 쓸 수 없으니, 그에게 근황을 알려주는 편지를 많이 보내라는 내용이었다. 편지 끝의 서명도 '수성'이라고 바뀌어 있었다.

편지를 다 읽고 그는 한숨을 내쉬며 아무 말도 하지 않았다. 어머니가 편지를 보여 달라고 해서 그는 묵묵히 건네주었다.

"팔자 좋구나. 간 지 열흘밖에 안 됐는데 사람 약 올리는 꼴이라니!"

"정말 바쁜 모양이에요. 그녀를 탓하지 마세요. 은행은 새로 열고 사람은 모자라고, 천 주임은 그녀에게 잘해준다니, 그녀도 더 애써야죠."

"아직도 천 주임이 개한테 잘해준다고 말하는 게냐! 봐라! 언젠가는 그것들이 술책을 부릴 게다!"

"어머니, 약 좀 먹어야겠어요."

"그래, 약을 내오마."

아들의 병을 생각하자 그녀는 즉시 며느리의 일을 잊어버렸다. 그녀는 자애로운 눈빛으로 아들을 바라보았다. 그는 여전히 누렇게 야위었으나, 정신은 좀 더 나아졌고 입술에도 혈색이 좀 돌았다. 그녀는 총총히 밖으로 나갔다. 그는 한숨을 쉬고 벽을 바라보았다. 창밖을 바라보다가 다시 천장을 바라보았으나 어디를 보아도 그녀의 웃는 얼굴뿐이었다. 무대 위의 여인처럼 화장을 한 그녀는 즐겁게 웃고 있었다. 그는 얼굴이 달아올랐고 귓가에는 단조로운 종소리가 울렸으며, 눈은 메말라서 불이 날 것 같았다. 그는 끝내 정신을 잃고 잠이 들었다.

그는 짧고 기이한 꿈을 꾸었다. 마구 신음 소리가 흘러나왔다. 어머니가 약을 가지고 들어올 때야 비로소 깨어났다.

"아범아, 왜 그러느냐?"

어머니는 약그릇을 떨어뜨릴 뻔했다. 한참 후에야 그가 길게 숨을 내쉬며 표정을 바꾸었다.

"정말 기이한 꿈을 꾸었어요. 이젠 괜찮아요."

"약이다. 뜨겁지 않고 적당한 온도구나. 일어나 먹어라."

"예, 이리로 좀 가져다주세요."

"오늘은 정말 춥구나. 밖에는 눈이 온다."

"많이요?"

"아니, 쌓이지는 않는단다. 그러나 춥기는 하구나. 일어나려면 먼저 옷을 입거라."

그는 약을 다 먹고 그릇을 건네주다가 어머니 손이 동상에 걸린 것을 보았다.

"아니 어쩌다 동상에 걸리신 거예요?"

"작년에도 그랬다."

"작년엔 이처럼 심하지 않았는데! 추운 날에는 옷을 빨지 말라고 제가 말씀드렸잖아요. 세탁부에게 맡기면 된다니까요."

"세탁부에게 시키면 얼마나 드는지, 알기나 하니? 1400위안이다. 배나 올랐어."

"오른 건 오른 거죠. 1400위안을 아끼려고 손을 이렇게 만드셨어요?"

"그러나 돈은 돈이다. 그 돈이라도 아껴서 아범 치료비로 써야지."

"수성이 달마다 돈을 부쳐오잖아요. 그것 조금 아끼지 않아도 되는데."

어머니는 아무 말도 없이 불쾌한 표정을 지었다. 그녀는 즉시 고개를 돌려 아들에게 표정을 보이지 않았다.

"어머니, 몸을 아끼세요. 왜 스스로 사서 고생을 하세요?"

"난 힘들지 않다."

"저까지 속이지 마세요. 어머니가 수성의 돈을 쓰기 싫어한다는 건 저도 알고 있어요."

"그런 일 없다. 이미 걔 돈을 쓰고 있지 않니."

"어머니, 정말 죄송합니다. 이렇게 절 키워주셨는데…… 어머니를 모셔야하는데 오히려 어머니께 폐만 되다니요."

어머니는 방으로 들어가 한바탕 울고만 싶었다.

"아직도 수성이 그렇게 미우세요?"

"아니다. 그런 일 없다."

"수성은 어머니에 대한 나쁜 마음이 없다고 말했어요."

"고맙구나."

"그러면 만약 수성이 어머니께 편지를 쓰면, 답장을 하시겠어요?"

"쓰고말고."

어머니는 그렇게 말하면서도 아들에게 자신의 표정을 보여주지 않았다.

"그럼 됐어요."

"아범은 걔가 내게 편지를 쓸 거라고 생각하는 게냐?"

"저는 그렇게 믿어요."

어머니는 '꿈이지'라고 말하려다가, 아들의 꿈을 깨뜨리고 싶지 않아서 입을 다물었다. 어머니 역시 아들의 꿈이 실현되기를 고대했다.

수성에 대한 일은 여기서 마무리되었다. 어머니가 자기 방으로 돌아가서 잠든 후, 그는 침대에서 일어나 옷을 입고 책상에 앉아 아내에게 답장을 썼다. 그는 자신의 근황에 대해 이야기했다. 어머니와 나눈 이야기도 쓰면서, 어머니께 좋은 뜻을 담아 편지 한 통 보내달라고 청했다. 편지를 다 쓰고 그는 피곤하여 침대에 쓰러져 잠이 들었다.

다음 날 아침, 그는 어머니의 손에 직접 편지를 쥐어주며 일찍 우체국에 가서 항공우편으로 부쳐달라고 부탁했다. 어머니는 편지를 받고 아무 말도 없이 밖으로 나간 후 남몰래 고개를 저었다. 그는 어머니의 마음을 알 리 없었다. 열로 인해 얼굴이 좀 상기되었지만, 눈에는 희망의 광채가 발했고 기적이 일어날 거라고 고대했다.

일주일이 헛되이 지나가는 동안 집배원이 집을 방문하는 일은 없었다. 둘째 주에 그녀의 편지가 도착했다. 항공우편이었다. 봉투를 뜯는 순간 그는 가슴이 마구 뛰었다. 그러나 다 읽고 난 후에는 저절로 고개가 숙여졌다. 한 장은 우편환이었고, 한 장은 편지였는데, 편지에는 은행이 이제 막 문을 열었고 바빠서 어머니께 편지 쓸 시간이 없으니 이해해달라는 내용이었다. 그리고 그에게 병원에 꼭 가라는 말뿐이었다.

"뭐라고 썼냐?"

"잘 지낸대요. 많이 바쁘고요. 여기 있어요."

그는 간단히 대답하고 우편환을 어머니께 건넸다. 어머니는 눈썹을 찌푸린 채 아무런 말이 없었다.

"어머니, 이제부터 옷은 세탁부에게 맡기세요. 오늘 아예 예약을 하세요. 그렇게 돈을 절약할 필요가 없어요. 수성이 매달 보내잖아요."

"그렇다고 돈을 마구 쓸 수야 없지."

"어머니, 그녀가 남겨놓은 돈도 있잖아요."

"벌써 조금 썼다. 남은 것은 샤오쉬안의 학비와 식비로만 쓰기에도 좀 부족할 듯한데. 지난 학기에 2만 위안이었으니, 다음에는 5만 위안쯤 될 게다. 사실 나는 샤오쉬안에게 학교를 옮기라고 하고 싶다. 우리같이 가난한 집에서 하필이면 귀족학교에 다닐 게 무어냐? 국립학교에 가면 학비를 조금 내는데."

"그건 샤오쉬안 엄마의 생각이니, 계속 거기에서 공부시키도록 하지요. 들어갈 때도 애 엄마가 이곳저곳에 애써 부탁해서 간신히 들어갔는데."

"그러면 개에게 편지를 써서 의견을 물어봐라. 학비가 부족하니, 미리미리 생각해두라고."

"예."

그러나 그는 편지에 그 말을 써야 할지 말아야 할지 아직 결정하지 않았다.

"내 생각엔 샤오쉬안을 집에서 통학시키는 게 나을 것 같다. 그 아이가 돌아오면 아범과 상대할 사람이 하나 더 늘잖니."

"지난번에 방학 때도 학교 부근 친구 집에서 공부하는 게 편하겠다고 해서 그렇게 하라고 했는데, 어떻게 돌아오라고 해요?"

"네가 너무나 쓸쓸해하니, 샤오쉬안이라도 오면 집이 좀 시끌벅적해지지 않겠니?"

"병이 전염되기라도 하면 어쩌려고요? 저와는 떨어져 있는 게 제일 좋아요. 아직 나이가 어려서 쉽게 옮을 수 있어요."

"그래, 아범 말대로 하자. 걱정 마라. 너무 아범 병만 생각하지 말고, 아직 나이도 있으니까, 스스로를 괴롭히지는 말아라."

"예, 걱정 마세요."

"이런 생활에 난 익숙하단다. 난 쓸모없는 노파니까. 아범에겐 사실 잔혹하지. 이런 나날을 보내서는 안 되는 건데."

"어머니, 괜찮아요. 이대로 지내다가 항일전이 승리하는 그날, 곧 좋아질 거예요."

"난 내가 그때까지 있을지 모르겠구나. 보아하니 아직도 막막한데, 오늘 2층에 사는 사람을 만났는데, 올해는 승리할 거라고 하더구나. 올해는 이제 막 시작됐고, 아직 열두 달이나 남았지만, 무슨 승리를 가져올지 난 아직도 모르겠다."

"노인들은 너무 생각이 많아요. 지금 일본군은 쳐들어오지 못하고 있어요. 이대로만 진행된다면 모두들 괜찮을 거예요."

"그럼, 그럼 되지. 지금 일본군이 퇴각하고 있고, 아무 일도 없으니, 돈 있는 사람은 먹고 입고, 관리들과 장사꾼도 모두 여전히 신났다. 다른 사람은 말할 필요도 없이 그 천 주임, 아니 이제는 사장이라지……. 항일전에서 승리하면 그들도 행복해지겠구나."

"당연하죠. 말할 필요도 없이."

그는 고통스럽게 대답했다. 어머니는 묵묵히 아들을 바라보았다. 두 사람 모두 더 이상 할 말이 없었다. 집 안은 넓어 보였고 추웠으며 시간은 정지된 것 같았다. 둘 다 멍하니 앉아 있었다. 그는 책상을 등지고 등의자에 앉아서 두 손을 소매에 넣고 고개를 흔들고 있었다. 어머니는 한 손으로 턱을 받치고 탁자에 기댄 채 무료한 시선을 아무 데나 보내고 있었다. 커다란 쥐 한 마리가 그들 앞을 뛰어다녔다.

집 안이 점점 어두워졌고 그들의 마음도 아득해졌다. 한기가 발에서부터 천천히 다리를 타고 올라왔다.

"밥을 해야겠다."

"아직 이른데요. 좀 있다가 하시지요."

어머니는 묵묵히 다시 앉았다. 아무 말도 하고 싶지 않은 눈치였다. 주변이 어두워지자 어머니는 다시 일어났다.

"됐다. 밥하러 가야지."

"제가 도와드릴게요."

"가만 있거라. 나 혼자서도 충분하다."

"좀 움직이는 게 좋아요. 혼자 있자니 더 힘들어요."

그는 어머니를 따라 나왔다. 그들은 간단한 저녁을 만들어서 단조롭게 먹었다. 둘 다 조금씩 먹었다. 밥을 먹고 설거지를 한 다음, 둘은 원래의 자리에 앉아서 몇 마디 활기 없는 이야기를 나누었지만, 그마저도 곧 화제가 바닥나고 말았다. 시계를 보니 7시였다. 아직 일렀다. 8시 반까지 견디고 있다가 어머니는 방으로 돌아갔고 그는 침대로 들어갔다.

온 겨울을 그는 이렇게 보냈다. 때로 정전이 되면 일찍 잠들었고, 어머니가 옷을 기우거나, 그에게 벌써 수십 번도 더 이야기한 옛이야기를 들려주거나 할 때만 조금 달라졌을 뿐이었다. 샤오쉬안이 집에 왔을 때는 다소 활기가 돌았다. 몸이 좋아지기도 했고 정신이 나빠지기도 했다.

'먹고, 자고, 아프고, 이외에 난 무엇을 할 수 있나?' 그는 종종 스스로에게 이렇게 물었다. 해답은 영원히 주어지지 않았다. 한번은 거의 해답을 얻었다. 그것은 '죽음'이라는 글자였다. 그는 등줄기에 소름이 끼쳐 온몸을 떨었다. 마치 자신의 육체가 썩어가고, 벌레들이 온몸에 가득 기어 다니는 듯했다. 이후로는 오랫동안 섣부른 생각을 하지 않았다.

어머니도 그에게는 위안이 되지 못했고 아내는 더욱 그러했다. 비록 그녀는 일주일에 한 통씩 매우 짧은 편지를 보내왔지만, 그녀는 언제나 바빴고 그의 몸을 염려해줄 시간도 없었으며 편지마다 어머니의 안부를 물었으나, 그의 요구대로 어머니께 직접 편지를 쓰지는 않았다. 이 일로 인해, 그리고 '바쁨'과 '짧음'으로 인해, 그는 그녀가 점점 멀어진다고 여겼다. 그는 어머니에게 아내에 대해서는 아무 말도 하지 않았으나 항상 남몰래 그녀와의 거리가 얼마나 멀어졌는지 계산해보았다.

25

차가운 겨울이 마침내 꿈과 같이 가버렸다. 봄은 사람들에게 희망을 불러일으켰다. 짙은 안개도 봄바람에 흩어졌다. 사람들은 미소를 지으며 전쟁 소식을 주고받았다. 그러나 왕원쉬안의 상황은 아무런 변화가 없었다. 몸은 여전히 좋았다 나빴다를 반복했으며, 좋을 때는 잠깐 밖에 나가 산책도 하고, 나쁠 때는 하루 종일 침대에 누워 있었다. 어머니는 여전히 밥을 하고, 청소하고, 그가 아프면 약을 달였다. 샤오쉬안은 2주일에 한 번씩 집에 와서 하룻밤 자면서 학교에서 일어난 일을 이야기했다. 말이 많지는 않았고 웃음도 드물었다. 샤오쉬안이 돌아왔을 때는 그래도 집 안에 웃음소리가 들렸으나, 아이가 가고 나면 집은 더욱 스산해졌다. 아내는 여전히 한 달에 한 번씩 편지와 돈을 부쳐왔다. 편지는 일주일에 한 번씩 왔으나, 편지지가 세 장을 넘기는 일은 없었다. 그녀는 여전히 바빴다. 그는 인내심을 지니고 매주 기나긴 편지를 썼다. 그는 그의 실제 생활을 알리고 싶지 않아서 거짓말로 편지를 채웠다. 편지 쓰는 것이 그의 유일한 소일거리였고 유일한 작업이었다.

봄은 낮이 더욱 길었기 때문에 하루를 보내는 것이 고통이었다. 그는 자신이 얼마 지나지 않으면 말하는 것을 잊어버릴거라고 생각했다. 찬바람을 쐬어 목이 상한 후에는 쉰 목소리만 나왔다. 어머니는 더욱 늙어서 갈수록 말이 줄었다. 늘 모자둘이 방에 앉아 있었지만 말소리는 전혀 없었다. 하루 종일 서른 마디를 넘지 못할 때도 있었다. 시간은 병들고 늙은 인력거꾼이 끄는 마차처럼 그들을 천천히 앞으로 끌고 갔고, 그렇게 천천히 흘러가는 시간도 그에게는 멈춰버린 것처럼 느껴졌다.

그러나 그는 여전히 살아갔다. 감정과 사상을 지닌 채. 그러나 가슴이 자주 아팠고, 밤에는 땀을 흘렸으며 늘 기침을 했다. 때때로 남몰래 피를 토하기도 했다. 고통은 나날이 심해져서 즐거운 웃음소리는 이미 멀리 사라진 꿈이었다. 그는 신음 소리를 내거나 한탄하지 않았다. 묵묵히 회색의 나날을 보낼 뿐이었다. 자신의 쉰 목소리가 듣기 싫어서 말이 더욱 줄었다. 가래가 끓어 어찌할 수 없을 때는 기침을 했으나, 어머니가 듣는 것을 원치 않았기 때문에 늘 숨을 죽이고 했다. 낮은 갈수록 길어졌고 갈수록 견디기는 힘들었다. 그는 정신력이 고갈되어 더이상 견디기가 힘들었다.

그러나 아무도 그에게 더 이상 견디지 말라고 허락하지는 않았다. 아내는 그에게 안심하고 치료하면서 그녀가 돌아갈 때까지 기다리라고 당부했다. 쭝라오는 그에게 적당한 일거리를 찾았다고 연락을 했다. 어머니는 계속 약을 사서 그에게 먹였다. 그중에는 중국의 전통 한약도 있었고, 서양의 명약도 있었다. 그는 약들이 자신에게 효험이 있는지 없는지 모른 채 그저 순순히 계속 먹기만 했다. 그가 이처럼 한 것은 어머니를 속이기 위해서였다. 한번은 어머니가 그를 끌고 관인의원에 가서 진찰을 했다. 그는 아내가 보내온 소개서를 떠올렸으나, 어디에 있는지 찾을 수가 없었다. 어머니가 벌써 다 버렸던 것이다. 그는 특별진찰로 돈을 낭비하고 싶지 않아서 3시간을 기다려 진찰을 받았다. 어머니가 설득해서 이 병원으로 왔기 때문에 진료실이 북적거리고 대기실이 춥더라도 그는 꾹 참고 기다릴 수밖에 없었다. 팔자수염을 기른 쌀쌀맞은 얼굴의 의사가 그에게 옷을 벗어보라고 하더니 청진기로 몇 번 들어보고 두드려보고는 인상을 찌푸리고 고개를 내저으며 그에게 옷을 입으라고 했다.

처방을 써주고는 약제실에 가서 마시는 약을 구입하라고 했다. 의사는 말을 많이 하기 싫은 듯, 다음 주에 '투시'를 해보자고 했다. 엑스레이를 찍는 게 제일 좋지만, '투시'는 값이 싸다고 설명했다. 그는 접수대에서 투시 비용을 물어보고 너무 비싸서 묵묵히 의원을 나왔다. 후에 다시 한 번 가보았다. 의사는 여전히 투시를 권했다. 그는 이번 달에 쓴 돈을 계산해보고 투시한 후에는 어떻게 생활을 꾸려야 할지 고민하다가 다시는 의원에 가지 않았다.

'올 것은 끝내 오니까, 오라지.' 그는 이렇게 생각하고 '하늘의 명령'에 따르기로 했다. 사실 그밖에는 다른 안심할 방도가 없었다.

어느 날은 점심 후에 거리를 활보했다. 날씨가 좋았으나, 거리에 먼지가 많고 사람들이 너무 붐벼 질서가 엉망이었다. 거리 모퉁이에는 쓰레기가 쌓여 냄새가 진동하고 있었기 때문에 그는 코를 막고 그 거리를 지나갔다. 바로 국제 커피숍 앞이었다. 모든 것이 예전대로였다. 다른 것이라면 그녀의 웃음소리를 다시 듣지 못한다는 것과 그녀의 아름다운 자태를 못 본다는 것이었다. 그는 안으로 들어갔다. 손님이 상당히 많았다. 다행히 이전에 앉았던 자리가 비어 있어서 그는 가게 안으로 들어가 그 자리에 앉았다. 두 명의 보이가 쟁반을 들고 이리저리 바쁘게 돌아다녔다. 손님들은 경쟁하듯이 보이를 불렀다. 그는 묵묵히 구석에 앉아서 기다렸다.

흰 제복을 입은 보이가 마침내 그 앞에 섰다.

"커피 두 잔."

"예?"

"커피 두 잔."

그가 큰 소리로 말하자 보이는 돌아서 가버렸다. 잠시 후 커피 두 잔이 왔다. 한 잔은 그 앞에 놓고 한 잔은 맞은편에 놓았다.

"우유를 넣을까요?"

"난 됐고, 저 잔에 넣게."

보이는 우유를 넣고는 가버렸다. 그는 먼저 맞은편 잔에 설탕을 넣고 휘저은 다음, 자기 잔에도 설탕을 넣었다.

"마셔요."

그는 잔을 사뿐히 들고 맞은편의 빈자리를 향해 나직이 말했다. 상상 속의 수성은 그의 맞은편에 앉아 있었다. 그녀는 우유를 넣은 커피를 즐겼다. 그는 마치 그녀가 자신을 향해 미소 짓는 것 같아 즐겁게 커피를 마셨다. 눈을 크게 뜨자 앞자리는 비어 있었고, 가득 찬 커피는 그대로였다. 그는 다시 한 모금 마셨다. 입가에는 아직도 미소가 흐르고 있었으나, 점점 변해서 처량한 미소로 바뀌었다.

"아직 날 기억하고 있소?"

그는 나지막이 물었다. 가슴이 뛰고 콧날이 시큰해져서 그는 황망히 고개를 돌렸다. 다른 사람들을 바라보았다. 사방은 담배 연기가 자욱했고, 사람들은 자신들의 이야기에 몰두해 있어서 아무도 주의를 기울이지 않았다.

"내가 보장하네. 두 달도 못 가서 독일이 항복할 거야. 일본도 일 년을 못 버티지. 아마 우리는 난징(南京)에서 구정을 맞이할 수 있을 거야."

옆자리의 이야기에 그는 깜짝 놀랐다. 이 예언은 그에게 기이한 감정을 불러일으켰다. 기쁘지 않고 오히려 선망과 질투심이 느껴졌다. 그는 다시 빈자리와 가득한 찻잔을 바라보고 한숨을 내쉰 후 밖으로 나왔다.

집에 돌아오니 어머니는 물에 젖은 옷을 들고 밖으로 나오고 있었다.

"어머니, 왜 또 빨래를 하셨어요?"

"걱정 마라. 아직 할 만하다."

"돈을 아끼지 말고 몸을 아끼세요."

"세탁비가 또 올라서 어쩔 수가 없었다. 수성은 그것밖에 안 부치는데, 절약하지 않으면 어떡하겠니? 설날부터 지금까지 물가가 얼마나 올랐는지, 수입은 늘지 않고. 그러니 내가 무슨 방법이 있겠니?"

그는 '그녀가 부치는 돈은 제 월급보다 많아요' 하고 말하려다가, 묵묵히 방으로 들어갔다. 방 안은 텅 비어 있었다. 그는 앉거나 눕고 싶지 않아, 방 안을 서성거렸다.

'그녀는 왜 그렇게 바쁠까? 왜 늘 짧은 편지만 보내는 걸까? 나에게 관심이 있다면 왜 자기의 생활을 나에게 알려주지 않는 걸까?' 그는 의심이 들었고 초조해졌다.

그는 해답을 찾지 못했다. 누군가 문을 두드렸다. 거친 발소리가 들렸다. 집배원이 안으로 들어오며 큰 소리로 외쳤다.

"왕원쉬안! 편지요, 도장!"

받아보니 두꺼운 편지였다. 봉투에 우표가 가득 붙어 있었다. 그는 한눈에 수성의 필적임을 알아보았다. 그는 기쁘게 도장을 찍고, 고맙다고 인사를 했다.

마침내 장문의 편지가 왔다고 여기고 끝내는 필요한 해답을 얻었다는 기쁨에 그는 봉투에 입을 맞추었다. 그는 나지막이 웃으며 겉봉의 주소를 반복해서 읽었다. 순간 그는 자신의 병과 번뇌를 잊어버렸다.

봉투를 뜯자 한 무더기의 편지지가 떨어졌다.

'긴 편지를 보냈군! 보냈어!' 그는 미소를 지으며 몇 번 되뇌었다. 편지지를 폈다가, '원쉬안'이라는 글자만 보고 즉시 편지지를 접고 방 안을 몇 바퀴 돌았다. 그는 등의자에 앉아서 기쁘게 편지지를 펼치고 그녀의 편지를 읽기 시작했다.

26

그 편지는 처음부터 끝까지 수성이 쓴 것이었다. 글씨는 상당히 공들여 써서 필체가 이전 같지는 않았다. 그녀는 '바쁜' 일이나, 은행에 관한 이야기는 쓰지 않았고, 자신의 속내를 털어놓았다. 그의 손은 한 글자 한 글자 읽어 내려갈 때마다 떨리기 시작했다. 그는 꾹 참으면서 편지를 읽었다. 단어들이 마치 쇠몽둥이처럼 그의 가슴을 내리쳤다. 그는 참지 못하고 '왜 이런 말을 했을까?' 하고 생각했다.

그녀는 솔직한 자신의 심정을 이야기하고 있었다.

나는 이런 내 성격이 스스로를 망치고, 내게 잘 대해주는 사람들에게도 고통을 안겨줄 수 있다는 것을 알고 있어요. 또한 이삼 년 동안 당신께 적지 않은 번뇌를 안겨드렸고, 집에서 좋은 아내가 되지 못했음을 인정해요. 그래요. 나는 당신에게 미안한 게 많고, 때로는 스스로도 양심의 가책을 느꼈어요(물론 당신 몰래 무슨 부끄러운 일을 한 적은 한 번도 없

차가운 밤 257

어요). 그러나…… 어떻게 말해야 좋을지 모르겠네요…….
최근 일이 년 동안 나는 우리가 함께 있으면 행복하지 못하
고 우리들 사이에는 서로 연결되어 있는 것이 없으며, 당신
은 나를 이해하지 못한다고 늘 느껴왔어요. 내가 성질을 부
려도 당신은 항상 양보했고, 나쁜 말을 한 적도 없고, 언제
나 내게 애원하는 눈빛이었지요. 나는 당신의 그런 시선을
볼 때마다 두려웠어요. 나는 당신의 그런 눈빛이 지겨웠어
요. 당신은 왜 그처럼 나약했는지! 그때마다 난 당신과 다
투고 싶었고, 당신이 나를 욕해주길 바랐어요. 나도 고통스
러웠다고요. 그러나 당신은 그저 미안하다고 사과하고 한숨
쉬고 울기만 했지요. 그러고 나면 나는 늘 후회했고, 늘 당
신께 미안하다고 생각했어요. 나는 늘 스스로에게 다음부터
는 당신에게 잘해야지 하고 다짐했어요. 하지만 나는 당신
을 동정한 것이지 사랑한 게 아니었어요. 당신도 예전에는
그렇게 나약한 사람이 아니었는데!

갑작스러운 문소리가 그를 방해했다. 누군가 밖에서 그를
불렀다. 그는 놀라서 편지를 접에 품속에 넣었다. 쫑라오는 벌
써 집 안으로 들어서고 있었다.

"왕, 집에 있었군. 요새는 좀 어떤가? 외출은 하는가?"

"앉으세요. 요즘은 꽤 바쁜가보군요."

그는 억지로 웃음을 지었으나, 마음은 여전히 편지에 가 있
었다. 눈앞에는 수성의 얼굴이 떠올랐다.

"괜찮네. 차는 괜찮네. 방금 전에 마시고 왔거든."

"우리 집에는 그저 뜨거운 물밖에 없지만, 한 잔 드세요."

"좋지. 뜨거운 물이 위생적이니까. 어머님은 안 계신가? 어 떠신지?"

"잘 지내세요. 고맙습니다. 방금 나가셨는지 잠시 집을 비우 셨네요."

"좋은 소식을 전하러 왔네. 회사의 저우 주임이 승진해서 다 른 곳으로 갔네. 팡 주임이 새로 왔는데, 나에게 잘해주네. 어 제 내가 그에게 왕의 일을 이야기했더니, 동정하는 눈치더구 먼. 자네만 좋다면 그대로 들어와서 일하라고 하더군. 아무런 문제가 없다네."

"다행이네요."

그는 그저 담담히 웃을 뿐 기쁜 표정을 짓지 않았다. 마치 상대방의 말을 듣지 않는 것처럼 시선은 다른 곳에 가 있었다.

"그러면 언제 다시 출근할 텐가?"

쫑라오는 그의 반응에 이상함을 느꼈다. 그가 매우 기뻐하 리라 생각했으나 그는 조금도 기뻐하는 기색이 아니었다.

"이삼 일 있다가요. 아, 염려해줘서 정말 고맙습니다."

"몸은 어떤가? 아직도 불편한가?"

"괜찮습니다. 상태가 많이 좋아졌어요."

"그러면 빨리 나와서 일하게나. 오래되면 또 변화가 일어날 지도 모르니. 이번 기회는 정말 얻기 어려운 거야."

"물론이죠. 이틀 뒤에는 꼭 나가겠습니다."

쫑라오는 그를 이상하다는 듯이 한번 쳐다보고는 그에게 무 슨 일이 있다고 생각했으나 물어보지는 않았다. 말을 해도 그 가 별 흥미를 보이지 않아서, 쫑라오는 좀 앉아 있다가 곧 작별 인사를 했다. 그도 더 붙잡지는 않았다. 쫑라오가 계단 입구에서 그에게 돌아가라고 인사를 했으나 그는 대문까지 따라왔다.

"왕, 빨리 나오게나."

"꼭 가겠습니다."

그는 공손히 대답하고는 급히 계단을 올라갔다. 계단에서 한 할머니와 부딪쳐 할머니가 들고 있던 뜨거운 물이 발등에 튀었다. 그는 뜨거워서 비명을 질렀다. 할머니는 그를 향해 욕을 했으나, 그는 곧장 사과를 하고 집으로 올라갔다. 그의 정신은 여전히 편지에 묶여 있었다. 다른 일은 관심을 끌지 못했다. 그는 방으로 돌아왔다. 어머니는 여전히 돌아오지 않았다. 어머니가 안 계시는 동안이 그에게는 안심하고 편지를 읽을 수 있는 기회였다. 등의자에 앉아 그는 다시 편지를 꺼냈다. 아직 읽지도 않았는데, 가슴이 뛰고 두 손이 마구 떨려왔다. 그는 읽다가 만 부분부터 계속 읽기 시작했다.

내가 말하는 것은 모두 진심이에요. 나를 믿어요. 이처럼 세월을 보내는 것은 무의미한 일이고, 이후에도 우리는 행복할 수 없어요. 이 모든 것이 당신 잘못이라거나 아니면 내게는 아무런 잘못이 없다고는 말할 수 없겠지요. 우리는 서로에게 고통을 주고, 당신 어머니께도 고통스럽고, 어머니가 우리에게도 고통을 주지요. 나는 이게 어찌된 연유인지 모르겠어요. 게다가 우리에게는 고통을 경감하거나 회피할 방법이 없어요. 그렇지만 나는 이것이 운명이라고 믿지는 않아요. 적어도 이 잘못은 환경에서 기인한 것이니까요. 나는 당신이나 당신 어머니 같지 않아요. 어머니는 나이가 많으시고, 당신은 몸이 허약하고 병이 많아요. 나는 아직 젊고 생명력도 왕성합니다. 나는 당신들처럼 목판같이 단조로운 나날을 보낼 수 없어요. 그런 단조로운 다툼을 할 수도 없고, 적막 속에서 내 생명을 소진할 수도 없어요. 나는 활동적이고 시끌벅적하고 열정적인 생활을 사랑합니다. 그런 낡은 무덤 같은 집에서 말라죽을 수는 없어요. 당신에게 거짓말을 하는 게 아니에요. 나도 좋은 아내, 어진 어머니가 되고 싶었어요. 아직도 당신이 날 사랑하고 있다는 걸 알아요. 나도 당신에게 나쁜 마음은 전혀 없어요. 나는 당신을 위해 즐겁게 지내왔어요. 그러나 더 이상은 할 수가 없어요. 나도 적지 않은 노력을 하고 많은 유혹을 이겨냈어요. 평생토록 당신 곁에서 당신을 도와가며 이런 빈곤한 생활이라도 이어지기를 바랐어요. 그러나 모든 노력은 수포로 돌아갔어요. 당신도 나의 이런 고충을 이해하지 못하고요. 게다가 당신이 내게 잘해주면 줄수록 당신 어머니는 나를 더욱 미워했지요. 나에 대한 어머니의 증오는 뼈에 사무치신 것처럼 보여요. 사실 전 어머니가 가여워요. 어머니가 보낸 세월은 내가 보낸 것보다 몇 배는 더 힘들고 괴로웠을 테니까요. 어머니의 말씀이 맞아요. 우리는 정식으로 결혼한 것이 아니니, 난 당신의 정부일 뿐이에요. 그래서 지금 나는 정식으로 당신에게 말하는 거예요. 이후로는 당신의 '정부'가 되지 않겠어요. 나는 당신과 헤어지고 싶어요. 나도 다른 사람과 결혼할 수가 있겠죠. 하지만 당신을 떠나서 다른 사람과 결혼하는 게 무슨 의미가 있겠어요. 어쨌든 나는 집으로 돌아가지 않아요. 그리고 '정부' 생활도 청산하겠어요. 당신은 내가 당신 어머니께 편지를 쓰면 좋을 거라고 하셨죠? 그게 얼마나 내게 상처가 됐는지 당신은 모르실 거예요. 내가 쓴다고 해도, 써서 보낸다 해도, 어머니는 나에 대한 증오를 거두지 않았을 거예요. 내가 '정부'라는 딱지를 이마에 붙이고 어머니에게 욕이나 먹는 노예 같은 며느리 생활을 하면서 당신에게 달콤한 가정을 만들어줄 수 있을 것 같아요? 그건 꿈일 뿐이에요.

그는 고통스러워서 소리를 질렀다. 귀에서 징소리가 울리는 것 같았다. 머리가 너무 어지러워서 한참 지나서야 숨을 쉴 수 있었다. 편지지는 이미 바닥에 떨어져 있었다. 그는 급히 주워서 계속 읽어갔다. 이마와 몸에서 땀이 돋기 시작했다.

원쉬안, 나를 용서하세요. 나는 당신과 다투려는 게 아니에요. 그리고 농담하는 것도 아니고요. 나는 진실을 말하는 것뿐이에요. 그리고 오랫동안 생각해온 일이었고요. 우리가 함께 사는 것은 서로를 망치고 서로에게 손해일 뿐이에요. 그리고 당신 어머니가 우리 사이에 있는 한, 평화와 행복은 우리 것이 될 수 없어요. 우리는 결국 헤어질 운명이었던 거예요. 헤어진 후에 우리가 서로를 잘 아는 친구가 될지, 아니면 남이 되고 말지 나도 모르겠어요. 당신 몸도 좋지 않은데 지금 내가 떠나면 당신이 더 힘들어 할 거라는 건 알아요. 하지만 내 나이도 올해로 서른다섯이에요. 더 이상 허비할 시간이 없어요. 여자들에게 시간은 더 짧기만 하죠. 나는 단순히 내 이익을 위해서만 이러는 게 아니에요. 그저 난 살고 싶을 뿐이에요. 통쾌하고 즐겁게 살고 싶을 뿐이라고요.

나는 자유를 원해요. 지금까지 난 한 번도 즐겁게 살아본 적이 없어요. 왜 나는 그렇게 살면 안 되는 거지요? 누구에게나 삶은 한 번뿐이에요. 일단 기회를 놓치면 모든 게 끝나버려요. 그래서 나는 내 앞날을 위해서 당신을 떠나야만 하겠어요. 나는 자유가 필요해요. 당신이 날 용서하고 동정하리란 건 알고 있어요. 나는 당신에게 '이혼'을 요구하는 게 아니에요. 당신 어머니 말에 의하면 우리는 애초에 '결혼'한 것도 아니니까요. 그러니 우리가 헤어진다 해도 어떤 수속이 필요하진 않아요. 당신에게 위자료를 청구하지도 않겠어요. 샤오쉬안의 양육권을 원하지도 않아요. 아무것도 필요 없어요. 그저 당신이 빨리 건강해졌으면 하는 것뿐이에요. 오늘부터 저는 당신의 아내도, 왕 부인도 아니에요. 당신은 당신을 잘 이해하고, 더욱 사랑하고, 당신의 어머니도 잘 모시는 성격 좋은 여자를 아내로 맞이할 수 있을 거예요. 나는 당신에게 잘해준 게 아무것도 없어요. 나는 당신에게나 샤오쉬안에게나 좋은 아내, 좋은 엄마가 되지 못했어요. 나는 좋은 여자가 아니에요. 최근 몇 년 동안 더 변했어요. 하지만 그건 나도 어쩔 수 없는 일이었어요. 내가 떠나면 당신도 힘들 거예요. 하지만 시간이 지나면 나 같은 건 금방 잊힐 거예요. 나보다 좋은 여자는 많으니까요. 그런 여자라면 당신 어머니도 만족하실 거예요. 제일 좋은 건 어머니가 직접 고르시는 거겠죠. 그리고 정식 혼례도 올리고요.

그는 신음 소리를 내며 머리카락을 쥐어뜯었다. 온 가슴에 통증이 밀려왔다. '왜 이처럼 날 괴롭힐까? 한 자 한 자가 모두 예리한 바늘이 되어 날 찌른다는 걸 모르는 것도 아닐 텐데. 바늘마다 나의 피가 나오는 게 보고 싶은 걸까? 내가 그녀에게 무슨 큰 잘못이라도 한 걸까? 나에 대한 증오가 이렇듯 깊었단 말인가! 그저 자유를 원하는 거라면 이처럼 조금의 저항도 할 수 없는 사람에게 이토록 잔인하게 할 필요가 있는 걸까? 왜 모든 재난이 한꺼번에 나에게 떨어지는 거지? 왜 나 혼자만 이 토록 큰 벌을 받아야 하는 것일까? 도대체 내가 무엇을 그렇게 잘못한 거지?

아무런 답이 없었다. 그는 공정한 재판관을 찾지 못했다. 아무도 그의 고통을 덜어주지 못했다. 그는 멍하니 천장을 바라보았다. 무엇을 보고 있는지 자신도 알지 못했다. 잠시 후, 그는 다시 편지를 읽어나갔다.

(처음 두 줄 가운데 4분의 1은 지워져 있었다. 그는 지워진 글자가 무엇이었는지 전혀 볼 수가 없었다.) 저도 왜 이처럼 많은 말을 하고 있는지는 모르겠어요. 내 말을 다시 정리해 보면, 다시는 당신 어머니와 마주하고 싶지 않으며, 자유를 원한다는 거예요. 쉬안, 날 용서하세요. 생각해보세요. 난 많이 변했어요. 이런 시대와 생활 속에서 여자가 남을 해치지도 않고 나쁜 짓을 하지도 않고 어떻게 살아갈 수 있겠어요. 내게 당신의 꿈을 말하지 마세요. 나는 이미 당신의 꿈을 논할 자격도 없어요. 쉬안, 힘들어 하지 마세요. 나를 보내주세요. 그리고 나를 잊어주세요. 다시는 생각하지 마세요. 나는 당신과 어울리지 않아요. 그렇다고 나를 나쁜 여자라고만 보지 마세요. 내 잘못은 그저 자유와 행복을 원한다

는 것뿐이에요.

샤오쉬안에게는 편지를 보내지 못하겠어요. 대신 전해주세요. 게다가 샤오쉬안의 어머니 자격도 곧 상실할 테니까요. 그러나 오해는 하지 마세요. 나는 다른 사람과 결혼하기 위해 당신을 떠나는 것은 아니에요. 다른 사람이 구혼해오기도 했지만, 나는 어떤 답변도 하지 않았어요. 그리고 대답하고 싶지도 않아요. 내 처지를 이해해주세요. 여인에게는 연약해지는 시기가 있다는 것을. 사실 나는 나 자신도 해치고 있는 거예요. 나는 약점이 있지만, 나를 도와줄 친구는 단 한 명도 없어. 쉬안, 사랑하는 쉬안, 당신이 나를 얼마나 사랑하는지 잘 알아요. 그렇다면 나를 놓아주세요. 자유를 주세요. '아내'라는 허명을 벗을 수 있게, 그래서 이런 모순된 감정에서 벗어나게 해주세요. 당신 어머니의 증오가 날 핍박해서 몸이 망가지고 아픔이 지속되는 절망에서 벗어나게 해주세요.

날 용서하세요. 나를 나쁜 여자로 보지 마세요. 당신 어머니께도 잘 전해주세요. 나는 이제 '정부'인 며느리가 아니에요. 다시는 날 증오하시느라 시간 낭비할 필요가 없다고 꼭 전해주세요. 몸을 잘 지키세요. 안심하고 요양하시고요. 돈은 매월 보내겠어요. 샤오쉬안의 학업을 중단할 필요도 없고요. 내가 당신 친구로 지낼 수 있도록 허락해주세요. 계속 연락할 수 있도록 해주세요. 꼭 건강하세요.

가능하다면 빠른 시일 내에 당신의 답장을 받고 싶어요. 몇 자라도 괜찮아요.

수성

편지는 이렇게 끝났고, 그도 끝났다. 그는 눈을 감고 마치 죽은 듯 의자에 앉아 있었다. 갑자기 어머니가 그를 불렀다. 가슴이 뛰고 손이 풀려서 편지를 떨어뜨렸다.

"어머니, 옷을 널러 가서 왜 이렇게 오래 있다 오세요?"

"볼일이 좀 있었다. 왜 누워 있지 않고?"

어머니는 바닥에 떨어진 편지를 보았다.

"이게 무슨 편지냐?"

"어머니, 제가 주울 게요. 수성이 보낸 편지예요."

"이렇게 길게 쓰다니, 무슨 내용이냐?"

"별거 없어요."

그는 당황하여 편지를 품에 넣었다. 어머니는 아들이 감추려는 것을 보고 수성이 자기에 대해 험담을 했으리라 여겨 화가 치밀었다.

"틀림없이 내 욕을 했겠지. 괜찮다. 실컷 하라고 해라."

"어머니, 그런 말은 없어요. 다른 일을 이야기했어요. 그곳의 생활과 천 주임이 자기를……"

그는 그녀를 변호했지만, 목이 메어서 입을 다물었다. 어머니는 이것을 보고 다시는 편지에 대해 말을 꺼내지 않았다.

"좀 전에 쫑 선생과 마주쳤다. 일이 잘 되었다면서? 다시 회사로 돌아가 일할 수 있다고 하더라. 새로운 주임이 두 달 정도 쉬다 와서 일하라고 했단다. 아범이 먼저 가서 그렇게 하겠다고만 하면, 아무 문제없다고 하더라."

"내일 가보려고요."

"그렇게 급할 게 있나. 쫑 선생이 와서 회답을 줄 때까지 기다려도 늦지 않다."

"쫑 형이 되도록 빨리 나오라고 했어요. 만약 시간이 흐르면 상황이 어떻게 변할지도 모른다고 했어요."

그는 담담한 목소리로 말했는데, 수많은 벌레가 자신의 폐와 심장을 갉아먹는 것 같은 기분이 들었다.

"내일 가는 것은 너무 이른 듯싶구나. 모레 가서 상황을 살펴보려무나. 내일 바로 갈 필요는 없지. 내일은 몇 가지 음식을 더 만들어야겠다. 의사도 불러야지. 그동안 아범을 잘 돌봐주었는데, 돈도 제대로 주지 못했잖니."

"어머니, 또 무슨 물건을 잡히시려고요? 아니면 팔려고 하시나요? 무엇으로 살아가려고 그러세요?"

"걱정 말라니까. 내가 너보다 먼저 죽는다. 그리고 샤오쉬안이 있잖니. 개도 어른이 다 되었다. 또 수성이 있고, 개는 네 아내잖니, 내 며느리이고."

"어머니, 어떻게 그들을 의지해요! 샤오쉬안은 어리고, 수성은……"

그는 황급히 입을 막았다. 그러나 감정이 표출되는 것은 막을 수가 없었다. 눈물이 흘러내려서 그는 아무 말도 없이 일어나 밖으로 나갔다.

어머니가 그를 불렀으나 그는 대답하지 않고, 급히 아래로 내려갔다. 대문에 이르러서 잠시 망설였다. 잿빛 거리를 대하자 어디로 가야 할지 알 수가 없었다. 그는 대문 앞에 서서 이리저리 둘러보았다. 눈앞에는 자기와 아무런 상관도 없는 사람들뿐이었다. 넓고 넓은 세상 속에 병약한 자신이 편히 쉴 만한 장소는 어디에도 없었다. 그는 적막했고, 이 깊은 적막을 어떻게 표현해야 할지 몰랐다. 눈에는 아직도 눈물 자국이 있었고,

마음은 텅 비었다.

옆의 옷감가게에는 여러 가지 옷감들이 진열되어 있었다. 장사가 잘되는 듯했다. 세 명의 젊은 부인들이 유행하는 옷을 입은 채 옷감을 고르고 있었다. 그 옆에는 신장개업한 음식점의 광고판이 서 있었다. 한 젊은 여인이 웃고 있는 광고판이었다. '그들은 나보다 행복하군.' 그러나 그들이 누구를 지칭하는지는 자신도 알지 못했다. 또다시 가슴이 아파서 그는 손으로 문질렀다.

"아범아!"

어머니가 뒤에서 불렀다. 그는 망연히 뒤를 돌아보았다. 어머니가 막 달려왔다.

"어딜 가는 게냐?"

"산책 좀 할까 해서요."

"안색도 안 좋은데, 다음에 가거라. 아무 일도 없지 않니. 들어가자."

"아니에요. 어머니, 놓아주세요. 마음이 괴로워서 그래요."

"그러면 빨리 돌아오너라. 멀리 가지 말고."

그는 어머니를 뒤로 하고 걸었다. 어머니는 대문에 서서 그가 서서히 사라지는 것을 바라보고 있었다. 그는 아무런 목적지도 없이 걸었다. 빠르지도 늦지도 않게 걸으면서 그는 모호한 갈증에 시달렸다. 자신에게 모든 것을 잊게 해주는 곳을 찾고 싶었고, 자신을 파괴해버리고 싶은 충동도 있었다. 고통이 너무 무거워 견딜 수가 없었다. 그는 산산조각 난 가슴과 끊이지 않는 분노를 견딜 수 없었다. 그는 지나가는 사람과 부딪쳤고, 인력거에 다리를 받았다. 돌에 걸려 몇 번 넘어질 뻔했다.

아무것도 보이지 않고, 그저 뿌옇게 보일 뿐이었다. 그의 세계에는 그저 회색뿐이었다.

그의 발이 작은 가게 앞에 멈추었다. 그 이유를 자신도 몰랐으나 안으로 들어갔다. 그도 익숙한 술집이었다.

"술 드릴까요?"

"빨리! 빨리!"

앉자마자 술이 나왔다. 그는 한 모금 마셨다. 열기가 목구멍을 타고 들어가자 기침이 났다. 술잔을 놓고 품에서 수성의 편지를 꺼내어 탁자에 놓고, 다시 술을 마셨다. 편지를 들고 아무렇게나 펼쳐서 낮은 소리로 읽었다. 마음이 다시 아파왔다. 눈물이 줄줄 흘러내렸다. 그는 결심을 하고 술을 벌컥벌컥 들이켰다. 배 속에 뜨거운 기운이 퍼져갔다. 목과 배가 모두 불편했다. 머리에 열이 나서 생각이 멈추었고, 기억도 희미해졌다. 그저 편지의 몇 구절만이 채찍처럼 그의 무디어진 감정을 계속 때렸다. 대낮이라 술집은 조용했다. 그를 제외하고는 단 두 사람만이 술잔을 기울이고 있었다. 그 외에는 모두 비어 있었다. 그에게 신경 쓰는 사람은 아무도 없었고, 술잔이 빈 것을 보고 주인이 와서 물었다.

"한 잔 더 드릴까요?"

"아니요, 됐어요."

이상하다는 듯이 주인이 그를 바라보았다. 그는 신경 쓰지 않고 그녀의 편지를 다시 읽었다. 몇 번째인지 자기도 몰랐다. 이번엔 눈물을 흘리지 않고 길게 탄식을 했다.

"술을 가져올까요?"

그가 가만히 있는 것을 보고 주인이 물었다.

"좋소. 가져오시오."

술이 오자 그는 다시 마셨다. 온몸이 뜨거워지고 머리가 어지러웠다. 고개를 숙이고 편지를 바라보았으나, 마음은 어디로 가고 있는지 알 수 없었다. 그는 앞에 누군가가 와서 앉는 기척을 느꼈으나, 고개를 숙인 채 술을 마셨다. 고개를 들어보니 아무도 없었다. '탕바이칭을 떠올렸군!' 중얼거리며 그는 눈을 문질렀다. 다시 고개를 숙였는데 탕바이칭의 웃음소리가 들려왔다. '어찌 이런 지경에 처했을까?' 그는 경계경보를 들은 사람처럼 급히 일어나서 돈을 치르고 나갔다. 길에서도 탕바이칭의 그림자가 그를 계속 쫓아왔다.

집에 돌아오자 마음이 조금 가라앉았다. 곧장 그녀에게 편지를 썼다. 어머니가 그에게 무어라 말을 했으나, 그는 아무렇게나 대답했다.

편지는 받았소. 몇 차례 읽었지만, 당신에게 미안하다는 말 이외에는 할 말이 없구려. 당신의 청춘을 망친 것이 나의 큰 잘못이오. 이제 방법이 생각났소. 늦었지만 이제라도 당신에게 자유를 돌려주려 하오. 당신 말이 모두 옳소. 모두 당신 뜻대로 하시오. 그저 날 용서하구려.

회사에서 벌써 나의 복직을 허락했소. 내일부터 출근할 거요. 이후로는 집에 돈을 부치지 마시오. 우리 가족은 나의 월급으로 살아갈 수 있소. 걱정 마시오. 홧김에 하는 소리가 아니오. 왜냐하면 나는 죽을 때까지 당신을 사랑하기 때문이오.

행운을 비오.

원쉬안

그는 단숨에 편지를 썼다. 편지를 다 쓰고 나자 온 힘이 다 빠져버렸다. 집이 무너져 내린 듯, 그는 중압감을 느꼈다. 모든 것이 무너져내리는 것 같았다. 절망한 그는 책상에 엎드려 울기 시작했다.

"애야, 무슨 일이냐?"

그는 고개를 들고 눈물이 가득한 얼굴로 어머니를 바라보았다. 그는 어린아이처럼 울면서 "그녀의 편지를 보세요"라고 하면서 수성의 편지를 어머니께 건넸다.

어머니는 단숨에 편지를 읽었다.

"내가 말하지 않더냐. 갠 아범과 백년해로할 계집이 아니야. 어떠냐! 내가 일찍부터 그년의 마음을 믿지 말라고 하지 않더냐!"

그녀는 화가 났으나 한편으로는 통쾌했다. 그녀는 이것이 좋은 소식이라 생각했다. 그녀는 아들의 심정은 전혀 헤아리지 못했다.

27

수성의 편지는 그의 생활에 돌을 던져 파문을 일으킨 것이나 다름없었다. 후에는 조용해졌으나, 돌멩이는 여전히 밑에 남아 있었고 없애버릴 방법이 없었다. 그녀는 뒤에도 계속 편지를 보냈으나, 한 달에 세 번 꼴이었고 내용도 짧고 자신에 대한 이야기는 하나도 없이 그저 그와 샤오쉬안의 건강과 근황을 묻는 것이었다. 그녀는 여전히 달마다 돈을 보냈다. 그의 어머니는 돈을 돌려보내자고 했으나 그는 그대로 두었다. 그는 돈을 받아서 쓰지도 않고 돌려보내지도 않고 모두 은행에 예금을 했다. 답장을 쓸 때 그는 그녀에게 돈을 보내지 말라고 했으나, 그녀는 그의 편지를 받지 못한 듯 계속 돈을 보내왔다. 그가 그녀에게 근황을 물어도 아무런 소식도 없이 그저 '바쁘다'와 '좋다'라는 단어뿐이었다. 그는 묵묵히 모든 것을 참으며 그녀가 상심할 말은 한 마디도 써 보내지 않았다.

그는 일을 했고 수입이 있었다. 그녀의 편지를 받은 그 다음 다음 날, 그는 회사로 출근했다. 새로 온 팡 주임은 그다지 엄격하지 않은 중년으로 그에게도 상당히 겸손했다. 심지어는 위로의 말까지 건넸다. 동료들은 환영하는 표시는 없었지만, 그에게 모두들 인사를 건넸다. 그는 기뻐서 기이한 번역이나 관공서의 공적인 문장들에 대해서도 아무런 싫증을 내지 않았다.

집은 여전히 조용했다. 샤오쉬안이 돌아오는 주말을 제외하고는 그와 어머니 둘이서 지냈다.

시간은 여전히 하루씩 단조롭게 지나갔다. 빠르지도 않고 늦지도 않게. 그는 오락이나 소일거리도 없었다. 편지를 쓰거나 담화를 나누는 것도 흥겹지 않았다. 봄은 그에게 아무런 희열도 가져다주지 못했다. 그러나 끝내 봄은 가버렸다.

여름이 되자 그는 더욱 초췌해졌다. 몸도 더욱 나빠졌고, 병도 더 심해졌다. 그 자신도 무슨 힘이 있어서 자신을 지탱해주는지 알지 못했다. 매일 오후에는 열이 올랐고, 밤에는 땀을 흘렸다. 길을 걸을 때도 기침이 계속 났으며, 가래를 뱉으면 피가 나왔다. 왼쪽 가슴의 통증은 매우 심했고, 오른쪽도 자주 아팠다. 그는 처음에는 이를 악물고 참았으나, 나중에는 습관이 되었다. 하루를 보내는 것도 어려운 일이었다. 그의 생활은 암담했다. 그는 모든 것을 단념했다. 어떤 망상도 품지 않았다. 심지어는 독일이 항복했다는 것도 그에게는 아무런 위안과 즐거움이 되지 못했다. 일본이 1년 안에 망할 것이라는 소식을 듣고도 웃지 않았다. 광명이나 아름다운 희망은 모두 그와는 먼 이야기였다. 그는 자신이 쇠약한 인력거꾼과 같다고 생각했다. 있는 힘껏 무거운 인력거를 끌고 한 걸음씩 앞으로 나아가지만, 언제 목적지에 도달할지 모르는 무거운 발걸음이었다.

"아범아, 요 며칠 동안 불편해 보이는데? 안색이 너무 안 좋구나."

"아직 괜찮아요. 아무렇지도 않아요."

그는 일부러 즐겁게 말했다. 그러나 그의 목은 그를 돕지 않고 기침을 토해냈다. 그는 손으로 막았다. 대낮처럼 피를 토할까 두려웠다. 그는 낮에 회사에서 교정지에 피를 토했다. 비록 그가 조심스럽게 닦아냈지만, 종이 위에는 약간의 붉은 점이 남았다.

"그래도 조심하거라. 또 기침을 하는구나. 기침이 전혀 낫지를 않는구나."

"아니에요. 좀 나아졌어요. 근데 떨어지지는 않네요. 좀 피곤하다 싶으면 또 나와요."

그는 이것이 거짓말이라는 건 알았지만, 이렇게 말함으로써 어머니뿐만 아니라 자기 자신도 속였다.

"사실 아범은 일하러 가면 안 되는데, 다른 방법을 생각해 보자."

그는 마음이 언짢아서 아무 말도 하지 않았다. 기침을 하면 할수록 심해져서 거두어들이기가 어려웠고, 얼굴이 붉어지고 눈물까지 나왔다. 어머니는 당황하여 뜨거운 물을 가져오거나 등을 문질러주는 등 법석이었다. 마침내 가라앉았다. 그는 건네받은 수건으로 땀을 닦았다.

"됐습니다."

"누워라."

"괜찮아요. 좀 앉아 있겠어요."

"내일 회사에 가서 두 달 정도 휴가를 신청하마. 휴식을 취해야 한다. 생활을 걱정할 필요는 없다. 방법이 없으면 내가 남의 집살이라도 하지."

"어머니, 어머니 나이로요? 어찌 그럴 수가 있어요. 그런 방법이 무슨 소용이 있어요. 고통이 한두 달 안에 끝날 것도 아니고. 우리는 그저……."

"그러면 아범은 살 수 없다."

"이런 나날은 살아도 사는 것 같지 않아요."

그는 가슴의 통증을 느꼈다. 병균이 가슴을 파먹는 것 같아서 참을 수가 없었다. 그가 원하던 원하지 않던 곧 죽을 것이다. 어머니는 멍하니 그를 바라보았다. 그는 그날 동료들이 회사에서 폐병에 대해 이야기하던 것이 생각났다. 밥을 먹을 때, 판이 농담처럼 자신의 친척이 폐병으로 죽은 상황을 이야기했다.

"폐병으로 죽는 사람은 죽을 때 가장 비참하다니까요. 고통스럽고. 만약 내가 그 병에 걸린다면 나는 자살할 거예요."

판은 그를 보며 들으라는 듯 일부러 큰 소리로 떠들었다.

"듣자하니 특효약이 있다던데, 수입품이라고 하더군. 놀랄 만큼 비싸다던데."

"하지만 효과가 없대요. 그리고 그 병은 약만 가지고는 안 된대요."

쫑라오의 말에 판이 대답했다.

'최후, 비참, 고통.' 이런 생각이 뇌리에서 떠나지 않았다. 절망과 공포가 멀리서 다가왔다. 여름인데도 온몸이 떨려왔다.

"왜 모든 사람이 살 수 있는 특효약은 없을까? 내가 그런 비참한 모습으로 고통스럽게 죽어야 하나."

그는 스스로에게 물어보았다.

"아범아, 일찍 자거라. 다른 일은 생각하지 말고 휴가에 대한 일은 내일 아침에 이야기하자."

어머니는 그의 정신이 불안하고, 안색이 극히 안 좋으며, 눈에 불안한 빛이 감도는 걸 알고는 걱정이 앞섰다.

그는 무서운 꿈 속에서 깨어난 것처럼 일어났다. 사방을 둘러보았다. 방 안에 비친 햇살이 점차 사라지려고 했다. 아래에서는 사람들이 떠드는 소리, 징소리, 욕설과 다투는 소리가 하나로 어우러져서 들려왔다. 그는 목이 말라서 차를 마셨다.

"자야지. 어머니, 가서 주무세요. 힘드신 것 같은데."

"나는 버릇이 되었다. 나야 곧 무덤으로 갈 몸인데, 적막은 두렵지 않다."

어머니는 방으로 들어가 문을 닫았다. 그는 침대에 누웠다. 가슴뿐만 아니라, 온몸이 아파왔다. 그러나 머리는 매우 맑았다. 잠을 이룰 수 없었고, 꿈속에서도 징소리와 연극을 공연하는 소리가 그치지 않았다. 그는 공연 소리가 듣기 싫었으나, 그의 귀에 밀려와서 생각을 방해했다. 침대에서 뒤척이면 뒤척일수록 잠은 멀리 달아나고 온몸에 땀만 흘렀다. 그는 이불을 걷어차지도 못했다. 찬바람을 쐬면 건강을 해칠까 두려웠다. 비록 자신의 몸속에 병균이 파고들어 벌써 죽음의 그림자가 자신을 쫓아왔다고 생각은 했지만.

어머니 방에는 아직 불이 꺼지지 않았다. 어머니 방에서도 간간히 기침 소리가 들렸다. '무엇을 하고 계시는 거지? 어머니는 계속 쉬지 않고 일만 하셔야 하나? 그렇게 해서 무엇이 달라졌을까? 어머니는 평생 오로지 나와 샤오쉬안을 위해서만 사셨는데, 나는 무슨 보답을 했나?' 이런 생각을 하다가 그는 머리카락을 쥐어뜯었다.

수성의 아름다운 얼굴이 떠올랐다. 그녀는 며칠 전에 편지를 보내왔다. 친숙한 친구처럼 그의 건강과 근황을 물었다. 그리고 돈을 부쳤다. 그는 그것을 은행에 넣었다. 그는 답신을 썼으나, 그녀가 부쳐오는 돈을 어떻게 하고 있는지는 알려주지 않았다. '그녀는 도대체 무슨 생각일까? 이미 부부도 아닌데. 왜 아직까지 나를 잊지 못하는 거지? 왜 아직도 달마다 돈과 편지를 보낼까?' 모든 것이 명확하지 않았다.

그는 환자면서 오히려 건강한 사람과 같은 갈망을 지니고 있었다. 갈망이 그를 괴롭혀도, 그 갈망이 무엇인지 정확히 알지 못했고, 그러면서도 그는 계속 갈구했다. 자신도 그것을 억제하거나 소멸시킬 수가 없었다.

"난 살아야 돼. 살아야지."

그는 참지 못하고 소리를 질렀다. 목이 다시 쉬기 시작하여 소리가 크지는 않았다. 아무도 그의 소리를 듣지 못했고, 그를 살펴보지 않았다. 창밖에서는 다양한 소리가 들려왔다. 특히 강가에 새로 문을 연 노점에서는 사람들이 오고가는 소란스러운 소리가 들려왔다. 야참을 사먹기 위해 노점에 들른 여인들의 맑은 목소리도 귀에 들려왔다. 단지 그만이 조용히 침대에 누워 있었다. 그가 죽더라도 아무도 돌보지 않을 것이 틀림없었다.

"살아야지."

그는 소리를 질렀으나 자기 외에는 아무도 듣지 못했다.

28

그는 점점 목소리가 작아졌고, 체력도 떨어졌다. 퇴근 후에 집
으로 돌아오면, 입구에서부터 기침을 시작하여 등의자에 앉아
서 한바탕 계속하고 나서야 말을 하거나 움직일 수 있었다.

"아범아, 며칠이라도 휴가를 내거라. 이러다가 병이 더 도질
라!"

어머니도 그의 병이 더욱 악화되는 것을 알고 있었으나 아
무런 방법이 없었다. 의사도 의원도 아무런 소용이 없었다. 그
들 모자는 어찌할 수 없이 그냥 있을 수밖에 없었다.

"걱정 마세요. 아직 견딜 만해요."

그는 거짓으로 담담하게 대답했으나, 가슴이 찔렸다. 회사
에서 교정을 보면서 기침을 하는 자신의 모습이 선명하게 떠올
랐다. 밥을 먹을 때 동료들이 혐오스런 눈빛으로 자기를 보던
일도 떠올랐다. 얼마나 견딜 수 있을지 그는 생각하기가 두려
웠고, 생각하기도 싫었다. 다른 사람이 이 일을 묻는 것도 원치
않았다.

어머니는 묵묵히 아들을 바라보았다. '왜 이렇게 고집을 피울까?' 어머니는 비참해졌다.

"어쨌든 몸을 소중히 하는 게 가장 중요하다."

어머니는 고개를 흔들며 어찌할 수 없다는 듯이 아들을 바라보았다. 갑자기 '내가 아들을 해치는 게 아닐까? 괴롭히고?' 하는 의문이 떠올랐다. 그녀는 울고 싶었으나 꾹 참고 생각을 바꾸었다. '아니야. 그년이 해코지를 하는 거야.' 그녀는 눈썹을 찌푸렸다. 창밖에서는 울음소리와 폭죽 소리가 들려왔다.

"누가 우는 건가요?"

"맞은편의 바느질집에서 사람이 죽었다. 어제까지 괜찮았는데, 하루 만에 죽었다는구나."

"그러면 통쾌하겠군요. 울 필요도 없는데."

"아범아, 밖에서도 항상 조심하거라. 찬바람을 쐬면 몸도 안좋은데 큰일 난다."

"알고 있어요."

그는 대답을 했으나 마음속으로는 '사람이 죽으면 영혼이라는 게 있을까? 생전에 알고 있던 사람을 알아볼까?' 하는 의문이 떠올랐다. 아무도 이 문제에 해답을 주지 않았다. 이것은 영원히 풀 수 없는 문제라는 걸 그도 알고 있었다. 이전에 누군가가 자신에게 이런 질문을 던진 적이 있었다. 그때 그는 그 사람을 비웃었는데, 이제는 자신이 같은 문제를 안고 있었다. 그는 어머니의 얼굴을 바라보았다. 자애로운 얼굴이었다.

"어머니."

"왜? 무슨 일이냐?"

"샤오쉬안이 모레면 돌아오는데, 그동안 샤오쉬안이 야위었을까요?"

"걔는 체질이 아범이랑 비슷하다. 샤오쉬안의 안색이 너무 안 좋더라. 보약을 좀 먹여야겠는데, 너무 비싸서. 그래도 먹이는 게 좋을 텐데."

샤오쉬안이 돌아오면 이 적막한 집 안에 조금이나마 온기가 돌았다. 그녀의 관심은 손자의 반 개월 동안의 생활, 공부, 음식 등 모든 분야에 쏠려 있었다. 샤오쉬안은 간단하게 대답했다. 입을 놀리기 싫어하는 아이였다. 그러나 할머니의 질문에는 대답을 해야 했기 때문에 자연히 말이 많아졌다.

"네 아버지가 이번 주에는 네 얘기뿐이었다. 너를 어찌나 보고 싶어 하던지. 돌아와서 널 보면 무척 좋아할 게다."

그녀가 손자에게 말을 건넸다.

"예."

"어디 불편한 건 없니?"

"없어요. 공부를 따라가기가 좀 힘든 거 말고는요."

"따라가지 못한다고 걱정할 것 없다. 천천히, 넌 아직 어리니까."

"그래도 선생님이 마구 혼내세요. 유급할까 두려워요. 괜히 그렇게 되면 아버지께 죄송해서……."

"아직 이렇게 어린데, 유급이든 아니든 무슨 상관이냐! 몸이 소중하지. 네 아버지처럼 저런 꼴이 되면 안 된다."

그의 아버지가 들어왔다. 얼굴은 잿빛에 기침을 계속했다. 탁자 앞에 와서 쓰러지듯이 등의자에 앉았다. 등의자가 삐걱댔다. 그는 아무 말 없이 눈을 감고 움직이지 않았다.

그녀가 손자에게 눈짓을 했다. 막 돌아온 아버지를 괴롭히지 말라는 표시였다. 그녀는 아들을 두려운 표정으로 바라보았다. 잠시 후 그가 눈을 떴다.

"어머니."

"무슨 일이냐?"

그가 손을 내밀어 어머니의 손을 잡았다.

"샤오쉬안은요?"

그는 아들을 찾았다. 샤오쉬안은 그의 오른쪽에 서 있다가 뒤로 조금 물러나 있었는데, 그는 아들을 보지 못했다.

"샤오쉬안아, 아버지가 부르시잖니!"

어머니는 아들이 위급한 지경에 이르렀다는 생각이 들어 목소리가 떨렸고 가슴이 마구 뛰었다. 그녀는 비참한 소리로 손자를 불렀고, 샤오쉬안은 즉시 아버지 앞으로 달려갔다. 그는 다른 한 손으로 아들을 붙잡고 자세히 바라보았다.

"잘 지내니?"

어머니는 눈물을 흘렸고, 샤오쉬안은 떨고 있었다. 그들은 곧 비통한 일이 일어날 거라고 생각했다. '끝났구나.' 어머니는 이렇게 생각하자 눈앞이 캄캄해졌다.

"애야."

"아버지."

그가 눈을 뜨고 억지로 웃음을 지었다.

"걱정 마라. 난 아직 괜찮다."

"괴로우냐?"

"아닙니다."

"그러면 자거라. 내가 의사를 불러 오마."

"갈 필요 없어요. 이건 병이 아니에요."

"아범아, 고집부리지 마라. 왜 병이 아니라고만 하는 게냐. 병은 겁날 게 없다. 좀 일찍 치료하면 된다."

"전 두려워하지 않아요."

그는 품 안을 뒤져 구겨진 편지를 꺼내 아무 말 없이 어머니께 건넸다. 어머니는 종이를 펴고 낮은 소리로 읽기 시작했다.

　원쉬안 선생

　우리는 모두 월급에 의지해 먹고 사는 직원들입니다. 평소에 영양이 부족하고 작업은 과도하여, 몸이 약하고 병이 잘 납니다. 선생의 신병에 동정을 표합니다. 그러나 선생의 질환은 이미 3기에 달했으니, 마땅히 쉬면서 요양을 해야 합니다. 생활이 급박하여 출근할 수밖에 없더라도 몸을 아껴야 합니다. 병균이 옮지 않도록 다른 사람과 밥을 먹어서도 안 되고, 한 컵을 써서도 안 됩니다. 다른 사람에게 피해를 주지 마십시오. 모든 직원들이 바라는 바이오니, 선생께서는 앞으로 집에 가서 식사를 하시기 바랍니다. 즉시 이행해주시기 바랍니다. 그렇지 않으면 우리는 비상수단을 쓸 수밖에 없습니다. 그런 일이 없도록 부탁드립니다. 뒷면에 여섯 명의 날인이 있습니다.

"그들이 아범 앞에서 이걸 전해주더냐?"

"심부름꾼을 시켜서 보냈어요. 판이 기초하고, 같은 탁자에서 쭝라오만 서명을 안 했어요. 맞는 말이지요. 그래도 그런 식으로 말을 하면 안 되는 법인데, 좋은 말도 있는데, 나는 혼자니까……."

"정말 이런 법이 어디 있단 말이냐? 편지조차 이런 식으로 보내다니! 그럴 수가 있단 말이냐! 모두들 한솥밥 먹은 것이 일이 년도 아니면서, 그들은 눈곱만큼의 감정도 없단 말이냐!"

어머니는 얼굴을 붉히며 편지지를 구겨버렸다.

"아버지, 그 사람들 말에 동요하지 마세요. 그렇게 하지도 마시고요. 그들이 어떻게 하는지 한번 두고 보세요!"

샤오쉬안 역시 편지의 내용을 듣고 분노했다.

"모두들 동료인데, 왜 아범만 회사에서 밥을 먹을 수 없단 말이냐? 폐병이 그리 쉽게 전염되는 병이라면 우리는 어떻게 한집에서 멀쩡히 살아 있단 말이냐! 그런 심보가 어디 있어! 무서운 사람들!"

"사실 몹쓸 병에 걸린 제 잘못이죠."

어머니와 샤오쉬안은 그를 이상하다는 표정으로 바라보았다.

"그들을 탓할 수는 없어요. 그들도 병을 앓을까 두려워하니까. 정말 그들도 이 병에 걸리면 어떻게 하나."

"아범은 정말 어쩔 수 없는 사람이로구나! 자기가 이런 지경에 처했으면서 다른 사람을 걱정한단 말이냐! 나 같으면 그 사람들 모두 전염되라고 하겠다. 고통스러우면 그 짐을 같이 나누어야지. 혼자서 다 짊어진단 말이냐!"

"그렇게 한다고 제게 좋은 일이 뭐란 말입니까?"

그는 몇 마디 하지 않았는데도 벌써 목이 쉬어버렸다.

"차를 좀 마셔야겠어요."

"샤오쉬안아, 아버지께 차 좀 내드려라."

샤오쉬안이 얼른 가서 뜨거운 차를 내왔다.

"뜨거운 물, 샤오쉬안아, 얼른 가서 이 컵을 뜨거운 물로 잘 닦아라."

"그럴 필요 없다. 나는 전염이 두렵지 않다. 집안 식구들까지 회사의 그 몹쓸 사람들처럼 아범을 핍박해야 하겠냐?"

"그렇지만 샤오쉬안은 아직 어리니까⋯⋯."

잠시 후, 그는 쓰러지듯 침대로 가서 누웠다.

다음 날, 그는 평소처럼 출근했다. 싸구려 외투에는 회백색의 얼룩이 있었다. 그는 다시 땀을 흘리고 기침을 하면서 계단을 올라가 자기 책상에 앉았다. 서랍을 열고 어제 다 보지 못한 교정지를 꺼냈다. 아직 일을 시작하지는 않았으나, 머리가 어지러웠다. 머리가 텅 비었고, 자신이 무엇을 하는지 알 수 없었다. 그는 이를 악물고 마음을 굳게 다진 다음 억지로 작업을 시작했다. 앞에 펼쳐진 원고는 찬양과 송덕으로 가득한 내용이었다. 그는 한 글자씩 대조했다. 작가는 근래 중국이 얼마나 진보했으며, 어떻게 개혁하고 반식민지 국가에서 세계 4대 강국이 되었는지, 사람들의 생활은 얼마나 개선되었는지, 사람들의 인권 또한 얼마나 신장되었는지, 국민정부는 어떻게 국민들의 고통을 해소했으며, 이에 국민들이 얼마나 감격하고 용맹스럽게 나라를 지키며 세금을 내고 식량을 증산하고 있는지에 대해 떠들고 있었다. '거짓말, 거짓투성이군.' 그는 속으로 욕을 하면서도 주의 깊게 교정을 봤다.

이러한 작업은 그의 체력으로는 감당하기 힘든 것이었다. 그러나 그는 이를 악물고 천천히 작업을 했다. 자신이 바닥으로 쓰러질 가능성은 언제나 있었지만, 왼손으로 턱을 받치고 작업을 진행했다. 자주 기침이 나왔다. 그러나 그는 자신의 기침 소리가 동료들의 우려를 자아낸다는 것에 신경 쓰지 않았다. 기침을 할 때면 가래가 나왔고, 가래에는 피가 섞여 있었다. 그는 휴지에 뱉어서 쓰레기통에 던져 넣었다. 한번은 잘못해서 교정지에 피가 묻었다. 그는 휴지로 닦아내고, 가볍게 문질러버렸다. 질이 나쁜 교정지가 찢어질까 두려워 세게 닦지도 못했다. 국민들의 생활이 어떻게 향상되었는지 찬양하는 내용 중간에 그의 핏자국이 남았다. '당신의 거짓말을 위해 내 피가 흐르고 있소.' 그는 화가 나서 교정지를 찢어버리고 싶었지만 감히 그렇게 하지는 못했다. 그는 담담하게 핏자국을 바라보았다. 탄식을 하면서도 그는 그 교정지를 다 보았다.

갑자기 아래층에서 사람들의 시끌벅적한 소리가 들렸다. 무언가 일이 일어난 게 틀림없었다. 누군가가 계단으로 올라왔고, 뒤이어 계단에서도 소란이 일어났다. 사람들이 큰 소리로 언쟁을 벌이고 있었다. 그는 자리에 움츠리고 앉아 교정지에 눈을 고정시켰으나, 귀는 사람들이 다투는 소리에 집중되어 있었다. 그는 조금도 움직이지 않았다. 갑자기 '쫑라오'라는 이름이 들리고 사람들이 모두 '쫑라오'를 외쳤다. 그는 놀라서 고개를 들었다. 주임이 심각한 표정으로 과장과 이야기를 나누고 있었다.

'쫑 형에게 무슨 일이 생긴 걸까?' 그는 생각 끝에 일어나려고 했지만, 용기가 나질 않았다. 그는 여전히 의자에 뿌리박힌 양 앉아서 움직이지 않았다.

주임과 과장이 계단을 내려갔다. 그의 시선은 그들의 움직임을 쫓아갔다. 오래지 않아 과장이 한 사람을 데리고 올라왔다. 아래층의 소란도 이내 사라졌다.

"갔어. 시끄러웠지. 다행히 자동차를 대절했네. 30리는 가야 할걸."

과장이 하는 말을 그는 들었다.

"누가 따라 갔나?"

"판이 갔지. 그 차로 돌아올 거야. 기다렸다가 심부름꾼을 보내보지."

점심시간이 되었으나, 그는 내려가지 않았다. 주임이 마지막으로 내려가면서 그를 보고 물었다.

"내려가 식사하게나."

"생각이 없습니다."

"불편한가?"

"아닙니다."

"자네 예방주사는 맞았나?"

"아니요."

"맞아야지. 쫑라오는 벌써 병원으로 보냈네. 틀림없이 콜레라일 거야."

"예, 감사합니다."

"며칠 동안 계속 목이 쉬었던데, 의사에게 가보았나?"

"예, 계속 약을 먹고 있습니다. 그런데 잘 낫질 않네요."

"주의하게. 자넨 몸도 좋지 않은데, 며칠 쉬어도 괜찮네."

"예."

주임이 아래로 내려갔다. 사무실에는 그 혼자 남았다. 그는 '주임이 나보고 사직하라는 말을 한 게 아닐까?' 하고 생각하자, 마음이 어지러웠다. 본래 약한 몸이 뜻밖의 타격을 받은 셈이어서, 그는 두 손으로 턱을 괴고 교정지를 바라보았다. '아닐 거야. 그는 나에게 잘해주고 있잖아.' 이렇게 생각하자 고통과 의심이 조금 사라졌다. 그는 마음이 조금 유쾌해졌다.

판은 줄곧 소식이 없었다. 일이 끝나기 한 시간 전쯤 판이 돌아왔다. 그는 먼저 아래층에서 이야기를 하고, 뒤이어 위층으로 올라와 주임의 방으로 들어갔다.

"갈 때는 길을 잘못 들어서요. 두 시간 정도는 허비했어요."

"쫑라오의 병은 어떤가? 위급한 것은 아닌가?"

"그 병원은 임시로 개설한 곳이더군요. 그저 의사 둘, 간호사 넷, 침대가 20개 정도 있을 뿐입니다. 벌써 환자가 30명이나 되고요. 어떤 사람은 길가에, 또 어떤 사람은 판자 위에 누워 있어요. 식수도 부족하고요, 대소변이 곳곳에 가득해서 악취가 코를 찌르고, 환자는 계속 밀려오고 있고요. 온 도시에 이렇게 짧은 시간에 병이 돌다니, 게다가 자동차가 입구까지 들어가질 못합니다. 그래서 판자 위에 눕혀서 운반하는 처지입니다. 쫑형이 병원에 들어가자, 의사가 보더니 틀림없는 콜레라라고 하더군요. 한 시간이나 기다려서야 주사를 맞을 수 있었습니다. 의사와 간호사는 너무 바쁜데다가, 피곤해서요. 보아하니 누군가를 보내서 간병을 시켜야겠어요."

판이 흥분해서 한바탕 떠들어댔다.

"의사는 뭐라고 하던가? 콜레라라는 것도 알았고 주사까지 맞았으니, 생명에는 지장이 없겠구먼."

"의사는 아무 말도 않더군요. 그저 고개를 끄덕이며 탄식만 하더라고요. 말하는 것이 보통 의사가 아닌 것 같았어요. 지금

온 도시 사람의 생명이 그 두 의사에게 달렸으니, 그들도 부담이 크겠지요."

"그래, 그렇군. 내일 하루 쉬기로 하고, 이곳을 잘 청소해야겠어. 소독약을 뿌리고 다시 전염되는 일이 없도록."

주임이 생각 끝에 말을 맺었다.

동료들은 계속 쫑라오의 일을 논의했다. 왕원쉬안만이 교정지에 고개를 묻고 묵묵히 제 일을 했다. 그러나 쫑라오의 선량하고 유쾌한 모습이 머릿속에서 떠나질 않았다. 그는 꿈을 꾸는 것처럼 몽롱해졌다. 그날은 쫑라오를 보지 못했다. 그가 출근부에 서명을 할 때, 쫑라오는 아직 오지 않았다. 아마 병이 나서 늦게 출근한 모양인데, 회사에서 다시 발병한 듯싶었다. '쫑 형의 병은 위중한 건가? 아닐 거야. 어제만 해도 그처럼 건강했는데, 내가 걸린 몹쓸 병과는 다를 거야. 그런데 판은 왜 그리 끔찍하게 이야기한 거지?' 그는 이런저런 생각에 빠졌다. 쫑라오는 회사에서 그의 유일한 친구였고, 쫑라오만이 그를 탄핵하는 서명을 하지 않았기 때문에 그는 쫑라오를 걱정하지 않을 수 없었다.

일을 마치고 집으로 돌아와 그는 이 불행한 소식을 어머니께 전했다. 어머니는 크게 걱정하며 그를 동정하는 말을 몇 마디 하더니, 다시는 쫑라오의 이름을 꺼내지 않았다. 그러나 그는 밤새도록 잠을 이루지 못했다. 모기와 파리가 그를 괴롭혔고, 쥐들이 방에서 경주 시합을 벌이고 있었다. 길거리에서는 다투는 소리, 울음소리, 웃음소리, 욕설이 밤이 깊도록 창문으로 들려왔다. 쫑라오의 웃는 얼굴과 그의 대머리, 딸기코가 계속 눈앞에 떠올랐다. 그는 줄곧 쫑라오 생각에 매달렸다. '죽을까? 지금의 의학이 그를 살릴 수 있을까?' 콜레라는 그에게 낯선 단어가 아니었다. 그는 열두 살 때 천연두의 위력을 경험한 적이 있었다.

밤새도록 그는 잠을 이루지 못하고 뒤척였다. 중압감이 가슴을 짓눌렀다. 끊임없이 신음이 새어나왔다. 그는 쫑라오가 죽는 꿈, 회사 동료가 죽는 꿈을 꾸었다. 그는 나지막이 울음을 터뜨렸으나, 어머니는 그 소리를 듣지 못했다.

다음 날 아침, 그는 머리가 어지럽고 사지에 힘이 빠지는 것을 느꼈다.

"애야, 눈이 왜 그렇게 빨간 게냐? 어제 잠을 자지 못했니?"

"못 잤어요. 몇 번이나 깼는지 몰라요."

"그러면 오늘 밖에 나가지 마라. 회사도 쉬는 날이니까 집에서 푹 쉬어라."

"쫑 형에게 가보려고요."

"병원에 가려고?"

"회사에 가면 소식을 들을 수 있을 겁니다."

"오늘은 쉰다면서 어떻게 소식을 듣겠니?"

그는 어머니를 쳐다보고는 아무 말도 하지 않았다. 그는 하루 종일 집에서 쉬었다. 그러나 머릿속에는 쫑라오의 일로 가득했다. 그는 쫑라오를 살려달라고 빌었고, 의학의 힘으로 그가 살 수 있기를 빌고 또 빌었다. 그럼에도 마음은 전혀 진정되지 않았다. 다음 날 새벽, 그는 서둘러 회사로 갔다. 모든 것은 예전과 같았고, 쫑라오의 자리만 비어 있었다. 그는 위층으로 가서 전날 다 보지 못한 교정지를 계속 보았다. 조금 있다가 우과장이 쪽지를 보내서, 그가 교정을 보고 있는 책의 광고 문안을 작성하라고 했다. 그는 한참을 생각해서 200자 정도의 글을 시험 삼아 써보려고 했다. 그러나 한 문장을 쓰고 나니 무엇을 써야 할지 알 수가 없었다. 문장들은 머릿속에서 뒤엉켰고, 그는 그것들의 가닥을 추릴 수가 없었다. 그는 붓을 들고 계속 벼루에서 먹물만 묻혔다. 오랫동안 한 자도 쓰지 못했다. 이마에선 땀이 흘렀고, 얼굴은 뜨겁게 달아올랐다. 어쩔 수가 없어서 그는 계속 교정만 보았다.

갑자기 우 과장의 기침 소리가 들렸다. 그는 깜짝 놀랐고, 우 과장이 자신에게 불만을 표시하고 있다는 것을 깨달았다. 그는 황급히 정신을 가다듬고 종이를 꺼내 앞에 놓았다. '괜찮아. 아무렇게나 몇 마디 쓰지.' 그는 이렇게 생각하고 모호하게 글을 써내려갔다. 한 번 읽어보고 '완전 거짓말이군' 하고 자신을 질타했다. 그러나 그는 광고문을 가지고 우 과장에게 공손히 제출했다.

"별론데. 공손한 말이 너무 적어. 이러한 명저는 정중하게 소개해야 한단 말이지. 그렇지 않으면 저자가 기뻐하지 않는다고!"

이 거짓투성이 책의 저자는 중앙위원회 후보로, 정계에서 몹시 바쁜 사람이었다. 서점에 내는 광고도 신경 쓸 수밖에 없었다. 그러나 그는 우 과장의 말을 그다지 귀담아 듣지 않고 이렇게 대답했다.

"그 양반은 신경 쓰지 않을 걸요."

"자네가 어떻게 아나? 그들은 자리를 보전하느라, 무엇이든 신경을 쓴다네. 그는 문화계 출신이라 문화에 대단히 관심을 쏟고 있어. 저작에 쏟는 흥미가 정치에 대한 것보다 높다고. 게

다가 그분은 우리 회사의 상무이사야."

"예, 예."

"다시 써오게."

그는 광고문을 받아서 돌아왔다. 우 과장이 다시 명령을 했다.

"그리고 지금 교정 보는 책은 특히 조심해야 해. 한 자라도 틀려선 안 되네. 그 양반은 평소에도 오탈자에 매우 주의하는 분이야."

그는 건성으로 대답을 하고 자기 자리로 돌아와 앉았다. 그는 "좋아. 기막힌 찬사를 써보지" 하고 중얼거렸다. 그는 온 정신을 집중해서 최고의 찬사를 써내려갔다.

그는 판이 올라오는 소리를 들었다. 판이 급한 기색으로 올라오더니 주임 방으로 들어갔다.

"주임님, 방금 병원에서 연락이 왔는데, 쫑 형이 죽었답니다. 병원에서 계속 전화를 했는데 통화가 안 되더래요."

그는 눈앞이 캄캄해지고 귀가 멍해졌다. 그는 황급히 두 손으로 머리를 감쌌다.

29

회사에서 쫑라오만이 그의 유일한 친구였다. 쫑라오가 죽고 난
후, 그는 자기 회사와의 연결고리를 잃어버렸다. 지금은 회사
와 그와는 아무런 관계가 없다고 말할 수 있을 정도였다. 퇴근
할 때, 그는 자신의 책상을 깨끗이 정리했다. 건물을 나올 때,
그는 아직도 쫑라오가 그곳에 앉아 있다고 느꼈다. 그는 자신
이 무엇을 해야 할지 알지 못했다. 대문을 나와서 낯선 시선으
로 사무실을 바라보고는 자신도 곧 이곳과 이별할 날이 멀지
않았다고 생각했다.

그러나 그는 그다음 날도, 모레도, 글피도 계속 출근했다.

그날 오후에 몇몇 동료들은 쫑라오의 묘소에 가기로 약속
을 했다. 그도 참가했다. 그들은 장거리 버스를 타고 갔다가 돌
아왔다. 그들은 마치 궤짝처럼 버스에 실렸다. 그는 서 있을 곳
조차 찾지 못해 왼발은 공중에 떠 있었다. 차 안은 시끄러웠고,
공기도 탁해서 견디기 힘들었다. 차 속에서 그는 구토를 할 뻔
했다.

쫑라오는 검역소 부근의 산비탈에 묻혔다. 메마른 봉분에는 잡초 하나 없었고, 종이로 만든 초라한 화환이 하나 놓여 있을 뿐이었다. 붉은색, 흰색, 초록색으로 만든 볼품없는 것이었다. 위에는 '오래도록 편안히 잠드소서'라는 글귀가 적혀 있었다. 비석도 세우지 못해서, 초라한 화환만이 그 선량한 사람을 지켜주고 있었다.

"회사에서 이처럼 장례를 치르다니, 너무 간단하고 누추한데, 겨우 몇 푼 들였군."

"그것도 쉽지 않아. 저우 주임이었다면 이렇게도 해주지 않았을 거야."

"사실 좀 더 생각해보면, 죽었는데 다시 뭘 어쩌겠나? 아무런 의미가 없지. 생전에 잘해준 것만 못 하네."

"그렇지. 내 생각도 바로 그렇다네. 회사는 우리 같은 살아 있는 사람에게도 잘해주지 않는데, 하물며 죽은 사람에게야."

아무도 왕원쉬안과는 이야기를 나누지 않았다. 모두 그를 피하는 것 같았다. 혼자서 구석에 서 있었다. 두려운 마음으로 친구의 무덤을 바라보았다.

눈물이 흘러내렸다. 가슴과 목, 그리고 눈까지 아파왔다. 그는 눈을 자꾸 문질렀다. 화환에 쓰여 있는 이름이 '원쉬안'으로 보였다. 그는 정신을 차리고 다시 보았다. 그가 잘못 본 것이었다. 그는 같은 모양의 종이 화환을 생각했다. 백지 위에 쓰여 있는 것은 틀림없이 자신의 이름이었다. 그도 이런 무덤에 묻혀서 이처럼 황량한 죽음을 맞이할 거라는 생각이 들었다.

동료들은 모두 돌아갔다. 그들은 돌아가면서 그를 부르지도 않았다. 그는 혼자서 무덤 앞에 서서 좌우를 살펴보았다. 마치 친구의 무덤에 온 것이 아니라 자신의 새로운 거처를 살피러 온 사람 같았다.

하늘에는 검은 구름이 더욱 짙게 깔렸고, 주위의 풍경이 점차 어두워졌다. 그도 더 이상 머무를 수가 없어서 총총히 정류장으로 향했다. 뛰지는 않았으나 정류장에 이르자 온몸이 땀으로 흠뻑 젖었다. 그는 30분 정도 기다려 혼잡한 버스에 올랐다. 차는 한 시간 반이나 걸려서 그의 집 근처에 멈추었다. 원래는 40분 정도면 충분한 시간이었는데, 오늘은 비가 와서 버스가 중간 중간 많이 쉬었기 때문이었다.

그는 집에 돌아와 잠에 빠졌다. 이후로 그는 두 번 다시 회사에 나가지 않았다.

그는 하루 종일 침대에 누워 열과 땀과 끊임없는 기침에 시달렸다. 말을 할 때도 목이 꽉 잠겼다. 가슴과 목의 통증은 아주 심해졌다. 그러나 그는 신음 소리를 내지 않았다. 묵묵히 모든 것을 참았다. 그는 샤오쉬안이 집에 돌아오지 못하도록 했고, 어머니 앞에서는 더욱 말을 하지 않았다. 어머니가 그를 보고 눈물을 흘릴 때도 그는 쓴웃음을 짓기만 했다.

그는 아무런 생각도 하지 않았다. 그러나 어머니는 이 절망스런 전투를 포기하지 않았다. 어머니는 양의에게 부탁했으나, 양의는 고개를 흔들며 그의 병은 이미 약으로 치료할 단계를 넘어섰다고 말했다. 어머니는 다시 한의사를 찾아가 부탁했다. 그러나 그 역시 이제는 어떻게 치료해야 할지 방도를 알지 못했다.

그의 목은 완전히 잠겼다. 자기도 자신의 목소리를 들을 수는 없었다. 그는 소리가 나오지 않는 것을 알고 처음에는 한바탕 울음을 터뜨렸다. 눈물만이 흘러내리는 울음이었으나, 울고 나자 마음이 좀 가벼워졌다. 어머니는 그가 우는 것을 보고 왜 그러냐고 물었다. 그는 소리를 내지 못하고 그저 입을 벌리고 손으로 목구멍을 가리켰을 뿐이다. 그녀는 그의 고통을 알아차렸다. 그녀는 묵묵히 있었다.

"아범아, 힘들지…… 아범같이 좋은 사람이…… 하늘도 무심하시지……."

'어머니, 전 괜찮아요. 어찌 하늘을 믿겠어요!' 그는 이렇게 말하고 싶었으나, 그저 비통함을 감추고 고개를 저으며 웃음을 지어보였다.

"두려워 마라, 아범은 죽지 않아."

'전 두렵지 않아요. 사람은 누구나 죽는 걸요. 그렇지만 어머니 혼자 남아서 고생하실 것을 생각하니, 정말 마음이 아파요. 샤오쉬안은 아직 너무 어리고…….'

그는 있는 힘을 다해 말했으나, 어머니는 그저 쉰 소리만 들었을 뿐, 그가 무어라 하는지 알지 못했고, 그의 고통스러운 표정이 두렵고 안쓰러울 뿐이었다.

"말하지 말고 쉬어라."

그는 한숨을 내쉬고 눈을 크게 뜨고 도움을 청하는 눈빛을 어머니께 보냈다. 방 안은 이상하게 뜨거웠고, 판자로 된 벽은 언제라도 타오를 듯했다. 그는 몸을 덮은 이불을 걷어차고, 헤어진 옷 틈으로 피골이 상접한 자신의 가슴을 내려다보았다.

어머니는 그를 위해 방울을 사왔다. 사람을 부를 때, 그는 방울로 말을 대신했다. 일을 시킬 때는 글로 썼다. 어머니 혼자뿐이었고, 다른 사람은 아무도 없었다. 의사와 집배원이 가끔

왔다 갔을 뿐, 왕래가 전혀 없었다. 그러나 집배원도 자주 오지는 않았다. 샤오쉬안은 편지를 잘 쓰지 않았고, 수성의 편지도 줄었기 때문이었다. 수성은 여전히 매달 돈을 보내왔다. 은행에 맡겨둔 돈도 계속해서 찾아 썼다. 게다가 어머니는 그에게 그가 가지고 있던 돈도 모두 달라고 했다. 어머니는 아들을 위해 수성에게 직접 편지를 쓰는 것만 빼놓고는 무엇이든 했다. 수성에게 보내는 편지는 모두 그가 썼다. 그는 어머니에게 대필을 시키지 않았다. 그는 모든 편지에 '나는 좋소. 건강이 점차 회복되고 있소. 날 걱정할 필요는 없소'라는 내용을 썼다. 샤오쉬안에게 보내는 편지는 때로는 그가, 때로는 어머니가 썼다. 그는 아들에게 집에 돌아오지 말고 열심히 공부할 것을 당부했다. 어머니는 손자에게 많은 말을 썼지만 그녀도 사실을 그대로 밝히지는 않았고, 또 한 올의 희망을 암암리에 품고 있었다.

그러나 그녀의 희망과는 다르게 상황은 점차 나빠만 갔다. 그는 자신의 내부가 나날이 썩어가는 것을 명백히 느꼈고, 폐와 목의 통증은 매일 심해졌다. 어머니도 그가 천천히 죽음을 향해 걸어가고 있다는 것을 깨달았다.

그러나 어머니는 아직도 쉽게 희망을 버리지 않았다. 그녀는 계속 아들에게 약을 먹였고, 신선한 우유와 닭죽을 먹게 했다. 옷을 갈아입히고 대소변을 받아내고, 그녀는 아들을 위해서 어떤 궂은일도 마다하지 않았다. 그러던 어느 날, 아들은 있는 힘을 다해 종이에 다음과 같은 말을 썼다.

'어머니, 제게 독약을 주세요. 빨리 죽고 싶어요. 저는 어머니가 고생하는 것을 더 이상 볼 순 없어요. 저는 너무나 고통스

러워요.'

어머니가 쪽지를 읽는 동안 그는 눈물이 그렁그렁한 눈으로
어머니를 바라보았다.

"난 못한다. 내 자식이라고는 아범 하나다."

'저는 조만간 죽을 겁니다.'

그는 종이에 또 썼다.

"네가 죽으면 나도 함께 죽으련다. 나도 살고 싶지 않다!"

어머니는 울기 시작했다. 그녀는 비통함을 참을 수 없었다.
그는 붓을 놓고 피곤해서 침대에 드러누웠다.

열이 고통을 더해주었다. 마치 불에 기름을 끼얹은 듯 고통
이 심해졌다. 온 도시는 콜레라 때문에 왕래하는 사람이 적었
다. 길거리에는 늘 처참한 곡성이 울려 퍼졌다. 그는 온종일 침
대에 엎드려 있었다. 전전반측하면서 안정을 찾지 못했다. 한
순간도 포근한 잠을 이루지 못했다.

그는 옷도 갈아입을 수 없었고, 자유롭게 앉을 수도 없었다.
매번 수성에게 편지를 쓸 때면, 죽을 각오를 하고 극심한 고통
을 참으면서 겨우 서너 줄 써내려 갔다.

"아범아, 무리하지 마라. 내가 대신 쓰마."

어머니가 애원해도 소용이 없었다. 그는 이 일만은 어머니
의 말을 듣지 않았다. 만약 그가 더 이상 직접 편지를 쓸 수 없
게 되면 정말로 병이 위중한 것이라고 어머니는 생각했다.

"왜 그 아이에게는 사실을 알리지 않는 게냐?"

그는 한참 걸려 답을 썼다.

'저는 그녀의 행복을 바라니까요.'

'걘 벌써 다른 사람의 여자가 되었을 거다. 왜 그 아이에게 고통을 주지 않는 게냐. 양심의 가책을 느끼게 하지 않는 게야. 이 바보 같은 사람아.' 어머니는 이렇게 생각했다. 그러나 아들의 비뚤비뚤한 글씨를 보는 순간, 마음이 약해지고 말았다. 그녀는 다시 생각에 잠겼다.

'내 아들에게 더 이상 무슨 행복이 남아 있을까? 일생을 고생만 하고, 왜 이런 조그만 희망조차 실현시켜주지 못하는 걸까?' 그녀는 묵묵히 자신의 아들을 바라보았다. 생기라고는 하나도 없는 야윈 얼굴이 그녀를 비참하게 했다. 그녀는 바닥에 구멍이 생겨 지옥으로 떨어지고도 싶었고, 하늘에서 폭탄이 떨어져 그녀와 이 작은 세계가 완전히 사라져버리기를 꿈꾸기도 했다.

그날 오후, 옆집에서 젊은 사람이 콜레라로 죽었다. 두 여인의 울음소리가 상심을 자아냈다. 울음소리는 그의 방까지 들려와 그는 한참을 듣다가 어머니께 글을 썼다.

'어머니, 제가 죽더라도 울지 마세요.'

"왜 그런 말을 하는 게냐?"

'어머니가 우실 것을 생각하니 죽지 못할 것 같아요. 마음이 아파서요.'

"아범은 죽지 않는다. 죽지 않아!"

가장 더운 계절이 지나갔다. 방 안의 공기도 조금 나아졌다. 그러나 그의 병은 여전히 진행되고 고통도 계속 증가되었다. 그는 더 큰 인내력으로 병과 싸웠다. 참지 못할 때는 신음을 내질렀으나, 고통스러운 신음은 소리로 나오지 않았다.

어느 날 밤, 어머니는 그에게 닭죽을 먹이고 있었다. 그녀가 수저로 떠먹이는데, 아들은 두 숟갈 받아먹고는 어머니의 손을 밀쳐내며 고개를 살며시 내저었다.

"좀 더 먹어라. 하루 종일 그렇게 조금 먹으면 안 된다."

그는 떨리는 손으로 붓을 들어 글자를 썼다. '목이 아파요.' 어머니는 놀랐다. 수저를 든 그녀의 손이 떨렸다.

"조금만 참고 더 먹어라. 먹지 않으면 견뎌내질 못한다."

어머니는 수저를 아들의 입가로 가져갔다. 그는 입을 크게 벌리고 삼키려고 노력했다. 한두 차례 눈동자가 뒤집히더니, 손으로 이불을 움켜잡았다.

"원쉬안아."

어머니는 나지막이 불렀으나 그는 눈물을 머금고 어머니를 바라보며 천천히 숨을 토했다.

어머니는 이를 악물었다. 다시 수저를 아들의 입에 밀어 넣었다. 그는 여전히 고통스럽게 삼켰다. 다시 두어 차례 삼킨 후에 수저의 국물을 전부 뿜어냈다. 그는 소리 없이 기침을 해댔다. 어머니는 황급히 그의 가슴을 쓸어내렸다.

그는 천천히 눈을 감았다. 잠을 자고 싶었으나, 고통으로 인해 깨어났다. 그는 신음도 내지 않고 묵묵히 고통과 싸우고 있었다. 어머니의 손이 그에게 위안이 되었다. 그는 생각을 어머니께 집중시켜 그의 고통을 잠시라도 잊으려고 애썼다.

갑자기 거리에서 폭죽 소리가 울렸다. 이 도시에서는 몇 년 동안 들을 수 없는 소리였지만, 그들은 그다지 주의를 기울이지 않았다. 뜻밖에도 폭죽 소리는 계속해서 이곳저곳에서 울렸다. 아마도 대단히 기쁜 일이 일어난 모양이었다. 사람들 소리가 들려왔고, 거리에는 수많은 사람들이 뛰어다니고 있었다. 어떤 사람들은 노래를 부르고, 어떤 사람은 웃으면서 이야기를 나누고 있었다.

"무슨 일인가?"

"일본군이 항복했다! 일본군이 항복했다!"

아이들의 목소리와 젊은이들의 목소리가 거리에 울려 퍼졌다.

그는 깜짝 놀랐다. 어머니도 모든 것을 잊어버린 것처럼, 그에게 큰 소리로 외쳤다.

"아범아, 너도 들었지? 일본군이 항복했다는구나!"

그는 고개를 내저었다. 그는 아직 믿을 수가 없었다. 그러나 밖의 폭죽 소리는 더 커지고 많아졌다. 사람들이 모두 거리로 쏟아져 나온 것 같았다.

"아마 진짜인가 보다. 그렇지 않으면 이럴 리가 없을 텐데."

그는 여전히 고개를 내젓고 있었다. 이 소식은 너무나 뜻밖이었다.

"AP통신 전보! 일본 정부가 중·미·영·소 4개국에 무조건 항복했다!"

누군가가 길거리에서 큰 소리로 알려주고 있었다.

"들었지? 이래도 사실이 아니란 말이냐? 일본이 항복했다! 우리가 이겼다! 우리는 이제 고생하지 않아도 된다!"

어머니가 큰 소리로 외쳤다. 그녀는 웃으면서 눈물을 흘렸다. 그녀는 자신이 어두운 방 안에 있다는 것을 잊어버린 듯 소리를 질렀다.

그는 눈을 크게 뜨고 어머니의 말을 이해하지 못한 듯 어머니를 바라보았다. 갑자기 그의 눈에서 눈물이 흘렀다. 그는 울고 싶고, 웃고도 싶었다. 그러나 곧 진정하고 한숨을 내쉬었다.

"호외요! 호외! 일본군 항복!"

신문팔이 소년들이 큰 소리로 외치며 지나갔다. 어머니는 아들의 손을 잡고 기쁘게 웃었다.

"아범아, 기쁘지? 승리야, 승리!"

그는 떨리는 손으로 붓을 잡고 힘을 다해 글을 썼다.

'저는 이제 편안히 눈을 감을 수 있겠군요.'

어머니는 비뚤어진 글자를 보고 모든 것을 잊은 채, 울음을 터뜨렸다.

"안 된다! 죽을 수 없어! 승리야! 이제 다시 사람이 죽어선 안 돼!"

어머니의 눈에서 눈물이 마구 흘러내렸다. 그녀는 아들의 손을 꽉 움켜쥐었으나 기쁜지 슬픈지 가늠할 수 없었다.

30

어머니의 소망은 실현되지 않았다. 일본의 패전 소식을 접한 지 얼마 되지 않은 어느 날 저녁, 그녀는 침대에 앉아서 아들을 지키고 있었다. 전등은 여전히 어두컴컴했고, 탁자 위에 놓인 작은 그릇에는 닭죽이 가득 차 있었다.

"아범아, 좀 먹어라."

그는 눈을 깜빡이며 몸을 조금 움직였다. 손을 조금 움직였으나, 붓을 들 수 없어서 대답을 할 수 없었다.

"이틀 동안 아무것도 먹지 않았잖니? 아프더라도 참고 먹어 보거라."

그는 천천히 고개를 움직였다. 입을 크게 벌리고 한 손을 뻗어 입술을 잡았다. 그다음에 손가락을 안으로 집어넣었다.

"애야, 힘드니? 조금만 참아라."

어머니가 그의 다른 한 손을 잡았다. 그는 고개를 끄덕이고 손을 입에서 꺼내고 목을 세웠다. 그는 눈물을 머금고 어머니를 바라보았다.

"괜찮다. 넌 죽지 않아."

그는 손가락으로 계속 목을 문질렀다. 동작은 느릿느릿했고, 손도 굳어갔다. 그가 갑자기 가슴을 쳤다.

"아범아, 왜 그러느냐?"

그는 대답을 하지 않고, 한참 있다가 시체 같은 손으로 목을 붙잡았다. 몸이 떨렸고, 마치 나무판자가 부딪치는 것 같은 소리가 났다.

"애야, 좀 참아라."

그녀는 아들의 손을 놓고 일어났다. 그리고 그의 오른손을 다시 목에서 떼어냈다. 이삼 분 있다가 그가 다시 목을 붙잡았다. 그는 입을 크게 벌리고 숨을 내뱉었다. 눈동자가 하얘졌다. 손가락으로 목을 다시 붙잡았다. 목에 몇 가닥의 핏자국이 그어졌다.

"좀 참아라. 그러면 안 된다. 그렇게 하지 마라."

그의 눈동자가 점차 어머니를 향했다. 마치 '아파 죽겠어요' 하고 말하는 것 같았다. 그는 침대 위에서 몸을 마구 떨었다.

"많이 아프냐?"

그는 고개를 끄덕이고 목에서 오른손을 떼어낸 후, 허공을 헤집었다. 그녀는 아들이 무엇을 원하는지 알 수가 없었다.

"아범이 원하는 게 뭐냐?"

그의 시선은 천천히 베갯머리에 있는 연필로 향했다.

"할 말이 있는 게냐? 연필을 줄까?"

그녀는 연필을 아들이 손에 쥐어주었다. 그는 가로채듯이 연필을 쥐려 했으나 손가락이 떨려서 연필을 제대로 잡지 못했다. 어머니는 그런 아들에게 책을 내밀었다.

"책 뒤에다 써라."

그는 한 손에 연필을 쥐고 책 뒤에다 힘겹게 '아프다'는 말을 적었다. 어머니는 그 글자를 보자마자 눈물을 흘렸다.

"조금만 참아라. 샤오쉬안이 의사 선생을 모시고 올 게다."

그녀는 아들을 위로하고는 고개를 돌려 낮은 소리로 흐느꼈다.

그는 정신이 맑아서 통증을 민감하게 느꼈고, 자신이 쇠약해졌음을 알았다. 그리고 자신의 신체 조직이 대부분 망가졌으며 곧 마지막 순간이 다가온다는 것을 깨달았다. 이 순간 그는 생명에 대한 애착과 죽음에 대한 두려움을 강렬하게 느꼈다. 그는 또한 자신이 어머니께 고통을 준다는 것을 알고 있었다. 어머니가 울면서 창가로 가는 것을 보았다. 그는 몇 마디 유언을 남기고 싶었다. '내가 무슨 잘못을 저질렀는가? 나는 내 분수에 맞게 살았는데, 왜 내가 이런 벌을 받아야 하나. 아직도 어머니가 계신데. 내가 죽으면 어머니 혼자서 어찌 살아가실까? 어떻게? 샤오쉬안은 또 어떻게 살아갈까? 그들에게 무슨 나쁜 일이 벌어지면?' 가슴 가득히 분노와 원한이 치밀었다. 소리를 지르고 고함을 치고 싶었다. 그러나 그는 소리를 낼수 없었다. 아무도 그의 소리를 들을 수 없었다. '나는 지금까지 공평함만을 꿈꿔왔는데, 이제 어디에서 공평함을 찾는단 말인가!' 그는 자신의 비분을 다 토로하지 못했다.

길에서는 한 부부가 다투고 있었다. 여자는 울고 있었고, 남자는 그런 여자에게 욕을 퍼붓고 있었다. 그리고 지나가던 다른 사람들이 그들을 말리고 있었다. 한 사람이 쓰촨 극을 읊으면서 창밑으로 지나갔다.

'왜 그들은 모두 살아 있고 나는 죽어야 하는가. 게다가 이렇게 고통스럽게.'

'나는 살고 싶다.'

어머니가 그를 돌보았다. 눈이 새빨개졌고, 안색이 창백했다. 어머니도 환자 같았다.

'어머니도 고생이지.' 그는 고통스러웠다. 고개를 움직이자 갑자기 통증이 밀려왔다. 목과 폐가 타는 듯이 아파서 그는 참을 수가 없었다. 그는 양손을 마구 휘저었다. 입을 벌렸으나 소리는 나오지 않았다. 힘을 다해 입을 벌렸지만, 역시 소리는 나오지 않았다. 온몸은 땀으로 젖었고, 누군가 그의 두 손을 잡았다. 어머니가 무어라고 말하고 있었다. 그는 고통으로 혼절했다.

그는 어머니의 울음소리에 깨어났다. 침대에 누워서 온몸에 땀을 흘렸고, 바지는 소변으로 축축이 젖었다. 그는 어머니의 손을 꽉 쥐고 친근한 얼굴을 멍하니 바라보았다. 고통이 조금씩 줄어들었다. 그는 어머니를 향해 미소를 지으려 했지만, 억누를 수 없는 눈물이 쏟아져 나왔다.

"깨어났구나. 이제 괜찮을 거다."

샤오쉬안이 밖에서 들어왔다.

"할머니, 의사는 학질에 걸려서 못 온대요!"

그녀는 정신이 멍해졌다. '끝났구나!' 그녀의 가슴에 돌덩이가 떨어졌다.

"넌 왜 이렇게 늦었니?"

"거리에 사람들이 너무 많아요. 내일 승전 경축행사가 있대요. 모든 곳에서 그 준비를 한다나 봐요. 게다가 길을 잘못 들어서 의사 선생님 댁을 찾는 데 한참 걸렸어요. 오늘밤엔 불꽃

놀이를 한대요."

"배고프지 않니? 혹시 아직 돈이 남았다면 밖에서 국수를 사
먹어라. 오늘은 밥을 해줄 수 없을 것 같구나. 내일 아침에는
볶음밥을 만들어주마. 오늘 저녁만 나가서 먹어라."

"예."

그들의 대화는 모두 귀에 들어왔다. '승전 경축행사를 한다
고?' 그는 그들을 위해서 웃어주려고 했으나, 고통이 그를 억
눌렀다. '승리가 어머니와 샤오쉬안에게 해결책을 안겨줄 수
있을까?' 그의 생각은 밀려오는 고통으로 사라져버렸다. 고통
이 점차, 지속적으로 증가했다. 고통이 다른 모든 생각과 모든
것을 잊게 했다. 그는 그저 고통을 참고 피할 생각에만 매달렸
다. 절망적인 전투가 시작되었고, 그는 패배했다. '차라리 죽게
해주세요. 난 이 고통을 견딜 수 없어.'

그러나 그의 사랑하는 어머니와 아들은 이 말을 이해할 수
없었다. 그들은 그에게서 이러한 고통을 해소시켜주지 못했다.

고통은 끊임없이 계속 증가했다.

9월 3일, 승리를 축하하는 날, 방에는 아무런 변화도 없었
다. 길거리에는 사람들이 기쁜 미소를 지으며 승리를 환영하는
가두 행진을 하고 있었다. 비행기가 공중에서 경연을 벌였고,
경축 전단을 살포했다. 그러나 왕원쉬안의 집에는 그저 고통과
통곡만이 있었다.

그는 이날 세 번이나 혼절했다가 깨어났다. 그는 자신이 참
을 수 있는 최고의 고통에까지 이르렀음을 알았다. 그는 '죽음'
이 어서 그를 데려가기를 원했다. 그러나 여전히 살아 있었다.
어머니와 샤오쉬안은 줄곧 침대를 지키고 있었다. 그는 눈물이

가득한 눈으로 그들을 바라보았다. 그들에게 조금이라도 일찍 죽게 해달라고 도움을 청했다.

　그의 생명은 조금씩 죽음을 향해 가고 있었다. 머리는 계속 맑았으나 여러 가지를 생각할 수는 없었다. 최후의 순간에도 그는 시선을 어머니와 샤오쉬안에게서 떼려고 하지 않았다. 그들의 얼굴이 점차 희미해지고, 그는 다른 사람의 얼굴을 떠올렸다. 수성이었다. 그는 한시도 그녀를 잊은 적이 없었다. 그러나 그녀의 얼굴도 그의 고통을 줄여주지는 못했다. 그는 최후의 순간에 이르렀다. 숨이 끊어지고, 어머니와 샤오쉬안은 그의 팔을 붙잡고 그를 바라보고 있었다.

　눈이 반쯤 감기고, 눈동자가 뒤집히더니 입이 벌어졌다. 마치 누군가에게 '공평'을 요구하는 듯이. 저녁 8시였다. 거리에는 징소리, 북소리가 하늘을 찔렀고, 사람들이 승리를 축하하느라 축포와 용등(龍燈)을 사르고 있었다.

에필로그

2개월이 지난 어느 날 저녁, 그날은 발전소를 수리하는 관계로 도시 전체가 정전이었다. 아침에 한바탕 비가 오더니 오후에는 찬 기운이 감돌았고, 찬바람이 불어와 길거리의 손님들을 모두 내쫓았다. 카바이드 등불 냄새가 바람에 따라 사방으로 퍼져갔고, 불빛은 외롭게 추위 속에 떨고 있었다.

인력거 한 대가 어둡고 스산한 거리를 지나서 어느 대문 앞에 이르렀다. 인력거에서는 단정한 옷차림의 여인이 내렸다. 그녀는 핸드백을 끼고 문으로 들어섰다. 손전등으로 길을 밝히며 그녀는 2층을 지나 3층에 이르렀다.

문 앞에 섰다. 그녀의 가슴이 마구 뛰었다. 그녀는 흥분한 마음으로 문을 두드렸다.

대답이 없었다. 그녀는 방 안에서 불빛이 흘러나오는 것을 보고는 다시 한 번 문을 두드렸다.

"누구세요?"

방 안에서 여인의 목소리가 들렸다. 익숙한 목소리 같았는데 누구의 목소리인지는 분간할 수 없었다.

"저예요."

문이 열리고 불빛이 새어나왔다. 그녀는 열린 문틈으로 탁자 위에 밝혀져 있는 촛불을 보았다. 문을 연 것은 한 여인이었다. 불을 등지고 있어서 얼굴을 알 수 없었다.

"누굴 찾으세요?"

"왕씨 댁이 여기 아닌가요?"

"이곳에 왕씨는 없는데요."

"이전에 왕씨가 살지 않았나요? 틀림없이 이곳인데, 가구도 같고."

"아, 왕 부인이로군요! 들어오세요. 오늘 정전이라 제가 잘 알아보지 못했네요."

"팡 부인! 부인은 2층에 살지 않았나요? 언제 이사한 거예요?"

방문을 두드렸던 여인은 아래층에 살던 팡 부인을 기억해내고는 조금 안심하는 눈치였다. 벽만 하얗게 칠했을 뿐, 방 안에는 별다른 변화가 없어서 그리 낯설지 않았다.

"이번 달 중순이에요. 왕 부인, 아, 지금은 어떻게 불러야 될지 잘 모르겠네요. 당신은 란저우에 있지 않았나요? 언제 돌아온 거예요?"

"오늘 방금 왔어요. 팡 부인, 저는 예전과 같아요."

수성의 얼굴이 붉어졌다.

"그런데 팡 부인, 저희 가족은 어디로 이사 갔나요? 그러니까 원쉬안과……."

"왕 선생을 말씀하시는 거죠? 아직 모르세요?"

"저는 잘 몰라요. 두 달 동안 연락을 받지 못해서요."

"왕 선생은 돌아가셨어요."

"죽었다고요? 언제요?"

"지난 달 승전 경축행사가 있던 날이에요. 할머니는 손자를 데리고 갔어요. 이 방은 할머니께서 저희에게 준 거예요. 가구들까지요. 물론 실비는 냈지만요."

수성은 머리부터 찬물을 뒤집어 쓴 듯, 온몸이 떨려왔고 안색이 창백해졌다. 그녀는 한참을 멍하니 있다가 입을 열었다.

"어머니랑 샤오쉬안은 어디로 가셨나요?"

"저도 모르겠어요. 제가 물어봤는데, 친척집에 가서 며칠 묵다가 나중에는 쿤밍으로 간다고 하더군요. 듣자하니 누군가에게 배표를 부탁한 것 같던데."

"쿤밍으로 가면 배표가 필요 없는데, 게다가 여기에 친척이라곤 없어요."

"할머니가 그렇게 말씀하셨어요. 그렇지만 쿤밍으로 가시지 않았을까요? 가기 전에 물건을 모두 파셨거든요. 아, 왕 부인, 좀 앉으세요. 아직 차도 대접하지 못했네요."

"괜찮아요, 팡 부인. 전 괜찮아요. 그것보다 혹시 임종 당시의 상황을 들을 수 있을까요? 지금 어디에 묻혀 있나요?"

"왕 부인, 너무 놀라셨군요. 좀 쉬세요. 차라도 들면서요."

팡 부인은 온화하게 웃으며 차 한 잔을 수성 앞에 놓았다.

"고맙습니다. 그가 임종하던 상황을 좀 말씀해주세요. 저는 란저우에서 그의 병이 점점 나아지고 있는 줄 알았어요. 그이는 편지마다 몸이 괜찮다고 했거든요. 사실대로 말씀해주세요. 전 괜찮으니까요."

"사실 저도 잘 몰라요. 왕 선생께서 아프셨을 때, 할머니를 한번 뵌 것뿐이거든요. 저는 그저 왕 선생의 목이 많이 쉬었고, 두 달이 채 못 되어 돌아가셨다는 것만 알아요. 저는 침대에 누워 계실 때 한 번 뵌 적이 있는데, 말도 못하시고 무척 야위어서⋯⋯."

"어디 묻혔나요? 가봐야겠는데!"

수성은 정신없이 물어보았다. 극심한 고통이 밀려왔고, 후회가 되었다. 서둘러 그의 묘지를 찾아야겠다는 생각만이 가득했다.

"전 잘 모르지만, 돈이 없어서 처음에는 시신을 방에 모셔놓았다고 해요. 할머니 혼자서 이틀 동안 이리저리 뛰어다니며 돈을 변통해 관을 사서 장례를 치렀던 것 같아요. 어디에 묘를 썼는지는 모르겠네요. 할머니께 여쭤봤는데 말씀해주지 않으시더라고요. 할머니가 정말 고생 많으셨어요. 두 달 동안 비쩍 야윈 데다 머리도 허옇게 세어버리시고."

수성은 이야기를 들으면서 입술을 깨물었다. 콧날이 시큰해지고 심장이 마구 뛰었다. 후회와 증오의 감정이 교차되었다. 눈물이 흘러내렸지만 참았다.

"그래도 옆집 누군가는 알고 있겠지요. 그렇게 갑자기 사라질 순 없잖아요? 회사에 가면 알고 있는 사람이 있겠지요. 최소한 쫑라오는 알고 있을 거예요."

그녀는 마치 따지듯이 말했다. 그녀는 쫑라오가 죽었다는 것도 모르고 있었다.

"이곳 사람들은 모두 몰라요. 관은 새벽에 나갔으니까요. 같이 장지까지 간 사람이 없었어요. 할머니께서 누구에게도 알려주지 않으셨죠. 뭐, 회사에서는 알고 계시겠죠."

"내일 회사에 가서 알아보지요. 언제 이사 가셨나요?"

수성을 고개를 묻고 눈물을 훔쳤다.

"제 기억으로는 12일인데, 아침에 가셨어요. 우리는 그다음
날 새로 도배를 하고 4일째 되는 날 들어왔어요. 아래층은 애
아빠가 손님 접대나 장사할 때 쓰고 있고요. 아, 왕 부인, 어디
묵고 계신지 물어보지 않았네요."

"저는 잠시…… 친구 집에……. 며칠 있다가 돌아가야 하거
든요."

"그럼 아들을 찾으러 가진 않으세요?"

어린아이의 울음소리가 작은방에서 울렸다. 팡 부인은 손님
의 대답을 기다리지도 않고 급히 작은방으로 들어갔다.

"아이가 깼군요. 잠깐 기다리세요."

수성은 대답하기 곤란한 문제를 회피하게 되어 다행스럽게
여겼다. 그녀는 여전히 그 자리에 앉아 있었다. 그녀는 갑자기
꿈을 꾸는 듯한 기분에 사로잡혔다. 자신이 쓰던 방, 쓰던 가
구, 탁자, 책상, 침대…… 모든 것이 그녀에게 익숙한 것들이
었다. 비록 부서진 것을 수리하고, 더러워진 것을 깨끗이 닦고
하얗게 칠했다고는 하나 그녀는 몇 년 동안 자신이 앉아 있던
의자에 이제는 손님으로 앉아 있게 되었다. 심지어 익숙한 것
들에게서조차 예전의 흔적은 찾아볼 수가 없었다. 똑같은 초가
타고 있는데, 지금은 그때보다 밝은 것 같았다. 일 년이 채 가
기도 전에 모든 것이 변해버렸다. 그는 죽고 어머니와 아이는
사라졌다. '그는 어디에 묻혔을까? 그들은 어디로 갔을까? 왜
나에게 알리지 않았을까? 어떻게 알 수 있을까? 다른 사람의

아이가 울고 있다니, 얼마나 신기한 일인가. 젊은 엄마가 방에서 자장가를 부르고 있고. 나도 예전에는 그랬는데, 벌써 10년 전의 일이지. 샤오쉬안. 내 아들 샤오쉬안은 지금 어디에 있을까? 그 아이는 나를 별로 좋아하진 않았지. 나도 충분한 애정을 쏟지 못했고. 이젠 영원히 그 아이를 잃어버린 건가? 오직 하나뿐인 자식을!'

팡 부인은 방에서 나오지 않았다. 어린아이는 여전히 울고 있었고, 팡 부인은 참을성 있게 자장가를 부르면서 계속 아이를 달래고 있었다. 그녀는 밖에 있는 손님을 잊어버린 듯이 그저 아이만 돌보고 있었다. 수성은 적막하게 앉아서 지난 기억을 더듬고 있었다. 그녀의 머릿속에 갑자기 계단 입구에서의 추억이 떠올랐다. '우리는 어둠 속에서 손을 잡고, 나는 눈물을 머금고 그에게 입을 맞추었지. 제발 건강해지라고 했는데, 왜 몸이 그 지경에 이를 때까지 알리지 않은 거예요? 당신에게 잘해주려고 돌아왔는데, 나는 당신에게 부끄러운 행동은 하지 않았는데.' 그녀는 오늘 비행기를 타고 오면서 마음먹었던 것을 떠올렸다.

그러나 이제는 늦어버렸다. 그녀는 그의 죽음이 상상도 되지 않았다.

'너무 늦었어. 너무 늦었어. 난 자신의 행복을 위해 다른 사람을 망친 셈이야. 내가 왜 아직까지 여기에 있는 거지?' 그녀는 이런 생각이 떠올라 자리에서 일어났다. 그녀는 이 방과 가구들, 모든 물건들이 그와의 추억을 불러일으키는 것 같아 더 이상 견딜 수가 없었다. 심지어는 팡 부인의 자장가 소리도 참을 수가 없었다. 노랫소리는 오래전에 잊어버렸던 아들의 어린 시절까지 떠오르게 했다.

"팡 부인, 전 이만 가보겠어요. 나오실 필요 없어요."

그녀는 큰 소리로 외치며 핸드백을 들고 밖으로 나왔다. 팡 부인이 아이를 안고 황급히 밖으로 나왔다.

"왕 부인, 조금만 기다리세요."

"가겠어요. 고맙습니다."

"조심하세요. 다시 오실 거예요?"

"고마워요. 하지만 다시 오는 일은 없을 거예요."

그녀는 고개를 내저었다. 눈물이 나오지는 않았지만, 그녀는 더 큰 고통을 느꼈다.

"그러면 좀 기다리세요. 제가 촛불을 들고 올게요. 밖이 너무 어두워요."

"팡 부인, 나오지 마세요. 제게 손전등이 있어요. 이곳은 저도 잘 알고요."

"왕 부인, 기다리세요. 기다려요. 제가 입구까지 배웅해드릴게요. 정말 지겨워. 아직까지 정전이라니. 전쟁이 끝난 지 2개월이나 지났는데, 변한 것은 아무것도 없고 더 나빠지기만 했으니……."

수성은 이미 계단 입구에 이르렀다. 그녀는 고개를 돌려 팡 부인에게 손전등을 흔들어 보였다.

"들어가세요. 전 갑니다!"

그녀는 대답을 기다리지도 않고, 급히 아래로 내려갔다. 그녀에게 익숙한 곳이라서 별로 힘도 들지 않았다.

대문을 나오자 찬바람이 얼굴을 때려 한기가 들었다. '아직 10월인데, 벌써 이렇게 쌀쌀해지다니.' 그녀는 가을 옷을 입고

도 한기를 느꼈다. 문 앞에는 자동차가 한 대도 보이지 않았다. 그녀는 대문과 문을 밝히는 전등을 바라보고 한숨을 가볍게 내쉬었다. 어디로 가야할지 알 수가 없었다. 마음이 공허해졌다. 그녀는 아무 곳에나 가서 문을 닫아걸고 한바탕 울고 싶었다. 그러나 방법이 없었다. 그녀는 천천히 거리를 따라 걸었다.

"아가씨, 우리는 구이린에서 피난 왔어요. 가진 것이 아무것도 없답니다!"

갑자기 어둠 속에서 검은 그림자가 뛰쳐나와 그녀 옆으로 다가왔다. 야윈 손이 눈앞에 다가와 그녀는 깜짝 놀랐다. 자세히 보니, 말을 건 사람은 늙은 노파였다.

그녀는 핸드백을 열어 지폐 한 장을 그 검은 손 위에 놓았다.

"아가씨, 고맙습니다."

노파는 어둠 속으로 사라졌다. 그녀는 고개를 흔들면서 계속 앞으로 나아갔다. 불빛이 보였다.

"팝니다. 팔아요! 500위안, 300위안, 200위안……"

카바이드 등불 냄새가 바람결에 코끝에 실려 왔다. 한 여인이 작은 걸상에 앉아 잠든 아이를 안고서, 팔리지도 않는 물건을 앞에 놓고 침울한 시선으로 바라보고 있었다. '그들도 이처럼 노점을 차렸을까.' 그들이란 말할 필요도 없이 샤오쉬안과 어머니였다. 그녀는 가슴이 더욱 아팠다.

"자넨 언제 갈 텐가?"

"갈 수 없네. 우리 같은 사람들에게 돌아올 배표가 있겠나."

"방법을 생각해야지. 안 되면 뱃사공 조수라도 해야지."

"이제는 정부에서 관리한다네. 우리들 것이 아니야. 내 친척도 조수 자리 하나 구하지 못했다네. 배에 오르다가 잡혀서 내

쫓겼어. 뱃삯만 날렸지."

"자넨 그래도 낫네. 안 간다니. 쓰촨에서 몇 달 동안 밥도 못
먹고, 나는 다음 달에도 갈 수 없을 것 같아. 굶어죽겠군. 물건
을 팔아보았자 다 먹어치우니……. 전쟁에서 이기면 바로 집
으로 돌아갈 줄 알았는데."

"승리는 그들의 승리지, 우리의 승린가."

그녀는 다시 한기가 도는 것 같았다. 갑자기 얼음구덩이에
빠진 것처럼 온몸이 떨려왔다. 그녀는 망연히 사방을 둘러보았
다. 눈앞의 모든 것이 거짓인 것 같았고, 꿈을 꾸는 것 같았다.
어제저녁 이 시간에 그녀는 다른 도시의 번화한 음식점에서 밥
을 먹고 한 남자의 찬사 어린 말을 들었는데, 오늘 그녀는 차가
운 밤의 노점 앞에서 다른 사람들의 고통스러운 절규를 듣고
있었다. '왜 돌아왔을까? 어떤 마음으로 그 집에서 뛰쳐나왔
지? 이후에는 어떻게 하나?' 그녀는 내일을 기다리기로 했다.

죽은 것은 죽은 것이고, 간 것은 간 것이다. 내일이 오면 적
어도 무덤은 찾아볼 수 있을 테니까. 그러나 샤오쉬안은 어디
에서 찾지? 눈앞의 모든 것을 바꿀 수가 있을까? 어찌해야 하
나? 하늘 끝 구석까지 헤매면서 아무런 이득이 되지 않을 게
틀림없는 것을 찾아야 하나? 아니면 란저우로 돌아가서 다른
남자의 청혼을 받아들여야 하나?

그녀에게 남은 시간은 2주일뿐이었다. 2주일 안에 모든 일
을 결정해야만 했다.

'아직 13일이나 남았으니까, 또 그 일이란 결정하기 어려운
것도 아니니까, 왜 하필이면 내가 이 노점 앞에서 찬바람을 쐬

316

고 있어야 하나? 시간을 가지고 결정하자.' 그녀는 마침내 이렇게 자신에게 속삭였다. 그녀는 천천히 걸음을 옮겼다. 어두운 거리를 따라 걸으면서 그녀는 때때로 거리 양옆을 바라보다가, 카바이드 등불이 찬바람에 꺼져버리는 것은 아닐까 하는 기이한 감정에 사로잡혔다. 밤은 매우 추웠다. 그녀는 온기가 필요했다.

1946년 12월 31일

작가는
스피커가 아니다

김하림(조선대 중문학과 교수)

바진의 생애와 창작 활동

2005년 10월 17일, 바진(巴金)은 향년 101세로 상하이에서 영면했다. 1904년에 태어나 25세부터 집필을 시작한 바진은 노년에 파킨슨병으로 붓을 들지 못할 때까지 창작과 번역 작업에 몰두했다. 이처럼 투철한 작가적 태도를 지닌 바진의 죽음에 중국문학계와 문화계는 물론 전 세계의 작가들도 슬픔을 금하지 못했다. 이러한 세계적인 애도는 단순히 바진이 현대 중국의 저명한 문학가이자 중국문학 발전을 위해 평생을 희생했고 중국작가협회 회장을 역임했다는 점에 기인하는 것이 아니라, 거대한 역사의 흐름 속에서 개인의 양심과 진실을 지키고, 그 어떤 고난에도 자신이 추구한 세계를 고수하고자 노력해온 그의 자세와 정신을 숭배했기 때문일 것이다.

　바진의 죽음은 현대 중국에 있어서 '5·4 신문학운동세대'의 실질적 종언이라고 볼 수 있다. 그의 본명은 리야오탕(李堯棠)으로 1904년 쓰촨 성(四川省) 청두(成都)의 봉건 지주 가정에서 태어났다. 조부 및 부친이 모두 관직을 맡았던 그의 집은 바진 본인의 진술에 의하면 한 집에 '한 항렬 위인 어른이 20여 명, 형제자매가 30여 명, 남녀 하인이 50여 명'이나 되는 대지주 가정이었다.

이러한 가정에서 어린 시절을 보낸 그의 인격과 사상 형성에 가장 큰 영향을 끼친 사람은 바로 어머니였다. 어머니는 어린 그에게 "빈부를 불문하고 모든 사람을 사랑하고, 고통 속에서 도움을 필요로 하는 사람들을 도와주어야 한다"고 가르쳤다고 바진은 회상하고 있다. 어머니에게서 받은 이러한 '사랑'의 사상은 그의 전 생애에 걸쳐 가장 기본적인 핵심 사상이다. 열 살 때 어머니가 작고하고 열세 살에 아버지가 작고한 후, 그는 봉건 지주 가정에서 벌어지는 추악한 배금사상, 황음무치(荒淫無恥), 허위적 도덕 등에 대하여 많은 회의와 불만을 품었다. 또한 형제들이 봉건 예교 윤리의 구속에서 벗어나지 못하고, 압박과 재난을 당하는 것을 보고 봉건 가정과 제도에 대한 반감과 더불어 자유로운 생에 대한 갈망을 키웠다.

1919년에 일어난 5·4운동은 지식욕과 신사상에 굶주려 있던 바진에게는 새로운 세계의 도래나 마찬가지였다. 그는 이 시기 《신청년(新青年)》《매주평론(每週評論)》《소년중국(少年中國)》 등 당시의 진보적 잡지를 탐독했다. 1920년 9월에는 청두의 외국어전문학교에 입학하여 외국 문학작품을 접하고, 점차 '민주와 과학'이라는 당시 사상계의 영향을 깊이 받았다. 또한 이때 그는 약간의 무정부주의 색채를 지닌 '균사(均社)'라는 단체에 가입하여 연극 공연, 잡지 간행 등의 활동을 전개했다.

1920년 이후 그는 크로포트킨의 《소년에게 고함》, 엠마 골드만, 유사복 등의 저서에 심취했다. 특히 《소년에게 고함》은 "나는 세계에 이런 책이 있으리라고는 생각하지도 못했다. 이 안에 있는 것은 모두 내가 말하고 싶었으나, 정확히 어떻게 말해야 할지 몰랐던 말들이다. 그것들은 얼마나 명확하고, 합리적이며, 웅변적인가"라고 자술할 만큼 그에게는 충격이었고, 이때부터 그는 무정부주의에 대한 깊은 관심을 가지고 개인적인 학습을 심화해갔다. 1923년에 상하이로 나온 그는 2년 후에 베이징 대학에 입학했으나, 폐결핵을 치료하기 위해 상하이로 돌아와 휴양을 하면서 크로포트킨의 《빵과 자유》를 번역했다.

1927년 1월 프랑스로 유학을 떠난 그는, 크로포트킨의 《윤리학의 기원과 발전》을 번역하는 동시에 프랑스 대혁명과 러시아 부르주아 민주주의자들에 관한 탐구를 시작했다. 그는 중국의 초기 무정부주의자들을 비판하고, 이러한 자신의 심경을 작품으로 창작했다. 여기서 탄생한 것이 그의 처녀작인 중편소설 《멸망(滅亡)》이다. 《멸망》은 청년 시인이 그 지역을 통치하고 있는 봉건 군벌의 계엄사령관을 살해하려다 미수에 그치고 체포되어 참살당하는 내용을 다룬 비극이다.

바진이라는 필명도 이때부터 사용했는데, 필명의 유래에 대해서는 무정부주의자 바쿠닌(巴枯宁)과 크로포트킨(克鲁泡特金)의 이름을 중국식으로 표기한 데서 첫 음절과 끝 음절을 따왔다는 주장도 있다. 그러나 바진은 이를 부정하고, '바(巴)'는 친구의 이름을 빌렸을 뿐이며, '진(金)'은 크로포트킨이 맞다고 자술했다.

1928년 다시 상하이로 돌아온 그는 본격적인 창작에 몰두한다. 작품은 대략 다음과 같은 세 종류의 주제로 구분해볼 수 있다. 첫째로는 봉건 군벌에 대항하여 반제 반봉건 투쟁을 벌이는 지식 청년들의 모습을 그린 것으로, 《멸망》의 속편이라 볼 수 있는 《신생(新生)》(1931), 1931년에서 1933년 사이에 완성한 《안개(霧)》《비(雨)》《번개(雷)》로 구성된 '애정 3부작' 등이 이에 속한다. 둘째로는 노동자 농민들의 고통스런 생활과 그들의 투쟁을 주제로 한 것으로, 《사정(砂丁)》(1932) 《맹아(萌芽)》(1933) 등이다. 이는 1931년 그가 저장 성(浙江省) 창싱(長興) 탄광에서 직접 겪은 생활을 소재로 하여 광산 노동자들의 비인간적인 생활과 자본가들의 잔혹한 착취를 폭로한 작품들이다. 셋째로는 봉건 제도 및 봉건 예교의 사람을 잡아먹는 죄악을 폭로·비판하고 새로운 생명의 혁명 정신을 찬양하는 내용으로, '격류 3부작'의 제1부이자 그의 대표작으로 손꼽히는 《가(家)》(1931)가 이에 속한다.

바진은 뒤이어 1938년에 격류 3부작의 두 번째인 《봄(春)》을 완성하고, 1940년 마지막으로 《가을(秋)》을 창작했다. 이 작품들은 봉건 대지주 가정의 보수적 구세대와 변혁을 추구하는 신세대 간의 갈등과 투쟁을 기본 축으로 하여 봉건 제도의 붕괴와 혁명 조류가 젊은 세대에게 준 심각한 충격을 묘사했다. 그는 작중 인물을 통하여 봉건 세력의 죄악을 폭로, 단죄하는 한편, 청년 지식인들의 각성과 투쟁, 봉건 가정과 결별하는 정신을 찬양했다.

1937년 항일전이 발발하자, 바진은 적극적으로 구국 항일운동에 참여하면서, 1938년부터 1944년 사이에 '항전 3부작'이라 불리는 《불(火)》을 창작했다. 《불》은 3부로 구성되어 있는데, 1, 2부는 상하이의 청년들이 열정적으로 구국 항일운동에 종사하는 모습 및 민중의 애국 활동을 찬양하고 일본군의 죄악과 반동 세력의 매국 행위를 비판하는 내용이다. 3부는 전방공작대의 대원이 후방에 들어와 기독교도와 맺은 우의를 선전하는 기독교식 사랑을 찬양한 내용이다:

1944년 이후 1949년 시기에 바진은 《휴식의 뜰(憩園)》《제4병실(第四病室)》《차가운 밤(寒夜)》 등을 창작했다. 《휴식의 뜰》은 봉건가정의 몰락 양상을 다룬 작품이고, 《제4병실》은 공립병원의 부패, 병자들의 질고와 죽음의 고통을 묘사한 작품이다.

1949년 이후에는 중국작가협회 부주석, 상하이분회 주석 등을 맡았고, 잡지 《수확(收穫)》을 창간하여 문예 분야에 계속 종사했다. 특히 이 시기에는 산문 창작에 치중하여, 10여 편의 산문집을 출간했고, 한편으로는 보고문학 창작에도 심혈을 기울였다.

중국이 사회주의로 전향한 이후, 좌경적 사고를 중심으로 문학평론을 주도했던 야오원위안(姚文元)은 1958년 10월부터 시작하여 〈바진의 《멸망》의 무정부주의 사상을 논함〉, 〈바진 소설 《가》의 역사상에 있어서 적극적 작용과 그 소극적 작용〉 등과 같은 평론을 발표하여, 바진을 "개인주의, 무정부주의, 애정지상주의에 빠져 있으며, 반동적인 극단적 개인주의자"라고 비난했다. 바진은 이러한 비난에 대해 〈작가의 용기와 책임감〉이라는 글을 발표하여 "작가는 마땅히 독립적으로 사고를 해야 한다. 작가는 단순한 스피커가 아니며, 부화뇌동할 수도 없다. ……문학에는 선전 및 교육적인 역할이 있다. 그러나 모든 선전이 문예는 아니며, 문예는 자신도 모르는 외적 영향으로 인간의 영혼을 빚어내는 것이다." "생활에 깊이 파고 들어가 관찰

하고 소재를 선택하는 바, 모두 작가 자신에 의해 선택되는 것이지 누군가의 지도에 의해 안배되는 것이 아니다"는 등의 자신의 견해를 표방했다.

그러나 1966년 문화대혁명이 시작된 후에 바진은 상하이에서 반동권위, 무정부주의자, 30년대의 낡은 인물, 반혁명 분자 등의 죄명을 쓰고 노동개조형을 받았다. 이 기간에 그의 부인은 건강이 악화되었으나 변변한 치료도 받지 못하고 유명을 달리했다. 문화대혁명이 종식된 후 그는 73세의 고령으로 다시 창작에 몰두했다. 이 기간의 작품은 대부분 과거에 대한 회상과 감상을 기술한 것들로, 1979년 이후《수상록(隨想錄)》《탐색집(探索集)》《진화집(眞話集)》《병중집(病中集)》등을 계속 출간하여, 고령에도 불구하고 왕성한 창작력을 보여주었다. 특히 중국 현대사에 있어서 암흑 10년, 광란의 10년이라 평가되는 문화대혁명 기간에 혹독한 폭력을 경험한 바진은 역사와 개인의 길항에 대한 깊은 성찰을 통해 인간의 문제를 새롭게 고찰했다.

바진 문학의 큰 흐름, 아나키즘과 인도주의

바진 작품에 나타나는 작가의 사상을 단순하게 어느 한 가지로 응축시킬 수는 없지만, 보다 선명하게 그의 문학을 이해하기 위해서 특징적인 면을 추출해 본다면 아나키즘과 인도주의로 집약될 수 있다.

아나키즘은 바진의 문학뿐만 아니라 삶의 방식을 규정하는 일관된 사상이었다. 5·4운동 때 중국에 소개된 크로포트킨의

《소년에게 고함》을 통해 아나키즘을 인식한 바진은, 엠마 골드만, 중국의 아나키스트 유사복 등의 저작을 통해서 지속적으로 아나키즘을 수용했다.

이후 프랑스 유학을 끝내고 귀국하는 1928년까지 그는 바쿠닌, 크로포트킨, 슈티르너, 프르동 등의 아나키즘을 흡수하고, 이를 중국에 소개하는 작업에 열중했다.

바진이 수용한 아나키즘의 특징 가운데 하나는, 슈티르너의 사상이 지나치게 개인주의적인 자아를 강조하는 것에 반대하고, 크로포트킨의 '상호부조론' 관점에 찬성하는 동시에 중국의 복고적 아나키스트들이 아나키즘을 도가의 철학과 연결시켜 허무주의와 혼동하는 것에 반대했다는 것이다. 또한, 과학에 근거한 아나키즘의 관점을 계승하여, 인간의 숙명론에 반대하고 자연계와 사회의 부단한 진화와 발전을 긍정하고 옛것의 소멸과 새것의 탄생에 대한 믿음을 표방했다. 한편으로, 바진은 최초에는 피압박자의 고통을 해소하기 위한 개인적 테러리즘을 용인하는 태도를 취했으나, 차츰 제도와 사회구조의 소멸이 아닌 개인의 소멸은 아나키즘에 무용하다는 것을 인식했다.

이러한 그의 사상을 집중적으로 표출한 것이 《멸망》과 《신생》 등 초기 작품들이다. 또한 인간을 억압하는 모든 권위와 제도에 대한 부정을 드러낸 작품들—예를 들어 '격류 3부작'이나 '애정 3부작' 등도 모두 이런 사상을 근저에 담고 있다—을 통해서도 바진의 아나키즘 사상을 엿볼 수 있다.

바진 문학에서 볼 수 있는 인도주의는 러시아 작가 톨스토이와 프랑스 작가 로맹 롤랑 등에게서 많은 영향을 받았다. 특히 인생의 고통과 어려운 투쟁을 묘사하고, 그 어두운 면을 폭로하고, 사회의 죄악과 인류의 정신과 육체의 병태를 표출하고, 이를 통해 사회의 개조를 도모한다는 톨스토이의 예술관을 자신의 문학관으로 견지하고 있다. 그는 "나는 나의 적막한 마음을 위로하기 위해, 나의 열정을 발산하기 위해, 나의 비분을 토해내기 위해, 불합리한 사회제도에 의해 희생된 청년들의 억울함을 호소하기 위해 글을 쓴다"고 자술하고 있는데, 여기에서 그의 문학에 대한 자세가 극명하게 드러난다.

이와 같은 인도주의적 예술관은 봉건적인 가족제도 및 윤리관에 대한 비판과 그 폐해를 폭로하는 작품을 그가 지속적으로 창작했다는 점에서도 뚜렷하게 증명되고 있다.

《차가운 밤》의 주제와 예술성

《차가운 밤》은 1944년에 쓰기 시작하여 1946년 말에 완성한 작품으로, 바진 최후의 장편소설이다. 작자의 술회에 의하면, 당시 그는 국민당 정부가 피난 와 있었던 충칭에 머물면서 이 작품을 구상했다. 항일전이 막바지에 이르렀던 당시 많은 문인들은 충칭에 결집하여 항일 대열에 참가하고 있었으나, 문인들 및 일반 민중에게는 하루하루가 극심한 고통의 나날이었다. 치솟는 물가, 팽배해진 염전(厭戰)사상, 국민당의 실책과 가혹한 통치 등은 항일전 초기 열정적으로 구국 대열에 투신했던 많은 작가와 지식인들 사이에 패배감과 무력감, 그리고 허무주의적 사조를 뿌리내리게 했다.

《차가운 밤》은 바로 이러한 사회적 풍조를 세밀하게 묘사하고 있다. 주인공 왕원쉬안(汪文宣)과 청수성(曾樹生)은 대학 시절에는 교육을 통해 자신들의 희망을 달성하고자 하는 열정적인 청년 지식인들이었으나, 전쟁으로 인해 충칭으로 피난 온 지금은 하루하루를 영위하기에 급급한 형편이다. 이 작품은 왕원쉬안의 어머니와 며느리인 청수성의 갈등을 기본 축으로 하여, 청수성과 그녀가 근무하는 은행의 상사, 왕원쉬안과 그가 근무하는 출판사 동료들과의 대립 등을 부차적인 갈등 요소로 교차시키고 있다. 시어머니와 며느리의 대립은 전 작품을 통하여 평행선을 긋고 있다. 이 평행선의 중간에 서 있는 왕원쉬안은 우유부단하고 무사안일한 성격으로, 이 대립을 화해로 이끌어낼 어떠한 방법이나 대안을 지니고 있지 못하다. 결국은 아내와의 이별과 자신의 죽음이라는 파국을 통해 비극적 결론을 맺고 있다. 이 작품에 대해 바진은 《차가운 밤》을 이야기 함》이라는 글에서 "그들의 모든 행동은 본심에서 나오는 것이 아니다. 곧 붕괴할 구사회, 구제도, 구세력이 뒤에서 그들을 지휘하고 있다. 그들은 반항하지 않았기 때문에 모두 희생자가 되고만 것이다. ……나는 세 명의 주인공을 모두 동정하지만, 그러나 또한 그들 모두를 비판한다"고 자술하고 있다. 즉, 기본적으로는 이들의 비극적 결말이 봉건 사회와 봉건적인 가정 윤리가 어떻게 개인과 가정을 말살해 가는가를 인식하지 못하고 있는 점을 비판하는 것이다. 작품에 나오는 "승리는 그들의 승리지, 우리의 승린가"라는 말에서 엿보이듯이, 항일전의 승리가 자신들에게 공평한 삶을 가져오지 않았다고 외치는 것은, 바로 그들을 지휘하는 구세력에 대한 비난이자 폭로인 셈이다. 빈곤, 실업, 질병, 부부간의 이별, 고부간의 다툼은 바로 불공평한 사회와 전쟁으로 조성된 것이고, 왕원쉬안 일가와 같은 평범한 사람들의 안락한 삶을 보장해주지 못하는 것 역시 이것들 때문이라는 점을 이 작품은 주장하고 있다. 이러한 점은 전쟁에 대한 직접적 묘사가 하나도 등장하지 않고 간접적인 전달로만 이루어지고 있다는 점, 도시를 둘러싼 안개의 이미지(실제로 충칭은 안개로 매우 유명한 도시이다), 계절의 안배 등을 통해 짐작할 수 있다.

이야기에서 집중적인 조명은 왕과 부인, 시어머니에게만 주어져 있으며, 그 외의 다른 갈등 구조는 거의 존재하지 않는다. 이것은 비극적 결말의 책임이 표면적으로는 세 명의 주인공에게 있지만, 실제로는 겉으로 드러나지 않은 배후의 존재—여기서는 짙은 안개로 표현되어 있다—에 감추어져 있음을 보여준다. 이러한 점은 이 작품이 지니고 있는 예술적 성취를 보여주는 점이라 할 수 있다.

바진과의 만남

역자는 우연한 행운에 힘입어 바진과 직접 대화를 나눈 적이 있다. 1984년 역자가 홍콩의 중문 대학에서 수학하고 있을 때, 마침 명예박사 학위를 수여받기 위해서 그곳을 찾은 바진과 어렵게 만난 것이다. 그는 이때 아들, 딸, 그리고 그를 연구하는 학자들과 함께 왔는데, 그 당시 그는 여든의 고령으로 지팡이와 다른 사람의 부축을 받지 않고는 오래 걷기조차 어려운 상태였다. 그러나 그는 무례를 무릅쓰고 약속도 없이 찾아간 이국의 젊은이를 아무런 격의 없이 반갑게 맞아주는 아름다운 성품을 간직하고 있었다. 또 하나 역자에게 놀라움과 감동을 준 것은 바진이 한국어를 할 줄 안다는 사실이었다. 물론 아주 유창하지는 않았지만, 간단한 말을 하고 글을 읽을 수 있었다.

어떻게 한국어를 익혔느냐는 역자의 질문에 그는 1930, 40년대 항일운동에 종사하고 있을 때 적지 않은 조선인들과 함께 활동을 했는데, 조선인들의 불굴의 투쟁 정신과 뛰어난 활동에 감복하여 조선을 이해하기 위해 말과 글을 조금 익혔노라고 대답을 했는데, 그 모습이 아직도 생생하다.

그 후 몇 차례 방문에도 그는 성심성의껏 만나주었고, 어쩌면 이승에서는 다시 보기 어려울 기회라 여기는 듯 친절하게 자신의 문학에 대한 입장, 중국 현대문학에 대한 자신의 소망, 인간과 인류에 대한 그동안의 자신의 경험과 생각들을 진솔하게 토로해주었다. 역자는 몇 차례의 만남을 통해 바진의 소박하면서도 진지한 자세, 삶과 인간의 미래에 대한 굳은 신념과 희망, 젊은이에 대한 격의 없는 대접 등에서 많은 감동을 받았다.

당시 중국 현대문학을 공부하고 있던 역자에게 바진과의 만남은 고귀한 경험이었다. 《차가운 밤》의 번역을 통해 바진에게 입었던 후의를 조금이나마 갚게 되었으면 하는 바람이다. 더불어 이제는 고인이 된 바진의 명복을 빌고, 또 바진의 문학과 인생이 조금이나마 널리 알려지는 기회가 되기를 바란다.

11월 25일, 쓰촨 성 청두에서 대지주 관료   **1904**
의 아들로 태어남. 본명은 리야오탕, 자는
페이간.

광위안 현 지사로 취임한 아버지를 따라 가   **1909**
족 모두 관청에서 생활.

어머니 사망. 3년 후 아버지 사망.   **1914**

《신청년》《매주평론》 등의 간행물을 통해   **1919**
새로운 사상과 문학을 접하게 됨.

청두 외국어전문학교 입학. 크로포트킨의   **1920**
《소년에게 고함》, 《실사자유록》에 실린 엠
마 골드만의 글을 읽고 아나키즘에 경도됨.

아나키즘 단체 '균사' 가입.   **1921**
《반월》《경군》 등의 편집에 참여하며 아나
키스트라 자처함.

난징의 둥난 대학 부속 고등학교에 입학.   **1923**

엠마 골드만과 서신 왕래를 시작. 아나키스트 간행물《민중》의 발기인으로 참여.	1925	
크로포트킨의《빵의 탈취》를 번역.	1926	
프랑스로 유학을 떠남.	1927	《아나키즘과 실제 문제》
유학을 마치고 12월 초에 귀국. 크로포트킨의《윤리학의 기원과 발전》, 반제티의《자서전》을 번역.	1928	
《소설월보》에 〈멸망〉을 연재하기 시작.	1929	
《시보》에 〈가〉를 연재하고,《동방잡지》에 〈안개〉 연재를 시작.	1931	《복수》
《문예월간》에 〈비〉를 연재하기 시작. 프랑스로 가는 도중에 썼던 일기를 정리해서 엮은《해행잡기》출판.	1932	《봄 속의 가을》 《해행잡기》
홍콩, 광둥, 푸젠 등지를 여행.	1933	《전기의자》
《문계월간》에 〈번개〉를 연재. 11월에 일본으로 건너감.	1934	《자서전》
일본의 사회운동가 이시카와 산시로와 만나고 8월에 귀국. 귀국 후에 문화생활출판사를 설립하고 총편집장 역임.	1935	《신·귀신·인간》
《문계월간》 설립. '격류 3부작'의 2부《봄》을 쓰기 시작. 10월, 루쉰이 서거하자 〈루쉰 선생을 추도하며〉〈영원히 잊을 수 없는 일〉 등을 발표하여 애도. 스티프니약의《러시아 허무주의 운동사》를 번역.	1936	《머리카락 이야기》

일본의 상하이 침략 이후 마오둔과《봉화》를 창간. 뢰커의《스페인의 투쟁》을 번역.	1937	
중화전국문예계 항적협회 이사로 선출.	1938	《봄》
샤오산과 결혼.	1939	《감상》《흑토》
개명서점에서《불》3부작(1945년 완간)을 출간하기 시작.	1940	《불》1부《가을》
투르게네프의《아버지와 아들》을 번역.	1943	
	1944	《휴식의 뜰》
	1946	《제4병실》
	1947	《차가운 밤》
오스카 와일드의《행복한 왕자》를 번역.	1948	
중화전국문학예술계연합회 전국위원회 위원, 중국전국문학공작자협회 회원, 중화인민정치협상회 대표를 역임.	1949	
고리키가 쓴《톨스토이 회고록》을 번역.	1950	
조선전지방문단 단장으로 한국전쟁에 참가.	1952	
중국문련위원, 중국작가협회 부주석으로 취임.	1953	《영웅들 속에서》
제1기 인민대표(쓰촨 성 대표)로 피선.	1954	
아시아 작가회의 중국 대표 부단장으로 선출.	1955	
문학 간행물《수확》창간.	1957	

《중국청년》《문학지식》《독서》 등에서 바진 작품에 대한 비판이 전개.	1958	
'아시아 · 아프리카 작가회의 상임위원회 긴급회의' 중국작가 대표단장으로 일본을 방문.	1961	
인민문학출판사에서 《바진 문집》(전 14권)을 출간.	1962	《바진 문집》
상하이문련 자료실에 갇혀 강제 노동을 시작하고 가산을 몰수당함.	1966	
비판투쟁대회에서 공개 비판을 당함.	1968	
아내 샤오산 사망.	1972	
저작에 대한 권리를 회복.	1977	
자신이 겪었던 고초와 고뇌의 시간을 정리하는 회고록을 창작하기 시작. 《수상록》 150편을 집필하기 시작	1978	
중국작가 대표단을 인솔하고 프랑스 파리를 방문. 중국문련 부주석, 중국작가협회 부주석으로 선출.	1979	《수상록》
중국작가협회 주석으로 추대. 스웨덴에서 개최된 에스페란토 대회에 중국 대표단을 이끌고 참가.	1981	《탐색집》 《창작회고록》
이탈리아에서 '단테 국제상' 수상.	1982	《진화집》
전국인민정치협상회의 부주석으로 선출. 프랑스 정부로부터 '레종 도뇌르 훈장' 수여받음.	1983	
	1984	《병중집》

인민문학출판사에서 《바진 전집》(전 26권, 1994년 완간)을 출간하기 시작.	1986	《무제집》 《바진 전집》
	1995	《재사록》
중국 국무원에서 '인민작가' 칭호를 수여받음.	2003	
10월 17일, 문화혁명기를 겪으며 얻은 병으로 말년을 힘겹게 투병하다가 101세의 일기로 타계.	2005	

옮긴이 **김하림**

고려대학교 중어중문학과를 졸업하고, 동 대학원에서 문학 석사 및 박사 학위를 받았다. 홍콩 중문 대학에서 수학했고, 중국 난카이 대학 교환교수를 역임했다. 현재 조선대학교 중문학과 교수로 재직하고 있다.
지은 책으로 《중국 현대문학의 이해》《중문학 어떻게 공부할까》《노신의 문학과 사상》《중국 현대시와 시론》《국제문화와 영화》 등이 있고, 옮긴 책으로 정시앙밍의 《거상》, 마오둔의 《칠흑같이 어두운 밤도》 외 다수가 있다.

세계문학의 숲 004

차가운 밤

2010년 8월 10일 초판 1쇄 인쇄
2010년 8월 17일 초판 1쇄 발행

지은이 | 바진
옮긴이 | 김하림
발행인 | 전재국

발행처 | (주)시공사
출판등록 | 1989년 5월 10일(제3-248호)

주소 | 서울 서초구 서초동 1628-1(우편번호 137-879)
전화 | 편집 (02)2046-2869 · 영업 (02)2046-2800
팩스 | 편집 (02)585-1755 · 영업 (02)588-0835
홈페이지 | www.sigongsa.com
세계문학의 숲 홈페이지 | www.sigongclassic.com

ISBN 978-89-527-5967-2(04820)
        978-89-527-5961-0(set)